U0476764

有爱的青春陪伴者

深度沦陷 2

酥芙蕾·著

贵州出版集团
贵州人民出版社

图书在版编目（CIP）数据

深度沦陷.2/酥芙蕾著. -- 贵阳：贵州人民出版社，2023.1
ISBN 978-7-221-17311-9

Ⅰ.①深… Ⅱ.①酥… Ⅲ.①长篇小说－中国－当代 Ⅳ.①I247.5

中国版本图书馆CIP数据核字(2022)第201903号

深度沦陷.2
SHENDULUNXIAN.2

酥芙蕾／著

出版统筹：陈继光
选题策划：大鱼文化
责任编辑：潘江云
特约编辑：周丽萍
装帧设计：颜小曼　唐卉婷
封面绘制：Joynii
出版发行：贵州人民出版社（贵阳市观山湖区会展东路SOHO办公区A座 邮编：550081）
印　　刷：长沙鸿发印务实业有限公司
开　　本：880毫米×1230毫米　1/32
字　　数：298千字
印　　张：9
版　　次：2023年1月第1版
印　　次：2023年1月第1次印刷
书　　号：ISBN 978-7-221-17311-9
定　　价：39.80元

贵州人民出版社微信

版权所有　盗版必究。举报电话：策划部0851-86828640
本书如有印装问题，请与印刷厂联系调换。联系电话：0731-82755298

目 录

Chapter 01 · 001
热搜

Chapter 02 · 017
阴谋

Chapter 03 · 029
做客

Chapter 04 · 040
存在的意义

Chapter 05 · 053
钓系美人

Chapter 06 · 067
请你自重

Chapter 07 · 082
恋人

Chapter 08 · 095
恭喜你

Chapter 09 · 107
戴罪之人

目 录

Chapter 10 · 132
展览

Chapter 11 · 147
"11"

Chapter 12 · 163
大戏

Chapter 13 · 179
我爱他

番外一 · 194
"1314211"

番外二 · 215
离心脏最近的地方

番外三 · 232
玫瑰之吻

番外四 · 242
大孝子

番外五 · 260
一家人

独家番外 · 272
爱你,在每一个时空

热搜
Chapter 01

苏湘云坐在沙发上，被"未婚夫"三个字砸蒙的脑袋还没完全恢复过来。

难道游轮上三个月，世间已经过去三年了？

虽然她的乖孙女立刻给了那俊美的年轻男人一个死亡瞪视，斥他胡说八道，可那孩子抿了抿唇，欲言又止，像是被瞪得不敢说话的样子……

一米八九的大男人，愣是让她看出了几分可怜来。

封窈先把开衫扔进了脏衣篓，又狠狠地瞪了宗衍一眼。

他竟然还会装乖！

"是我做错了事，惹窈窈生气了。"装乖的男人正襟危坐，回答苏湘云的问题，"我们不久前才订婚。去年我出了一场事故，一直在山庄里休养，夏天的时候，窈窈来打暑期工，那时我们就在一起了。"

封窈心中"呵呵"。

不就是见色起意吗？什么"在一起了"，说得这么清新脱俗！

况且这段"在一起"也早就结束了——怎么结束的，敢说给外婆听吗？

"哦……"苏湘云若有所思。

她瞥了封窈一眼。不晓得小丫头是在闹什么别扭，这口气看来怄得不轻啊。

"这订婚，又是怎么一回事？"苏湘云继续问道。

"是这样的。"宗衍解释，"我的曾祖父和封家的曾祖父曾约定一个婚约。那天封家祖父大寿，他的意思是借着场合，把事情公开定下来。正好时机合适，我和窈窈的事情，就先定下来了。"

· 001 ·

封窈不禁对宗少爷刮目相看。听听，什么叫春秋笔法！

苏湘云面露思量。

封家老头子在寿宴上，还惦记着赶紧把事情定下来，显而易见，在封家人的眼里，这婚约是个香饽饽。

封家又不是没有女儿，这种趋之若鹜的好事，按说轮不到封窈。

"原来是这样。"苏湘云看着宗衍的目光带上了一层新的审视。

能让封家人乖乖满足他的要求，他的背景和地位，想必不只是一般的不同凡响。

宗衍包着纱布的右手动了动，心中难得有一丝紧张。

从苏湘云到苏冉，再到封窈，三代人的长相其实颇为相像。即便苏湘云上了年纪，皱纹爬上眼角眉梢，依然能看出几分年轻时的风华。

在山庄的时候，封窈虽然从来没有提起过她的身世，对父母都含糊带过，却不止一次提到过外婆。

她是由外婆一手养大的，毫无疑问，外婆是她最在意的家人……

"或许是稍微快了点，"他摩挲着纱布上的结，目光望向封窈，"但我和窈窈有缘，早些订婚也好。"

封窈"呵"了一声："孽缘。"

虽然心有重重顾虑，可外孙女这气鼓鼓的小模样，还是让苏湘云忍俊不禁。

难得有人这么有本事，让窈窈跟他干吵架怄气这么累人的事情啊。

"婚姻大事不能不慎重，我不管什么婚约，在我这里，只有窈窈的想法是最重要的。"

"外婆……"封窈的鼻子有点酸。

宗衍的心沉了沉，嘴角挂着温柔和煦的笑："外婆说的是，我会努力让窈窈消气的。"

苏湘云接着问了几个问题，留意到旁边封窈似乎有点心神不宁，她直起身，捶了捶腰："唉，真是老了，出门这么久，到了家才感觉真累……"

封窈忙起身想搀扶，可宗衍比她动作还快："您身体有哪里不舒服吗？要不要叫医生过来？"

苏湘云摆摆手："不用，就是累了，去躺一会儿就好。"说着看向封窈。

宗衍明白了，放下虚扶着苏湘云的手，看着封窈搀着外婆去了主卧。

"行了，别忙活了，过来。"苏湘云睨着掀被子调整枕头的封窈，拍了拍自己身边的床沿，"怎么回事，生这么大的气？他劈腿了？"

· 002 ·

"啊?"封窈一怔,"那没有……"

"没有就好,有就绝对不能要了。"苏湘云语重心长,"一次不忠,终身不用。人生不能将就,就算一辈子单身,也不要从垃圾堆里捡男人。"

封窈连连点头。

"我看你挺喜欢他的,如果是原则性问题——"

"谁喜欢他了!"

她顶多也就是喜欢宗衍的皮相……至于他这个人,还有他代表的麻烦,她敬谢不敏好吗!

"好好好,不喜欢就算了。"苏湘云有些哭笑不得。

小女孩家的心思,外婆看破不说破。谁还不是这年纪过来的?

想闹别扭就闹吧,窈窈这孩子对外人向来不上心,懒得争吵更懒得生气。

有本事能让她生气,闹脾气他也该受着。

封窈轻轻带上卧室门,一回头,撞进一双夜空般深邃的黑眸里。

"外婆还好吗?"宗衍并不确定苏湘云的态度,不知两人关起门来说了些什么,难得有几分忐忑。

"关你什么事。"封窈瞪了眼堵在面前的高大男人,"不要乱认外婆!"

被瞪的男人很无辜:"没有乱认。"

封窈没好气:"别挡路,我还要找律师处理学校里的事情,没空理你。"

说着她就要绕过他,手腕却被捉住。

"我已经派律师过去了。"他拉住封窈的手,"你不用担心,丁律师会收集证据,回头你想怎么处理就怎么处理。"

"啊?你什么时候……"封窈怔了怔,一不留神就被牵着手朝前走了,"那,那我还要找刘东旭,他不在国内……"

"很快就会在了。"

宗衍将她拉到沙发上坐下,手安抚地在她的肩上捏了捏:"他不是搞雕塑的吗?有大主顾看上了他的风格,想请他过来定制一套作品。"

"……"这是要把人骗进来"杀"啊。

不愧是以手腕狠绝闻名的宗家太子爷,行动力一流,她还在沮丧低落呢,他就已经把事情都安排好了。

相比之下,自己简直是"废物本废"。

"我不明白，我只是想安安静静地当一条咸鱼，读我的书，研究我的文学，这点愿望很过分吗？"男人的掌心宽厚温暖，暖意从指尖蔓延，流向全身，一股莫大的委屈化为晶莹的泪花，在她眼眶闪烁。

"我不想被人关注，不想被人议论，一点都不想……"

宗衍的心像被什么刺了一下。

"我明白的。"他把她揽入怀中，轻抚着她的后背，"别怕，没事的……有我在，交给我来解决。"

封窈吸了吸鼻子，努力把眼泪眨回去。外婆才刚睡下，她不想吵醒外婆，不能让外婆担心。

男人温暖的怀抱仿佛一座安全的堡垒，耳畔是他低沉温柔的嗓音："是我不好，我做错了。让我好好弥补，好不好？"

封窈没有说话。刚刚回来的外婆，才打了个照面，就看出来她喜欢他。

喜欢这种东西，大概就像是天边的月亮吧！月亮不知道自己的恬静皎洁，甚至不知道自己是月亮。可是，即便深藏在云层后面，从云层的边缘依然会透出淡淡的光晕，泄露出月亮的行迹来。

封窈深吸了一口气，缓缓地吐出来。她当然可以接着怄气，继续冷言冷语惩罚他、磋磨他，可是内心深处，她知道，自己早就已经动摇了。

早在那晚她心软收留他……不，或许更早，早在她踏入伴月山庄，目光落在锦鲤池边的男人身上时，她就已经陷入了一张名为命运的大网中，无法再挣脱开了。

罢了，在哪里跌倒就在哪里躺下，既然挣脱不开，那就索性在网里住下来吧。

晨曦微露，庆城这座繁茂的大都市开始了一天的热闹喧嚣。

道旁的树木黄了叶子，朝阳透过枝叶，洒下斑驳的光影。苏湘云将一束菊花放在路口的电线杆下，脸上闪过一抹怅然。

一晃二十多年过去，这片街区历经拆迁，当初的小巷子早已消失，路口也早已不是那个路口了。

这里发生过的事情，仿佛没有留下任何痕迹。

一辆车在她身边停下，车窗降下来，露出苏冉明艳的脸。

"妈。"

苏湘云上了车，车窗缓缓合上，她转头看向苏冉，脸色阴沉。

"你答应过我的，不管你要做什么，不能把窈窈牵扯进来。"

苏冉垂着眼:"我没有要求她做过什么。"

"你没有资格!"苏湘云低吼,眼角被怒意染红。

知女莫若母,她不信这突如其来的订婚背后,没有苏冉的推手。

"你是不是想说,你只是给窈窈安排了个暑期工作?宗衍能看上她最好,没看上就算了?你没有逼她?"

苏冉垂眸不语。

"你总能让事情遂你的意,可是你有没有想过,旁人会怎么看窈窈?宗家人会不会针对她?"

苏湘云深吸了一口气。

"窈窈小的时候,跟我一起看电视,你演的武侠剧——《雪中一枝梅》。她还小,不懂电视是演的,她以为是真的,妈妈在古代,所以她才见不到。

"有天我去学校接她,老师委婉地暗示我,这孩子可能有点妄想症,太虚荣。

"我问了才知道,原来班上有小孩子嘲笑她没有爸爸妈妈,是个没人要的孤儿。她气急了,说你们看过《雪中一枝梅》吗,女侠白歆梅就是我妈妈,我妈妈的武功可厉害了。孩子们不信起哄,闹到老师来了,老师问她时,她又说妈妈是苏冉。"

苏湘云抬手抹了抹眼角:"哪有孩子不想要爸爸妈妈呢?窈窈真的很乖、很省心,从她懂事,知道自己的存在要被隐藏起来,她会避免引人关注,避免惹任何麻烦。

"可是凭什么呢?凭什么她明明有父有母,却得像个孤儿一样长大?徐景曦,你有什么资格摆布她的人生?"

唯心主义认为,世界是意识的产物,存在即被感知。反之,意识不到的就不存在。

封窈当然不是突然想转哲学专业了,之所以坐在学校门口思考起哲学问题,不过是因为她忽然发现,眼前的学校跟昨天以前相比,物质层面上是一样的。

可是在她的感知里,却完全不一样了。

还没有意识到自己流言缠身之前,这座校园里落英缤纷,秋色烂漫,到处是青春洋溢、风华正茂的年轻面庞,行走在校园里,心情是轻松愉悦的。

然而当有了流言缠身的认知,再进入同样的校园时,那擦肩而过的

一张张脸，投向她的每一道目光……

仿佛，都变了味道。

"真的不用我送你进去？"

"我又不是小朋友！"封窈默默地吸了一口气，伸手去开车门。

"等等。"

"都说了不用……"

"书包也不用吗？"

"……"想起方才她吃完饭，宗衍无比自然地拎起她的书包说送她时，外婆那个揶揄的眼神，封窈耳根发热，接过宗衍递过来的书包，再次伸手开门。

"等等。"

封窈还以为又落东西了，转过脸的瞬间，迎来的是男人放大的俊脸，紧接着唇上一热。

他的唇温热柔软，带着几分小心翼翼的克制，不像惯常那样强势地长驱直入，只是贴着她的唇瓣，轻轻的，温柔的……

封窈长长的睫毛颤了颤，闭上眼，迎向他的唇，加深了这个吻。

久违的亲密，就像往堆满易燃易爆品的房间里扔了一根火柴，无数烟花被引爆，火花四溅，将周身都点燃。男人坚实的手臂圈住她的腰，将她整个带入了怀里。

贴合的唇如同两块磁极相反的磁铁，终于再次找到彼此，碰上去便难舍难分。他的唇太热，吻太甜，让她最后的一丝防线也如棉花糖般消融，化为一汪清甜轻盈的蜜水……

良久，宗衍松开她的唇瓣，在她下唇上轻轻咬了一下。封窈的喘息有些急，指尖传来纱布柔软而粗糙的触感，接着无名指上被套上了一个凉凉的东西。

只看一眼，她就被惊呆了。

"好大……"

她的无名指上多了一枚精致的戒指，硕大的梨形钻石纯净剔透，在秋日的阳光下熠熠闪亮，璀璨夺目。

这鸽子蛋，得是只"鸽斯拉"下的吧……

"不大，正合适。"宗衍轻轻揉捏着她柔软的指腹，十分满意。

这枚戒指是他让著名设计师定制的，那日见完祖父之后，正好戒指完工，他亲自去取了回来，只是这些天一直没找到合适的机会给她。

"这还叫不大？从国际空间站上都能用肉眼看见了……快拿走，我不要。"

"不准摘。"宗衍按住封窈的手，"戴上了就是收下了，不许不要。"

……明明是他趁她不备，强行给她戴上的好不好？

"我不管，外婆送的你都戴了。"

封窈顺着他的目光低头，看见自己胸口的羽毛吊坠。

外婆的行李箱里有一大半都是给她买的礼物，各地的手工艺品、饰品，乃至书籍、标本……她脖子上这条很有加勒比风情的项链就是其中之一。

"这个又不贵重！"

宗衍牵起她的手，贴在唇边亲了亲："这个也不贵。"

……不贵个鬼。

时间不早了，封窈没空跟专横成性的大少爷理论了："你说什么就是什么吧……我要迟到了。"

"等等——"

开门的手再次被拦住，宗衍灼热的呼吸扑洒在她的耳边，黑眸里闪烁着某种期待："不如请一天假，我们回家……"

"外婆在家。"

……期待的小火苗熄灭了。

圈在她腰间的手依然舍不得松开，向来不可一世的俊脸上流露出几分失落。封窈心软，钩住他的脖子，在他的脸颊上印上一个响亮的吻："来日方长，晚点见。"

看着那道窈窕的背影消失在校门内，宗衍用手指摩挲过脸颊，嘴角轻扬。

"晚点见。"

羽毛球赛时发生的事情在校园里不胫而走，同时有小道消息，学校在抓校园暴力，要整治校内的造谣传谣。

"太小题大做了吧？"有人不以为然。

"拜托，谁造谣了，都上天台了还能有假？校门口的豪车也不止一回有人看到啊！"

"空穴不来风，传闻就算没有100%准确，至少也有80%是事实。"

"谣言不谣言的我不关心，蛊王的人品不论，脸蛋、身材还是很可以的。"

虞校长亲自督导，保卫部调查的效率很高。

丁律师一份份审阅过相关人员的证词、聊天记录，有些言论过于恶臭，让见多识广的她都忍不住皱眉。

虞校长只是翻看了部分出格言论，就已经眼前发黑了。

宗少说学历只能筛选学渣，不能筛选人渣，虞校长当然知道这话没错。只是当学生私底下的阴暗面摆到面前，不免还是很令他震惊失望。

更何况，这些回头要给宗衍过目……

"校园环境相对特殊，大张旗鼓容易激起学生的逆反心理，对当事人的名誉更不利。"丁律师推了推眼镜，建议道，"对于情节较轻的，我的意见是交给辅导员进行教育警告——当然，最好是在罪魁祸首落网之后，以便杀鸡儆猴，以儆效尤。"

罪魁祸首自然就是那个刘东旭了，虞校长问道："那大概什么时候……"

丁律师看了眼时钟："快了。"

庆城国际机场。

阔别数月，以受邀艺术家的身份再次踏上这片土地，刘东旭意气风发，昂首挺胸地下了飞机。

出口处，他一眼便看见一个魁梧的男人举着牌子，上面用中、英文写着他的名字。

邀请他来的富豪显然很重视他，安排处处妥帖。刘东旭自矜地走过去："你好，我就是你要接的人。"

蒋时鸣打量他一眼，抬手示意："请。"

机场到市区还有半个小时的车程，蒋时鸣本来话就不多，更没有跟"死期将至"的人聊天的兴趣，只默默地将车开得飞快。

蒋时鸣不说话，刘东旭却有些按捺不住，开口问道："我们现在是先去酒店，还是直接与雇主会面？"

对于慧眼相中他的神秘富豪的身份，他真的很好奇。联系他的中间人是业界有名的拍卖师，来往的权贵收藏家不在少数，连他都毕恭毕敬的贵人，到底是哪个大人物？

蒋时鸣朝后视镜里瞟了一眼，只道："待会儿你就知道了。"

刘东旭心下不悦，一个司机拽什么？

车驶入别墅区，进入一扇铁门后又开了几分钟，才在一幢豪宅前停下。

刘东旭下了车，跟着司机走进去，心中震撼于这座豪宅之宏伟，居然连门厅前的雕塑都是名家作品。

"宗少，人带来了。"

蒋时鸣转身退到一旁，满心敬畏的刘东旭终于看见坐在窗前沙发上的男人。

出人意料的年轻，更出人意料的俊美。

气质矜贵的男人有一张惹人嫉妒的脸，仿佛上帝亲手雕琢而成的杰作，令人相形见绌。从他身上散发出的那股强大的压迫感无处不在，刘东旭只觉脊背像要支撑不住："您、您好，我是……"

"刘东旭。"男人开口，嗓音冷如寒冰，居高临下地睥睨着他，"来得正好。"

封宅里，封季同送走大舅子邹建安，厌烦地揉了揉额角。

邹家发迹早，邹老爷子邹世勇手握实权，邹美婷、邹建安兄妹俩打小就嚣张惯了，即便几年前邹老爷子因病退下来之后，邹家的势力渐渐不如从前，也丝毫不知收敛。

这回过来当然又是给邹美婷撑腰——真是笑话，他封家的事，姓邹的有什么资格指手画脚！

身后传来说话声，封季同转头，看见装扮精致的女儿在跟奶奶说话。

这孩子已经恢复如常，出门走动社交一如往常。这份心胸气度，让他和她爷爷奶奶都很满意，也更加心疼。

"啊，爸爸。"封嘉月顿住脚步，"我本来想约窈窈……"她说着，面露犹豫，一副欲言又止的样子。

果然封季同注意到了："怎么了？"

"没什么……就是，我的小姐妹圈子里说，庆大有些风言风语，有男生为窈窈跳楼什么的……"

"什么？！"一旁喝茶的封老爷子放下了茶杯。

流言杀人于无形，姓刘的早已远遁回国，那封窈跳进黄河也不可能洗清了。封嘉月怯怯道："这种捕风捉影的闲话，肯定都是瞎编的。但是最近事情好像闹大了……"

封季同脸色青白。跳楼那事他记得，嘉月这孩子还蒙在鼓里，那都是她妈干的好事。

"这女孩怎么回事？这么大事怎么不跟家里人说？"封老太太皱眉

不悦,"她的名声要是坏了,让宗家怎么想?"

喊她过来吃个饭,三请四催都请不来,他们两个老的还没被小辈这么驳过面子,只是看在这个半路认回来的孙女是与宗家联系的纽带,正是该要培养家人亲情的时候,他们都忍了。

可这也太不像话了!

封嘉月张了张嘴,又闭上。

封季同心一紧:"还有什么?"

"我听朋友说,窈窈跟宗澜关系不浅……"

封老太太倒吸一口气,直拍胸口。

一声冷笑从楼上传来,邹美婷倚着栏杆:"有其母必有其女,还读书呢,忙着勾引男人吧!所以说啊,男人都是瞎子,只要媚眼一勾,魂儿都没了,哪里在乎皮囊里面是什么!"

"你给我闭嘴!"封季同怒吼,蠢女人毫无大局观!

他镇定下来,安抚二老:"肯定是窈窈跟宗衍订婚招人眼红了,有人故意传这种没凭没据的谣言……"

话没说完,只听封嘉月看着手机惊呼了一声,玉白的小脸上大惊失色——

"不好了!窈窈跟宗澜的视频上热搜了!"

封窈刚上完课,跟丁律师碰了个面。

令她多少有些欣慰的是,丁律师告诉她,尽管流言传得很不堪,还是有很多同学没有参与过闲言碎语。今天课下也陆续有同学过来安慰她,说相信她的人品。

这才是她心中的庆大该有的样子嘛。

笼罩在心头的阴霾消散些许,封窈边走边盘算,正好明天周末,可以带外婆出去逛逛,或许可以带上宗衍……

想着,她掏出手机,却见屏幕上赫然显示几个未接来电,都来自封季同,还有好些未读的新消息。

封窈先点开宗衍的,说是来接她了。她抬眼望去,果然熟悉的黑色迈巴赫停在校门外。

她的脚步不自觉地加快,奔到车边,她拉开车门,脑袋探进去,吹了声口哨:"哟,帅哥,可以搭个便车吗?"

宗衍从手中文件里抬头,对上一张笑容潋滟的娇颜。

他合上文件丢到一旁,眸光深沉地从她身上扫过,意味深长:"车费可不便宜。"

"噢。"封窈作势要退,"那我去别处问问……呀!"

手腕被男人的大手捉住,她朝车内栽去,一条手臂拦腰将她整个人抱了进去,车门旋即合上。

"问了就得坐。"宗衍在她嫣红的唇上亲了一下,"车费。"

封窈正要吐槽他又强买强卖,余光却捕捉到一抹刺目的红色。

"你的手怎么了?"她一把抓住宗衍的右手,看到纱布下有血迹隐隐洇了出来,"怎么会又流血了?"

宗衍却是盯着她的手:"你的戒指呢?"

戒指在包里,封窈实在不好意思戴着这么大一颗鸽子蛋坐在教室里,晃晃手就能闪瞎一教室的人。

任谁都想不到,她肩上这个包里,揣着一枚价值八位数的珠宝吧。

封窈翻出戒指胡乱套上,又皱着眉头仔细查看宗衍的手:"怎么搞的?难道是伤口开裂了?疼不疼?"

宗衍习惯性地要说不疼,到嘴边又改了口:"疼。"

这还了得!封窈眉心蹙成一团,立刻叫司机:"去医院!"

她的焦急关切让宗衍很是受用,他反手握住她的手指捏了捏:"没什么大碍,别担心。"又告诉她,"刘东旭已经去警局自首了。"

"欸?!"封窈惊讶得张大了嘴巴,"这么快?等等……他自首?"

"我给他讲了讲道理,他被说服了。"

封窈愣了一下,目光扫过他手上渗血的纱布,好像明白好端端愈合中的伤口为什么开裂了。

物理说服吗?

说话间,很快医院到了。

恰好又是缝针时的医生。医生对这对情侣颇有印象,长相如此出众又登对的俊男美女组合,可不是每天都能遇见的。

而这次印象更深刻了——医生看向封窈搭在宗衍胳膊上的手,纤细的无名指上,硕大的钻石光芒璀璨,闪瞎眼。

这有十几克拉吧,得值多少钱啊……

"害怕就别看了。"宗衍把封窈的脑袋按在自己的肩头上,"闭上眼睛。"

不用他说封窈也不敢看:"我不是害怕,只是看着觉得好疼。"

医生被塞了一嘴狗粮:"是看着心疼吧。真好啊,有人疼。"

宗衍嘴角上扬:"她就是爱小题大做。"

医生:"……"

出血是因为伤口缝针开裂,医生忙着清理上药,封窈偏过脸,想起手机上还有钱姝的消息,打开查看。

钱富贵:"大事不好!你上热搜了!你的身份好像被扒出来了!"

还转发了一个话题#甜甜的校园恋爱什么时候轮到我#的视频。

点开视频,封窈倒抽一口冷气。

落英缤纷的校园背景,相依相偎的男女相视而笑。唯美的柔光滤镜,搭配浪漫的韩剧BGM,短短十几秒,像极了青春偶像剧的片段。

……如果那女主角不是她本人的话。

很快场景切换,进入了下一对,也是校园里的俊男靓女,在银杏树下追逐嬉戏,拥抱接吻……

评论热闹非凡——

"第一个小姐姐太美了吧!像妲己娘娘!男朋友也好帅!可以就地结婚吗?我去把民政局搬过来!"

"可不是像妲己娘娘,她就是某影后跟某富豪的私生女,这事庆城名媛圈子里都知道。PS:富豪有家室哦。"

"大瓜!!!"

……

封窈也想喊那两个字。

她还蒙着,宗衍已经拿起手机开始打给手下的人。

"马上给我撤掉!所有的平台,不准再出现这个视频,不准再有相关的讨论——连一张截图都不许!还有,给我找到源头,是谁泄露了窈窈的身份,让法务配合你,你知道该怎么做!"

"另外,以宗澜的名义发个声明澄清关系,把删帖的责任揽下来。尽快发,不用问他的意见!"

挂了电话,宗衍沉着脸:"这是哪天的事情?"

封窈认真地想了想:"我不记得具体是哪天了。"

"是吗?"宗衍却记得很清楚。

他远在国外,才忙完了公事,去向震怒的祖父交代跟她订婚的事情,接受祖父的责罚,甚至连给她打个电话都不能。

可她不光去听了宗澜的讲座,还在他讲座后答疑时陪在旁边,之后还在校园里亲密漫步,谈笑风生……

医生察觉到气氛变化,八卦之心顿起,可无奈包扎已经完成,还有别的病人在等待,只能遗憾放人。

封窈被宗衍拉着朝外走,脑子还是蒙的,说:"这个镜头很奇怪啊,我没跟宗澜站这么近,明明离他起码有半臂远,怎么看着好像贴一起了似的?"

"你确定没记错?"宗衍冷哼一声,"是哪天都不记得了,站多远倒是记得清楚?"

封窈更正:"不是记得清楚,是我的习惯。跟不熟悉的人,我不喜欢挨得太近。"

宗衍却想起那晚寿宴上,宗澜凑到她耳边说话。

"你又不是第一次跟他挨这么近!他心怀不轨你看不出来吗?"

"啊?"封窈惊了,有吗?

视频里那冒着粉红泡泡的画面仿佛还残留在视网膜上,那画面实在太过扎眼,就像一阵妖风,将一点点怀疑的小火苗,瞬间煽成嫉妒的熊熊烈火——

"他跟你说了什么甜言蜜语?灌了什么迷药?让你笑那么开心?"宗衍把封窈塞进车里,摔上车门,"你不懂避嫌吗?非要跟他搅在一起?你到底有没有把我放在眼里!"

男人脸上覆着一层寒霜,锐利的黑眸逼视着她,如同一只被侵犯了领地的狼。

封窈一眨不眨地看着他,没有开口。

"看着我干什么?说话!"

"我在把你放在眼里啊。"封窈把眼睛瞪得更大,"看,有在眼里的。"

"……"

这时手机屏幕亮了,显示封季同来电。封窈单方面结束这场大眼瞪小眼比赛,接了起来。

"你在干什么,怎么不接电话?"封季同语气不太好。

封窈简单道:"上课,静音。"

"那热搜是怎么回事?我跟你爷爷奶奶很担心,"封季同语气严厉,"你跟那个……怎么会让人拍到那种视频?你疯了吗?"

宗衍的脸色顿时就沉了下来。

封窈食指抵唇,示意他不要出声。

什么叫拍到那种视频,不知道的还当是什么大尺度内容呢!

"我只是跟宗教授站着说了几句话,为什么会被拍成那样,我也很疑惑。"

封季同对她轻飘飘的态度很不满:"你现在身份特殊,要知道什么能做什么不能做,遇到事情也应该及时告诉家里人——你什么都不说,电话也不接,我们有多着急你不知道吗?"

嗯,听着是挺着急的。

"我第一次遇到这种事,吓得不知道该怎么办,正准备找个地方偷偷哭呢。不过我看热搜刚撤掉了,是爸爸做的吗?好厉害。"

封季同声音滞了一下:"你妹妹在忙着联系人,帮你压下去。"

这时奶奶插话:"窈窈,你跟宗衍解释过了吗?他没有误会吧?"

封窈瞟了宗衍一眼:"不好说,他没有给我打电话。"

——这也不算撒谎,宗衍确实没有给她打电话。

奶奶急了:"你赶紧去向他解释清楚!不然他误会了怎么办?"

"我不敢,"封窈说,"他好凶的,我害怕。"

大概是某位少爷脾气坏得太出名了,对面竟然一时无话。

封窈继续:"奶奶,您能帮我跟他解释一下吗?您是长辈,他肯定不敢骂您。"

"那怎么行!"奶奶显然对她很无语,"你得马上跟宗衍解释清楚,闹出这种事来,你让他怎么想你?让宗家让其他人怎么想你?想咱们封家?还有你在学校里,怎么会闹出那种丑闻?这要弄不好,会成为你一辈子的污点!"

宗衍的脸色阴得能滴水。

封窈慢吞吞道:"奶奶,您别着急,实在不行我就改个姓,独自背着污点坚强地活下去,绝对不会连累到封家的。"

"你——"

奶奶不知道是不是梗着气了,爷爷上场:"窈窈,不要说这种气话。都是一家人,我们只会为你着想。要知道,你作为宗衍的未婚妻,有很多眼睛都在盯着你,多少千金想要你这个位置,巴不得你嫁不进宗家,她们才有机会。你一步也不能行差踏错,明白吗?"

宗少爷有多抢手,封窈在寿宴上再直观不过地体会过了。

封窈心想,她已经行差踏错得太远了。正确的做法是从一开始就远离这块香饽饽,随便想抢他的千金们去争破头才对。

只能怪自己没能抵挡住男色的诱惑，一失足成千古恨啊。

封窈敷衍："您说得对，我现在就去向宗衍请罪，先挂了啊。"

再次刷新，热搜榜上已经没有了#甜甜的校园恋爱什么时候轮到我#，话题也灰了。

跟作风隐秘的宗衍不同，宗澜在公众视野里相当活跃，办过公开讲座，接受过媒体专访。因为颜值颇高，又是顶级豪门宗氏的公子，在网络上人气不低，甚至还有个后援会太太团。

"三少奶奶"们显然不怎么待见她——

"这女的太艳俗了，没气质，胸是整的吧？胳膊这么细胸还这么大，太假了。"

"脸也假，一看就是照着妲己娘娘整的，全身上下估计没几件原装的。"

……

封窈心想确实是照着妲己娘娘长的，基因都是她给的呢。

这些还在那个三无小号的爆料之前，接着那条私生女爆料一出，被闻风而动的大V营销号们转发，引爆……

即便撤掉了，不知道多少人已经看到了。

封窈机械地滑动着手指，信息流滚动，被曝光的实感犹如一只冰冷的手，找到躲藏在黑暗里的她，将她紧裹的毛毯抽走，让她面对那些看不见的怪物，无数只眼睛……

没事的，她深呼吸，努力安慰自己。被曝光是迟早的事，天下没有不透风的墙，她有觉悟的。不要紧，没什么大不了的……

"窈窈？"从结束通话，下了车乘电梯上楼，到开门进门，她一路沉默，不理会也不看他，宗衍纵然有天大的怒火也熄灭了。

他拉住封窈，嗓音放得轻柔："别怕，这点小事很容易压下去，一点水花都不会有，我保证。相信我，嗯？"

是了，妈妈说过，不管什么绯闻丑闻，都能压下去，大众没有记忆。

封窈深吸了一口气。

"小事？"她拂开他的手，"不知道是谁大发雷霆，差点把我吃了呢。"

"……"

宗衍的手就势滑向她的纤腰，将她抱进怀里。他低头，薄唇轻轻蹭过她的耳朵："怎么吃？"

男人的嗓音低沉暗哑，绕进她的耳蜗里，封窈本能地颤了颤。

"嗯——喀！"

冷不防一声刻意的咳嗽声响起，把两个人都吓了一跳。封窈慌张地推开宗衍："外婆！"

苏湘云抱着从阳台收进来的衣服，感叹女大果然不中留，黏糊起来哪能想起来，家里还有个老太婆呢！

对于这个身份不一般的外孙女婿，她依然心有顾虑。可她看得出来，窈窈这孩子是真的动了心，两个年轻人是相互喜欢的。

棒打鸳鸯的事情，她可做不出来，只能先将顾虑放到一边。

苏湘云假装没看见外孙女羞窘的小模样，和颜悦色道："饿了吧？等会儿吃饭。"

阴谋
Chapter 02

"瞧瞧她干的这都是什么事儿，真是丢人现眼！这要是月月，哪里会……还要月月给她收拾烂摊子……"

楼下客厅里，封老太太还在跟封老爷子碎碎念叨。封嘉月的心头却隐隐有些不安。

热度被压得太快了。

据她掌握的苏冉的行程，那女人今天一天都在去欧洲的飞机上。待苏冉落地，事情早已发散得沸沸扬扬，来不及公关了——这可是周五的晚上，连着周末，是网上无聊的闲人最多最没事干的时候。

豪门贵公子，女明星和富豪私生女。单独哪一个都爆点十足，足够吸引无聊人士的八卦热情。

只要爆出二人身份，稍加推波助澜，热度会立刻被引爆，甚至后续都无须太多刻意推动。

可是热搜撤得太快，删视频也太迅速了……

封嘉月咬着唇，指示水军，加大力度把节奏朝"权势捂嘴"的方向带。

强行捂嘴最容易激起吃瓜群众的反感，再结合封窈是苏冉与富豪私生女身份的爆料，撤热搜无疑是她背景水深的证据。

"根据我多年的吃瓜经验，删得越快越说明是真的。"

"敢做不敢让人说？有种别捂嘴。"

……

大众的情绪很容易被牵着走，刻意的煽风点火之下，节奏很快被带了起来。封嘉月勾起嘴角，想压下去？没那么容易。

正当此时，一则来自宗澜的声明突然跳了出来。

声明相当简短有力，澄清视频并无暧昧，要求删除并停止传播，并表示要追究发布者侵犯肖像权的责任。

"这'锅'真让宗澜背了？"封窈坐在书桌前，还在震撼于宗少爷的操作。

"被人偷拍、恶意剪辑发布视频，不实内容误导民众，宗澜采取行动，有什么问题吗？"

直接叫公关以宗澜的名义发声明，宗衍没有任何心理负担："宗澜既然姓'宗'，撤个热搜、全网删帖这种小事，做了又有什么稀奇，做不到才是怪事。"

光靠删帖封口是下下策，堵不如疏，让宗澜一个人扛下所有，窈窈才安全。

至于宗澜愿不愿意背这个"锅"，不在宗衍的考虑范围内，顶多知会他一声。

宗澜的声明发出来，等同于强势宣布对封话题删视频负责。

吃瓜群众这下恍然大悟：

"我说怎么一下子全没了呢，原来是三公子出手了，难怪难怪。"

"哇哦，好嚣张，我喜欢。"

"来晚了没看到视频，不过教授跟学生大大方方地站在一起说话，却莫名其妙被偷拍恶剪成暧昧关系，造成困扰是肯定的吧？支持维权。"

"所以妲己娘娘女儿的爆料是假瓜吧？娘娘都没反应。"

……

苏冉的飞机降落在戴高乐机场的时候，国内时间已是凌晨。

网上正在熬夜热讨的是半夜突然爆出来的流量小生地下前女友带锤手撕渣男。这个瓜相当惊人，小作文里的指控涉及PUA、流产、劈腿、始乱终弃……锤多料足，塌房惨烈，引得无数网友熬夜吃瓜。

至于下午的视频事件，已经被抛之脑后了。

"多么完美的转移视线。"苏冉向陈玉芳感叹，"就算是我，也不可能比他处理得更干净利落了。"

"下午这个又是那边搞的鬼吧？"陈玉芳愤愤，"阴毒！可惜很难抓到实打实的证据。"

是啊，邹家人，最擅长毁灭证据。

苏冉点开通讯录,指尖停留在封窈的号码上方,良久,直到屏幕黑了下去。

"搜罗几个能冒充我女儿的小网红。"她移开了迟迟没能按下去的手指,转头吩咐陈玉芳,"身世故事编狗血点,大众最爱看的那种,让营销号隔三岔五就爆一爆,上上热搜。"

藏起一棵树,最好的方法是种一片森林。

周末阴雨连绵,气温骤降。

雨水带着寒意扑打在玻璃窗上,美容沙龙里,服务生端来香槟和苏打水,贴心地插上吸管。

"宗澜啊,啧啧。"葛家千金晃了晃刚做完护理的纤纤素手,"这勾人的手段哦,咱们就学不会。"

光鲜精致的女孩儿们眼神交会,投向一旁敷着面膜的封嘉月。封嘉月垂下眼,面膜遮挡住了脸上的表情。

她还是低估了宗家的力量——一个不起眼的宗澜,出手尚且有如此雷霆之势,震慑力十足,姿态甚至有几分嚣张。

如果是比宗澜的地位更高的宗衍,岂不是更加权势凌人,翻手云覆手雨,更不在话下?

这样的人物,他的另一半的位置,本来应该是她的……

封嘉月的心头一半火热,一半冰冷,世上最令人痛苦难挨的,莫过于"我本可以"。

那就像是一棵毒草扎根在心脏里,每一次想到自己错失了什么、被夺走了什么,毒草就会生出一根新的根须,扎向更深的心底。

收到宗氏的公关客客气气的通知时,宗澜怔了足足有好几秒,接着笑了。

还真是太子爷一贯的做派啊。

视频爆出来时,他也很意外。那天他没有注意到有人偷拍,更没有想到,处理之后会呈现出来这样的效果。

这么有意思的事情,可不是每天都能遇到的。

宗澜想了想,打开微信,给封窈发信息。

五彩斑斓的黑:"阿衍没有误会我们吧?要是惹你们俩吵架了,那可就是我的罪过了。"

五彩斑斓的黑:"不过有你这么好的未婚妻,他应该很珍惜,舍不得对你凶才对。"

五彩斑斓的黑:"下回碰到阿衍,我会再跟他解释一下的。"

……

手机嗡嗡连着振动了好几下,封窈扫了眼收到的信息,说不上来哪里不对劲,但总觉得这几条来自宗澜的信息怪怪的。

她顺手截了个图,发给钱姝。

连字都还没来得及打,钱姝的意见已经到了。

钱富贵:"哇,这是哪里来的'绿茶'!'茶气'冲天了!"

封窈:"……"

她还没顾得上向钱姝请教鉴"茶"技巧,那边苏湘云已经收拾好了东西,急着要先回鹤镇家里。

"我得回去看看我院子里的花,出来这么久,杂草怕是长得比人都高了。"

封窈当然舍不得外婆走,百般撒娇挽留,好说歹说,总算让外婆又多留了两天,再多几天怎么也不肯了。

"唉……不知道是不是我的错觉,总感觉,外婆好像不喜欢庆城。"

送走了外婆,封窈望着阴雨蒙蒙的窗外,有些低落。

宗衍安慰她:"老人家喜欢清净,我祖父近些年也更喜欢待在瑞士。鹤镇这么近,回头有空,我陪你去看她。"

封窈靠在宗衍肩头上点了点头,顿了顿,眼梢斜睨他:"外婆走了,你好像很高兴?"

"怎么会?"宗衍从容淡定。

虽然苏外婆和蔼可亲,并没有刻意刁难他,可有她老人家在这里,很多事情到底不方便……

他不动声色,换了话题:"刘东旭招认,指使他的是一个姓谢的。"

之前的视频来源,追查暂时没有太大的进展。第一个上传的账号已经注销跑路,爆料的是三无小号,注册都用的是假身份,很难追查。

如果整件事是有人在推动,那背后的人真是心思缜密,做事很谨慎。

封窈有些意外:"姓'谢'?"

还在努力回忆自己什么时候得罪过哪个姓谢的,就听宗衍继续道:"我的人查到那人叫谢小伟,给邹家专门做私活的。"

"做私活?"封窈一时没懂,不过很快反应过来,"哦,做脏活。"

既是干私活的,也是背"锅"的——处理一些不好摆上台面的事情,出了什么问题,也就仅止于这里,不会牵扯到背后的人。

"那岂不是抓不到邹家的证据?"封窈蹙眉。

宗衍轻笑了一下,黑眸中冷意傲然:"要什么证据?我不需要。"

春宵帐暖,邹建安正搂着情人安睡,突然接到下属电话,说有麻烦了。

有个重要的批文被打回来,已经开始动工的几个项目都陷入停摆,上级还要求重新检查各项手续。

"怎么回事,怎么会被打回来?"邹建安还是头一回遇到这种事情。

下属自然也不清楚:"上头没给什么具体的批示。"

邹建安烦躁地抓了抓头发,之前老头子还握有权势的时候,谁敢为难他?

检查这事可大可小,拖起来可能没完没了,况且哪个项目经得起细查?

一周伊始,邹氏陷入焦头烂额,而庆大学子被一则反转性的消息炸了锅——

【爆炸新闻!上学期跳楼那哥们儿被抓了!有图有真相!】

与其他大学一样,庆大除了官方的媒体平台,也有不少学生运营的各类公众号、投稿墙,以及校内论坛。

几张照片在不同渠道流传开,迅速引起了讨论——

"啊这……他不是外国人,早就回国了吗?还能跨国追捕?"

"那他搞的那一出,居然真是造谣?太恶毒了吧,细思恐极……"

"法学生来科普一下,捏造事实诽谤他人,情节严重的触犯刑法,构成诽谤罪,自诉,最高能判三年。顺带一提,封同学的律师丁昀是业界超级大牛,刘这碗牢饭端稳了。"

"你们看到那个爆料说她是妲己娘娘的女儿没?可不可信啊?"

"假的吧。昨天热搜还说那个美妆网红 Viki 才是娘娘的女儿,我觉得 Viki 更像。"

……

讨论得正热烈,忽然有人"歪楼":

"没人关注宗教授吗?他竟然是那个宗家的,真正的豪门贵公子啊!"

"话说我有个朋友是宗学家,精通宗氏家族八卦,据她说宗教授在宗家只能算边缘,地位最牛的是宗老爷子钦定的接班人,宗教授的堂弟,人称太子爷,不过那位很神秘,从来没公开露过面。"

"我只关心堂弟帅吗?"

"从来没公开露过面,估计……"

"哦,不帅就没兴趣了。"

"哇,你们看见了吗?马玉玲公开道歉了!"

校内论坛上,一封实名的道歉信高挂在最顶上。

图书馆外人来人往,马玉玲和梁娟站在封窈的面前,没有了先前的横眉竖眼,而是满面通红,尴尬又不安。

"真的很抱歉,是我们错了!"马玉玲拽着梁娟鞠了个躬,"对不起!"

公开道歉当然不是一件容易的事情,能考进庆大的学生,哪个不是心高气傲,自尊心特别强?

可是不道歉的话,就会面临更严重的后果,不是她们能承受得起的。

封窈抱着书,抿唇摇了摇头:"我只希望无论如何,以后都不要再用那种羞辱的字眼辱骂同性了。污水泼出去容易,可是被泼的人想要洗清是很难的。"

马玉玲和梁娟讷讷地应答:"是……你说得对。"

随着刘东旭被刑拘,马玉玲和梁娟公开道歉的消息传播扩散开来,校园里的流言顿时收敛了许多。

被起诉追责,说明有足够的证据证明他是造谣诽谤。而封窈通过律师追责维权的态度也很明确,取证询问丝毫不手软。

事态已然明朗,都是名校的高才生,展望着名企高薪,未来要大展宏图走上人生巅峰,哪能为了传几句真假难辨的八卦,影响自己的前程?

人性就是这样,无须付出任何代价时肆无忌惮,然而当自己的利益可能受损,影响自己的前途,那么就要掂量一番了。

第二天,韩教授给文学院众生群发了一封邮件。

邮件里只有一篇纪实文学报道,讲的是一个穷乡僻壤、平均学历不超过小学的山村里,一名普通的女人被造谣出轨偷汉。

村里流言四起,村庄里所有人都对她指指点点,就连她的婆婆都加入传闲话的队伍,嚼起舌根来说得绘声绘色、有鼻子有眼,跟真的一样。

在封闭的山村中,这样的压力是可怕的。最终女人不堪流言所扰,选择了自杀。

唯一相信她的丈夫闯进带头造谣的人家中，将始作俑者杀死，接着自尽了。

事情到了这里，已然是彻头彻尾的悲剧。然而报道的结尾提到，两人还留下了一个四岁的小女儿。

没有了父母的小女孩，在惨剧过后，留在这样的村庄里，又将面临什么样的指指点点呢？

这是一篇极其压抑的报道，看完令人只觉得一股郁气压抑在胸口，难受极了。

而且这桩真实的事件，不过是一个缩影罢了。

韩教授发送这篇文章的意思很明显——你们这些所谓的高学历人才，剥去这层光鲜的外皮，内里跟村头村尾嚼舌根的闲汉闲妇，有什么区别？

无声的指责，最令人无地自容。一时间有不少人在匿名版上发帖自省，惭愧于自己在听到流言时没有阻止，放任即帮凶。

经此一事，让封窈萌生了一个想法——

这次的事情能这么快水落石出，是因为有宗衍帮她。如果没有宗衍插手，她还是可以请律师处理，花钱花时间，不惜成本不计代价，总能追查到底。

可是，如果是家境一般的普通学生，负担不起维权的成本，就只能默默忍受，被毁掉生活吗？

这样是不对的。

封窈找到丁律师，拿出一张卡，认真道："我想捐钱设立一个基金，如果有遭受谣言诽谤的受害者想要维权，却又付不起律师费，可以申请援助。"

丁律师愣了一下。她服务过的有钱客户不少，可解决完自己的麻烦，还能惦记着向在相似处境中挣扎的人伸一把手的，其实并不多。

"好的。"丁律师点点头，"宗先生吩咐过，一切都按您的意思办。"

焦头烂额的邹建安很快发现，邹氏面临的麻烦不仅是简单的项目停摆，接着又有一块通过他的渠道拿的地，说是违反了规划，被卡住了。

才几天的工夫，就已经是伤筋动骨，损失巨大。邹建安着急上火，嘴里都起了燎泡，把事情告诉父亲邹世勇，老头子请托了故交旧友，却没有人给个准信。

接连碰壁，还连个头绪都没有。从小到大，邹建安还从来没有过摆

不平的事。

到底是哪里出问题了？

"邹世勇是被逼退的？"宗衍坐在宽大的真皮沙发里，干净修长的手指翻阅着面前的文件。

"是。"负责调查邹家的下属回答，"对外的原因是身体不好需要休养，但事实上是因为一场重大安全事故中的过失，他主动退了下来，才没有公开追究。"

令宗衍觉得有意思的事情，是当时调查那场事故的负责人，其儿子是苏冉名下一间公司的实际控制人。

这些年苏冉不仅拍戏，还四处投资。宗衍只是随意掠过一眼，不过他从小记忆力就极好，对商业上的事情更是有种近乎本能般的敏感，一眼便注意到了这点极易被忽略的细微联系。

宗衍从来不相信巧合。

骨节分明的手指轻叩着椅子扶手，如果邹世勇被逼退的背后有苏冉的推动，她是为了上位嫁给封季同吗？

宗衍很快否定了这种猜测。

苏冉看起来并没有这个意图。在自诩上流的人眼里，这是知情识趣，但宗衍不觉得苏冉是个妄自菲薄的人，她应该是真的没有兴趣做什么封太太。

既然对上位没兴趣，又为什么要挤走邹美婷最大的倚仗——她的父亲邹世勇呢？

更重要的是，这跟她生下封窈，将封窈交给外婆抚养，却又时隔多年后让她认回封家，是不是有关系？邹家在邹世勇退下后走下坡路，封季同才有了底气要认回封窈……

如果是别人的事情，宗衍肯定没兴趣关心，然而事情可能与封窈相关，他不能随意放过。

"再查查邹美婷。"宗衍俊脸上神情有几分凝重。

生在复杂的大家族里，各种钩心斗角他见得太多了。不过短短一瞬间，他的脑海里就转过了无数种阴谋的可能。

须臾，他缓缓地呼出一口气。

无论如何，封窈是他的人，他不会允许任何人打她的主意，就算是她的生生母亲，也不能。

宗衍挥退了下属，桌上还有不少公事要处理。

这些天他没在宗氏露面，有些人的心思开始浮动起来。不过正好，可以趁这个机会看一看，都有哪些人能用，哪些人该拔掉。

宗衍打了几个电话，吩咐完工作事宜，这时蒋时鸣敲门进来。

他照宗衍的吩咐，用刘东旭把谢小伟钓了出来。

谢小伟辍学前就是个混混，逞强斗狠挺行，铮铮铁骨肯定是谈不上的。在蒋时鸣手底下不出一会儿，就问什么答什么了。

谢小伟这些年经手过的事情还挺不少，而且不光是他，他老子生前也是为邹家干私活的。子承父业，在这一行倒也算挺常见。

宗衍翻看了记录，对有一点很在意："他父亲谢苗强因为撞死人判了刑，因癌症晚期保外就医，没多久就死了？"

蒋时鸣点头："他是这么说的。"

宗衍剑眉微蹙，交通肇事算不上罕见，只是谢苗强为邹家做事……

一阵手机铃声打断了他的沉思。他垂眸扫了一眼，俊美的面容上神情瞬时柔和了下来。

"喂？"

蒋时鸣忍不住把脸别向了一边，光这一个表情，一个字，他不用想都知道，打电话来的人是谁。

封窈正在去食堂的路上，宗衍说了今晚有事不回来吃饭，她就还是按老习惯，在食堂解决了。

最近宗少爷还挺忙的——倒也正常，虽然他说是被从公司赶出来了，可是封窈还能不清楚吗？这男人哪可能真的放手，私底下肯定抓得牢牢的。

"你吃饭了没？"封窈问。

宗衍看了眼时间："还早，我待会儿有个饭局。"

封窈警觉："是那种要猛喝酒的饭局吗？"

宗衍不嗜酒，况且也没人敢灌他。他却故意说："是啊，不醉不能下桌。"

电话里，封窈清软的嗓音很明显地透着不悦："你不会忘了你手上的伤口开裂，还得过两天才能拆线吧？拆线前不能喝酒，医生说话时你的耳朵是进水了吗？"

明明是被训斥了，宗衍却感觉好极了，嘴角扬起一抹愉悦的弧度。

只是还不待他说什么，突然又听她问："你说，杨过只有一只手，

他怎么给自己剪手指甲呢?"

这问题转换得实在太突兀,饶是宗衍也怔住,想不出答案:"……怎么剪?"

"很简单呀。"女人轻飘飘的嗓音从听筒中传出来,透着股让人后颈发凉的温柔,"等你伤口坏死,截肢了,你自己试试不就知道了吗?"

宗衍:"……"

宗衍看了蒋时鸣一眼,站起身走到窗前,嗓音放得很柔和:"没有要喝酒,你不要担心……"

"我不担心啊,我还想等你到时候试完了告诉我答案,我一直很好奇的呢。"

"……"赶在宗少爷开始哄人之前,蒋时鸣迅速退了出去。

傍晚的夕阳,将城市的天际染成一片金红色,透过落地窗倾泻进来,安静而温暖。

宗衍仿佛看见一只懒洋洋的猫咪忽然伸出爪子,不轻不重地挠了他一下子。

"真的不喝酒。"过去的二十几年人生中,宗衍还从来没有哄过人——以他大少爷的脾气,别人哄他还差不多。他不知道哄女人应该如何做,只是嗓音自然而然地变得比秋日的余晖还要温暖柔和,"只是谈点公事,一滴酒都不会沾,你不放心,回家给你检查,好不好?"

落日的余晖洒在脸颊上,男人磁性的嗓音透过电波钻进耳朵里,封窈的耳朵连同脸颊都发热,连带着脑子也一时转不过弯来:"我怎么检查?"

听筒里传来一声低低的轻笑:"你尝尝不就知道了?"

封窈:"……"

外人怕是想不到,骄矜傲慢的宗大少爷也会说骚话吧!

挂了电话,封窈拍拍发热的脸颊,忽然意识到一件事——他说"回家",怎么说得这么顺口又自然?

秋意渐深,白昼越来越短。封窈在学校食堂随便吃了点晚饭,回到公寓里时,天已经黑了。

挑灯看了会儿文献,把初步意向的论文选题发给韩教授,她想起苏冉今天有一个直播访谈节目。

那天不欢而散之后,她还没有跟苏冉说过话。这种情况,是不是应该叫作冷战?

从小到大,她能见到妈妈的时候不多,每一次她都很珍惜。长这么大,她好像还是第一次跟妈妈冷战……

虽然妈妈可能无所谓吧。

电影宣传期间,苏冉的公众活动不少,每次出现在镜头前,都是神采奕奕,艳光四射。

今晚也不例外,她长发低绾,一袭丝绒质地的斜肩连衣裙,高贵又性感。隔着屏幕,距离仿佛无比遥远。

封窈转头看了眼镜子里一身宽松睡衣的自己,再看看屏幕上的美艳女明星。

虽然刘东旭的闹剧暂且告一段落,可之前网上的传言,这些天学校里偶尔也有人旁敲侧击地打探她和苏冉是否有关,不过都让她糊弄过去了。

其实仔细看看,她们母女,也没有那么像吧……

苏冉八面玲珑,在娱乐圈和商界都交友广阔。

而她不怎么合群、不喜欢社交,时至今日,算得上知心好友的,还是只有当初在她傻乎乎地嚷嚷电视剧里的女侠是她妈妈,被全班嘲笑是大话精,乃至被老师怀疑她的小脑壳有毛病时,唯一没有嘲笑她的钱姝。

那件事的后续,封窈已经记不清了。只是在那之后,她再也不肯告诉任何人,她的妈妈到底是谁,也不愿再轻易跟人交心了。

可惜钱姝现在远在异国,封窈想了想,悚然地意识到,现在在她身边最亲近的人,居然是宗衍……

直播访谈不觉间结束了,空旷的客厅里显得格外安静。

可能有些人就是不经念,她的念头才刚转到宗衍身上,就听见门锁传来一声"咔嗒"的声响。

开门关门的响动不大,显然是刻意放轻了,很快一道颀长挺拔的身影走了进来。

"嗯?"男人看见坐在沙发上的她,微怔了一下,"还没睡?"

他的语气透着微不可察的惊喜,长腿迈步走了过来,俯身来抱她:"在等我?"

封窈这才注意到时间不早了,已经过了她惯常的睡觉时间了。

"是啊。"

暖黄的灯光映照下,男人俊美的眉眼舒展,黑眸中泛起温柔的愉悦光芒，令她也忍不住嘴角弯弯，软软靠向他。

"你身上，为什么这么大的酒味？"她笑眯眯地问。

宗衍："……"

宗衍在沙发上坐下，将她抱到腿上："侍应生笨手笨脚，把酒洒在我身上了。你闻，味道全在衣服上。"

拜她所赐，他今晚看见酒，就想到杨过剪指甲……

封窈眯眸打量他，须臾倏然凑过去，舌尖轻舔了一下他的唇。

"姑且相信你吧。"

宗衍盯着她，眸色深邃如墨："这检查太糊弄了吧？"

封窈理直气壮："做人就是能糊弄就糊弄。"

"不行，我要求重新检查。"

说着，他不由分说地堵住了她的唇。

这一场检查，深入而彻底。

唇舌缠绵，虽然没有尝到一丝酒味，封窈却如同醉了酒一般，面颊绯红，脑子里渐渐模糊昏沉起来。

纱布略带粗糙的触感刮擦过肌肤，仿佛带起无数跳跃的微小电流，酥酥麻麻的。封窈浑身发软，水蛇般依偎着他，纤细的手臂松松地环着他的腰，在这无限温柔的亲密中迷失、沉沦。

好像从他推门进来，空旷的公寓，就没那么空旷了……

做客

Chapter 03

深秋的清晨阳光浅淡,透过镂空细花的薄纱窗帘,被筛成一束亮闪闪的金线。

被闹钟吵醒,感觉到腰间横着一条铁臂,将她紧箍在怀里时,封窈有一瞬间的茫然。

哦,是了,自从她松动了态度,某位少爷就得寸进尺,成功地赖上了她的床上,然后,就这样理所当然地霸占了她的一半床位。

"早。"头顶响起一道低沉的嗓音,透着刚醒时的沙哑,分外有磁性。

封窈打了个呵欠,困得随时可能再睡过去:"……早。"

犯困的小迷糊模样太可爱,宗衍忍不住轻笑,索性将她抱坐了起来:"小朋友不能赖床了,不是还要给本科的小小朋友们上课?再不起来要迟到了。"

封窈才研一,教本科生这种事情按理说还轮不到她。只是做这门课助教的宋叶薇得了急性阑尾炎住院了,委托封窈代她上两节课。

上台讲课,封窈还是大姑娘上轿头一回,不过宋叶薇对她信心满满:"没事,你就往台上一站,他们肯定都忙着看你,没人在乎你讲什么的。"

玩笑归玩笑,学霸云集的庆大当然不是能靠脸混饭吃的地方。封窈既然想留校任教,早晚都是要上讲台的。

好在她代的这门课是入门级的选修课——俄国文学,属于她研究的领域。即便如此,她还是认真地准备了一番,以免上台出糗。

宗衍今天有事要飞一趟宣城,先把封窈送上了车,目光落在她的高领毛衣领口上,薄唇微微勾起。须臾他伸手,修长的手指钩住已经遮得

严严实实的领子,又往上扯了扯。

只有他才知道,皑皑白雪上盛开着点点红梅,是怎样惊心动魄的美景……

"没事不要乱跑,出门就叫邱司机送你。"好不容易重归于好,二人世界才享受了没几天就要分开,宗衍强压下心头不舍,嘱咐道,"别人开的车一律不准上,也不要乱搭便车,小朋友明白了吗?"

"……才不是小朋友!"

封窈正要关上车门,忽然想起朱婶早前跟她说过的,宗衍去年出的那场车祸,背后并不单纯。

还记得伴月山庄警备森严,他每次出门,身边总是会大张旗鼓地跟着保镖。从前只觉得是大少爷的排场大,然而仔细想想,普通的富家子弟尚且是被绑票勒索的高风险对象,处在宗衍的位置,各种明枪暗箭肯定更不会少吧?

"是不是有什么危险?"封窈的心提了起来。

"没有。"宗衍捏了捏她的脸颊,"你只管安心做你的咸鱼老师,别的都不用操心。"

祖父是个精明的商人,从来不做亏本的买卖。对他多年的悉心栽培,和作为继承人人选的考验,在祖父眼中,未尝不是一种投资。

商人不会轻易放任投资付诸东流,这些日子以来祖父一直按兵不动,无疑只是暴风雨前的宁静。

别的宗衍都不担心,即便对手是积威甚重的祖父,他也不怵。他只担心祖父盯上封窈,会给她带来麻烦,甚至是危险。

如果封窈知道他和祖父之间的症结在于这个婚约,她也因此可能面临一些她最讨厌的麻烦……

她会不会心生退意,顺水推舟地直接放弃了?

她应该多少还是在乎他的,可是这点在乎能有多少分量……宗衍不想承认,他心里一点底都没有。

当初他也曾以为,一手抚养栽培他的祖父是最在乎他的。可是这个幻象,在他躺在抢救室里生死未卜、情况并不乐观的时候,就被祖父做出的决定彻底打破了……

"好了,知道啦。"封窈没有多想,放下心来,伸指钩住男人的衣领将他拉近,贴着他的耳朵吐气如兰,"等你回来,或许我可以让你试试,昨天没试的那个……"

宗衍漆黑的瞳仁一缩，喉结滚动。

他偏头咬住她莹白小巧的耳垂，齿间轻碾着恶狠狠道："这可是你说的！"

太阳在天际的蓝白之间映出一道明亮的金色弧线，一万英尺的高空中，湾流公务机如一只白色的大鸟，平稳地飞行在云层之上。

宽敞的机舱里，宗衍靠在沙发的天鹅绒靠垫上，一双长腿随意地伸展，手里是下属刚发来的邹美婷的调查报告。

这个女人的生平着实乏善可陈，他垂眸一目十行，看到一处，翻页的手蓦地顿住。

当年，谢小伟的老子谢苗强交通肇事，撞死了人的那辆红色跑车，属于邹美婷，是她高中毕业的礼物。

在事故发生的第二天，邹美婷出国了，直到谢苗强被判刑之后才回来。

那场事故的受害人叫徐景晨，莱城人，那一周刚过完十八岁生日。

宗衍俊脸上神色凝肃了起来，无数碎片一瞬间在脑海里拼凑了起来——

他记得，封窈无意间提过，其实"苏冉"不是她妈妈的本名。她妈妈原名叫徐景曦，还有个龙凤胎哥哥，叫徐景晨……

人生第一次上台讲课，没有出教学事故，封窈给自己打满分。

这个时间，宗衍已经安全到达宣城了。她查看手机，发现有好几条他的留言。

Y："在干什么？课上得怎么样？"

Y："不许说'在呼吸'。"

Y："也不许说'在看手机'。"

Y："说'打字'也不行。"

这是被她糊弄出经验来了啊……想象着宗衍抿着薄唇狂打补丁的模样，封窈忍不住笑出了声："那我应该说什么？"

宗衍回得很快："说在想我。"

封窈忠实地满足他的要求："在想我。"

Y："是你在想我！"

封窈从善如流："你在想我。"

Y："……"

封窈："想我也是人之常情。"

宗衍一时不说话了，不知道是在无语凝噎，还是在气急败坏。

唉，从前她也不是这么坏心眼的——可谁让宗少爷逗弄起来，这么令人愉悦呢！

带着愉悦的心情回了家，封窈把书包丢在沙发上，打算先去卧室换个衣服，再来舒舒服服地好好哄大少爷。

一进卧室，床上一个精致的盒子吸引了她的注意。

盒子方方正正的，盖子上贴着一朵小红花，上面写着：

表扬封窈小朋友，初次授课表现优异。

一朵大大的笑容不知不觉间在脸上绽开，封窈打开盒子，下一秒，她倒抽了一口气——

"我的天！《卡拉马佐夫兄弟》，1881年俄文初版……"

她伸出颤抖的手指，小心翼翼地翻开封面，目光落在扉页那个龙飞凤舞的签名上，她不敢相信地瞪大了眼睛。

陀思妥耶夫斯基亲笔签名的，初版……

这……这是真实存在的吗？！

巨大的惊喜把人砸得眩晕，封窈向后倒在床上，来回滚了好几圈，突然一个鲤鱼打挺爬起来。手机，手机呢？她要告诉宗衍，她好喜欢……

"哎哟！"

所谓乐极必生悲，才跳下床，她的脚底不小心滑了一下，只听"扑通"一声，便整个人摔趴在了地板上。

"嗳……"

膝盖磕得生疼，封窈撑着地板，正要爬起来，眼角的余光却瞥见床头那端的墙角有东西。

好像是一本书。

封窈朝床底蠕动两下，伸长胳膊够了出来。

仔细一看，原来不是书，是一个棕皮笔记本。她拿起时，几张折起的信纸从页面间散落了出来。

大概是外婆上回落下的？看样子是塞在枕头底下，结果滑进了床头的缝隙，掉下来了吧……

信纸微微泛黄，似乎有些年代了。纸张不厚，从背面也隐约能看见上面的字，有"徐景晨"这个名字。

这不是早逝的舅舅吗？

封窈只知道舅舅长得好又颇有才华，只是可惜亡故于一场意外事故，后来不久，外公也病逝了。接连遭受丧子丧夫的打击，外婆肯定很伤心，所以不愿意提起这些往事吧……

好奇心偷偷地占了上风，封窈小心地把信纸展开，才扫了一眼开头，脸上忍不住露出了愕然的表情。

这是一封……举报信？

正当这时，门铃突然"丁零丁零"地响了。

封窈边朝门口走边迅速扫过纸上的文字。

信是写给有关部门的，是外婆娟秀的字迹，结尾的落款也是外婆的名字，日期是二十三年前。

一目十行地扫完了信的内容，封窈已经整个人都呆住了。

巨大的震惊之下，她的手不由自主地发颤，几乎拿不住那几张薄薄的信纸。

怎么会这样……

竟然是……这样？

门铃还在不断地响，封窈的脑子里乱成了一团麻，乱得几乎站立不稳。她神思恍惚着把信纸重新折了起来，接通可视屏幕。

门外是一个戴着棒球帽的男人，抱着一大束鲜花："您好，我是普罗旺斯花店的员工，给封小姐的花请签收一下。"

"谁送的？"封窈问。

"订花人是宗先生。"

宗先生今天很会啊，送完书还有花……

"需要您签一下名。"送花员说道，"花比较贵重，需要本人签收。"

宗衍送的东西，贵重很正常。封窈打开门，视野被一大束姹紫嫣红的鲜花占据。

新鲜娇嫩的鲜花芬芳扑鼻，总是能令人心情愉快。封窈精神微震，将花束接了过来："在哪里签名？"

送花员递来一个平板电脑。

封窈感慨现在的花店装备还挺先进，正用手指在平板电脑上签名，余光却瞥见送花员抬起了手，手指间隐约有金属的寒光闪了一下。

她心中警铃大作，正要退后闪避，一声"你干什么"的质问还卡在喉间，却已经来不及了——

那人身手利落，捂住了她的嘴巴，紧接着她只感到脖子上刺痛了一下，不知道什么被注入了她的身体中。她的意识很快模糊，须臾陷入一团漆黑。

宗衍迈着长腿走出私人包间，听到手机里再次传来的无人应答提示，两道好看的剑眉蹙了起来。

司机说封窈半个小时前已经到家了，对于那套书，她多少该有点反应才对。

他打过去，她也一直没有接……

宗衍薄唇紧抿，一股强烈的不安涌上心头。

同一时间，庆城近郊一间幽雅的茶室里，茶香混着白色的水汽，袅袅升腾。

苏冉将一个厚厚的文件夹放在桌上，涂着暗红色指甲油的纤纤指尖轻轻按住，推向对面。

"这是邹世勇在任时贪污、渎职、妨碍司法、涉黑涉恶的部分证据。"

封窈醒来的时候，脑子还是昏昏沉沉的。

身下是一张松软的床，她身上的衣服完好，手脚也没有被绑缚住。

"您醒了。"

突然响起的男声惊到了封窈，她努力睁开沉重的眼皮，只见窗边的椅子上，坐着一个人。

老者长相端方儒雅，夹杂着银丝的头发梳得整齐，连衣服都不带一丝皱褶。他站起身，动作还挺彬彬有礼的，也没有向她靠近。

看着还真不像暴徒绑匪，真是人不可貌相。

"你是谁？想干什么？这里是哪里？"

封窈撑着坐了起来，打量身处的地方。

房间相当宽敞，装修陈设简约优雅。厚厚的窗帘将窗户遮挡得严严实实，顶灯的灯光白亮，她无法分辨这里是哪里，也不知道现在是什么时间了。

手肘挨着衣兜的位置，她能感觉到那几张折起的信纸的棱角。

薄薄的几页纸，重量却沉甸甸的，仿佛在提醒她，在被那一针扎晕之前，她读到的信是真实存在的，不是她被迷晕后产生的幻觉，也不是凭空臆想的。

那信上说，是邹美婷酒驾肇事，导致舅舅死亡。事情却被邹家找人顶包，一手压下，外婆求告无门，只能一封一封地写信举报，却都石沉大海。

而她偏偏就这么巧，是邹美婷丈夫的私生女……

罗君毅站立在窗帘旁边，隔着小半间屋子，目光审视着封窈。

她比他想的要冷静一些，没有哭闹不休，也没有惊慌失措。

宗衍是个挑剔的，眼光极高，会被她迷住，想来也不只是因为一副勾人的皮相。

"鄙姓罗，是宗宏深先生的助理。"罗君毅开口道，"今天请封小姐过来，只是想跟您聊一聊。"

不知道是药物残留的影响，还是对突然发现的事实感到茫然，封窈的脑子昏昏沉沉的，仿佛有无数的杂音"嗡嗡"作响，罗君毅的声音进入了耳朵里，成为杂音中的一缕，分辨不出。

封窈晃了晃脑袋，难受地皱起了眉头，说："你说什么？能不能再说一遍，我没听清楚。"

罗君毅打量她的脸色："封小姐是不舒服吗？"

"你可以给自己扎一针试试看。"明亮的灯光打在墙壁上，白花花的，很刺眼，天地仿佛都在旋转。封窈闭上眼睛，胃里有一股灼烧的感觉，翻腾着一阵阵地往上涌。

"麻烦给我一个袋子。"

罗君毅上前抬手："封小姐——"

"算了不用了……"封窈再按压不住那股恶心感，俯身扒着床沿，"哇"的一声吐了出来。

灯光将她的脸色映得惨白，光洁的额头上满是冷汗。罗君毅立刻唤了人去叫医生，又倒了一杯温水，递过去："您稍等，医生马上就过来。"

封窈胃里空空如也，呕了半天，只吐出几口泛黄的酸水。一个用人进来清理，医生也匆匆忙忙地赶到了。

罗君毅面色紧绷立在一旁。

倒不是担心封窈本身，只是他清楚，宗衍正是对这个女人情热的时候，万一真的出了事，恐怕会很麻烦。

"有些低血糖，加上药物影响，刺激到了肠胃。"医生检查后道，"需要适当进食，好好休息。"

"是我考虑不周。"罗君毅松了一口气，"我已经吩咐过了，饭菜马上就会送过来。"

封窈一直很安静，对医生的检查十分配合。

未几，有用人端着托盘进来。清粥小菜，十分清淡，都是容易消化的东西。

封窈从来不跟自己的身体过不去，不论对方的目的如何，至少目前看来没有要弄死她抛尸荒野的意思。

只要活着，一切都好说。她拿起勺子，慢慢地吃了起来。

罗君毅将医生送出去，关上门。

不能把她在这里扣留太久，等宗衍发现她失踪，以他的脾气，怕是要把庆城翻个底朝天。

"封小姐——"

"我需要用一下洗手间。"封窈放下碗，看向罗君毅。

罗君毅当然不可能叫她憋着："用人会带您去。"

这栋房子应该很大，封窈只能瞥见长长的走廊，却不难想象这里整体的面积肯定不会小。

她尝试打开洗手间的窗户，发现打不开。外面黑乎乎的，正对着一堵爬满了藤蔓的高墙，形成一道天然的屏障。

白天的时候，灿金的阳光洒在藤蔓上，满目郁郁葱葱，应该会很漂亮吧。

然而这道屏障现在只能挡住视线，除了知道现在是夜晚之外，一无所获。

宗衍不在，会有人发现她不见了吗？

想她之前还同情他为取脐带血而生，算是个工具人……封窈不禁露出一抹苦笑，搞了半天，工具人竟是她自己。

怪不得妈妈不在乎她。

身处在这个不知是何处的地方，周遭安静无声，整个世界仿佛只剩下了她一个人。封窈看看镜子中的自己，恍然间有一种不真实的感觉。

或许这一切都只是一个梦……

"咚咚！"

门上传来两声轻响，是带她过来的那个用人："封小姐？"

封窈拧开水龙头，朝脸上泼了两把水，拍了拍脸颊。

然后她直起身子，开门走了出去，跟着用人回到刚才的房间，走到床边坐下，眼睛看着罗君毅。

"好了，重新开始吧。"

罗君毅目光带着审视打量了她一下，拉过椅子坐了下来。

"鄙姓罗，是宗宏深老爷子的助理。冒昧请封小姐过来，是想跟您聊一聊，您和宗衍少爷的婚约。"

封窈点头："罗老先生，幸会。"

"幸会"二字，怎么听都透着讽刺，不过罗君毅不以为意。

"封小姐，无意冒犯，只是有些话，我需要当面与您直言。"他没有绕弯子，"所谓订婚是宗衍少爷自作主张，并没有得到老爷子的同意，因而是不作数的。"

封窈从来都没有结婚的打算——这个夏天之前，她甚至都没有跟男人搅在一起的打算。

跟宗衍在一起很开心，她很喜欢他，这一点无可否认。可是对于婚姻，她没有多少想法。

她是由外婆独身抚养大的，妈妈虽然生了她，但没有结婚。就连钱姝、钱昊的父母，也早就离婚了。

她从来没有见过美满婚姻的范本，难以对这个东西产生实感，也是很正常的吧？

封窈慢吞吞地"哦"了一声："然后呢？"

"老爷子的意思，是希望您知道分寸。"罗君毅道，"恕我直言，您的出身……"

"私生女，我不配，生而为人我很抱歉。"封窈替他说了，"然后呢？"

罗君毅不介意她的情绪，实话总是不中听的："相信封小姐心中自有分寸，这份婚约本就不合适，如果可以低调地解除，大家都能体体面面的。老爷子向来大度，一定会对您做出补偿。"

"你都说了是宗衍自作主张，那要解除，你也应该去找他，而不是找我。"封窈偏头，"还是说，你已经找过他了？"

罗君毅笑了笑。

"封小姐的意思我明白，宗衍少爷对您颇为宠爱，至少目前如此，还给您安排了安保。"

他看着封窈，语重心长："封小姐，请您一叙，大可不必如此大费周章。之所以如此，只是为了让您想一想，这次请您来当然是不带恶意的，可是如果哪天有人想请您的家人做做客……"

封窈的脸色变了。

"……没有拍到正脸,手法非常专业,安保警报没有触发,可能是用了干扰程序。"

蒋时鸣惭愧地低着头,不敢看宗衍的脸色:"那辆车挂的是假牌照,监控追踪到滨江大道,之后那辆车转入了一条没有监控的巷子,可能是在那儿附近换了车,再之后就失去踪迹了。"

宗少额外吩咐过,加强封小姐身边的安保。苏河花园小区里有重重门禁,家门口也有安防系统,他们的保护重点主要放在出行时,却没想到在家里被人钻了空子……

"废物!"宗衍一拳砸在桌子上,俊美的面庞上阴云密布,眼底血红。

封窈的电话一直无人接听,起初他以为她又犯懒睡着了。可就算再能睡,她也不会错过饭点,更何况看到那套书,她怎么可能毫无反应?

意识到可能出事了,他立刻把接下来的行程全部取消,飞回了庆城。

夜色深沉,她已经失踪超过十个小时。偌大的都市人海茫茫,想找一个人,无异于大海捞针。

他实在不敢想,万一……

"给我继续找,把庆城翻过来找!把话放出去,谁能提供线索,价码随便开!"宗衍紧握成拳的指节发白,周身暴戾的气息几乎按压不住。

"查一下祖父身边的罗叔最近的行踪。"

下属应是。

如果是祖父,他肯定不屑于亲自出面。正如他这么多年都没有见过黎韶华,对于他看不入眼的人,他是不会赏脸一见的,顶多叫罗叔替他出面……

"去北郊的别墅。"宗衍长腿快步朝外走,一边吩咐,"另外派人,到锦苑、檀湖公馆、紫金湾这几个地方的屋宅里,全部搜一遍!"

这些都是宗氏的房产中足够偏僻又空置着的,其中以北郊的几栋别墅最为偏僻。

如果他要藏人,首选会是北郊。

暗夜深沉如墨,暗银色的轿车一路风驰电掣,红色的尾灯在黑夜中划出一道流光。

深夜里通往远郊的道路十分空旷,几乎没有其他车辆,沿路的两排路灯投下昏黄的光,映在车窗中,烛火般明明灭灭。

后座里，宗衍俊美的脸庞隐没在阴影中，透出一股深幽的冷戾。

如果是祖父带走了窈窈，他应该不至于伤害她。不是不能，是不屑。

但是，他会逼她离开他。

她会答应吗？

会的吧……

对面有车驶来，远光灯刺眼。为宗衍服务的邱司机低咒了一声，猛闪远光灯回敬，擦车而过时忍不住冲对方比了个中指。

刚驶过没多远，只听一声厉喝从后座传来：

"掉头！"

邱司机一时没有反应过来，紧接着便听见宗少的吼声："掉头，追上刚才那辆车！"

邱司机猛踩刹车急转头，轮胎摩擦地面，发出一声刺耳的声音。

方才两车交错的瞬间，不知道是不是错觉，宗衍似乎从那辆车的后座车窗中，瞥见了一道熟悉的轮廓。

就算是错觉，也要追上去一探究竟。

马路空旷，前车几乎霎时就意识到了后方有车在追，也提起了速度。然而终究输了一筹，不一会儿就被超了过去。

邱司机一个横漂停在前方，逼那辆车不得不急刹停车。

封窈的身子在惯性的作用下朝前一冲，胸口被安全带勒得发疼。

今天不会这么倒霉吧，好不容易才被绑票的老头子放走，又在荒郊野外遇上追车拦路……封窈惊魂未定，按着"怦怦"直跳的胸口，忐忑地朝车窗外瞄了一眼。

只见，从横在前方的那辆车中，走下来一道高大的身影。

白亮的车头灯下，男人迈着长腿大步朝这边走来，衣摆在风中扬起，明亮的光线映照出他颀长挺拔的轮廓，宛如神祇降临一般，急促的步伐却泄露出了他内心的焦躁焦灼。

封窈怔怔地望着，鼻子忽然一酸。

如果人死前有走马灯的话，她想，无论未来如何，在她这辈子结束的时候，她关于此生的回忆，一定会久久地定格在这个画面上吧……

封窈推开车门，迎着他飞奔过去。

存在的意义
Chapter 04

深夜的风很冷，寒气直侵入骨头。

可是在她飞扑进宗衍怀中，被他紧紧地拥住的瞬间，凛冽的寒风像是骤然消失了。

整个世界仿佛一下子远去，她能感知到的只有这个男人——他的体温，他的气息，他的大手紧扣着她的后背、用力将她按向他，仿佛要将她揉碎的力道……

这一刻，就像是有一只手按下了她内心的某个按钮，万般情绪一瞬间犹如决堤一般，倾泻而出。

有后知后觉的害怕，有缘由不一的委屈，有说不清道不明、反正就是想要大哭一场的冲动……封窈紧抱着宗衍的腰，眼泪像久蓄而开闸的水一样汹涌而出。

宗衍心中那股失而复得的激动狂喜，在察觉到怀中人在抽泣时，转为了慌乱："怎么了宝贝？是哪里受伤了吗？"

他紧拧着眉头，就着车灯的光，上下检视封窈。

夜深露重，她身上只穿着薄毛衣，娇小的身躯不住地打着战，一想到她可能受到了伤害，宗衍便只觉一股戾气冲天而起。

开车的中年男人被宗衍的司机从车中揪了下来，反剪着双手压在了车盖上，正"哎哟哎哟"地叫唤。

一不小心与宗衍的视线相撞，从他通红的眼中看到择人而噬的光芒，中年男人汗毛倒竖，慌忙道："我……我是在送这位小姐回家，听罗、罗总的盼咐……"

"不是他，"封窈手指攥着宗衍的衣襟，吸了吸鼻子，"把我带过来的，不是他。"

"滚！"

宗衍不再看这个无足轻重的小角色，长臂一捞，将封窈打横抱了起来。

这笔账，他当然要讨回来。不管是出面的罗叔，还是背后的祖父。

只不过眼下更重要的是封窈，经历了今天这一遭，她肯定吓坏了。

司机将横停的车掉转了方向，朝市区返回。

车在空旷的道路上行驶得很平稳，车里开着暖气，宗衍拿着手帕，动作轻柔地拭去封窈脸上的泪痕。

"还冷吗？"他摸了摸她的手，手指还是冰凉的，"要不要把暖气再调高点？"

封窈摇了摇头，鼻音浓重："你怎么知道我在那辆车里？"

刚才，那个追车拦停的架势，简直像不要命一样……

宗衍轻抚着封窈的后背，感觉到她温软的身体偎在他怀里，纤细的胳膊缠绕在他的腰间，他从发现她失踪便一直紧绷着的那根弦，终于能放松下来。

"我猜你有可能会被藏在北郊空置的别墅里，正往那边去，那辆车开过去的时候，我感觉好像看见了你。"

封窈想说这不科学，天那么黑，车窗的防护玻璃更是黑漆漆的，两车又是一闪而过，怎么可能看得见她？

不过人与人之间的羁绊，又哪里是科学能说得清楚的，不是说心灵相通的两个人会有心灵感应的存在吗？

"谢谢你。"封窈喃喃。

"谢什么？"

"谢谢你找到我。"封窈摸了摸脖子，"那人说是花店送花的，需要签收，我才开了门。他给我注射了不知道什么东西，不一会儿就没有知觉了。醒来不知道人在哪里，头还很晕，胃又难受，我吐得昏天暗地的……"

宗衍越听，眉心拧得越紧。他打开车顶灯，垂眸仔细地察看她的脖子，果然在她的颈侧发现了一个小小的针眼。

他用指腹轻轻摩挲着那块娇嫩的皮肤，眸底浮起一抹彻骨的冷意。

"现在还难受吗？"宗衍问。

"还好。"封窈打了个呵欠，他温暖的怀抱里安全感环绕，她紧绷

的身心放松下来，一股疲倦油然而生，红肿的眼皮更是干涩沉重，"那个姓罗的老头儿，他说，只是请我过来聊聊。聊完以后，就放我走了。"

"乖，别睡，"宗衍看她一副要睡着的样子，担心药有问题，晃了晃她，"我们先去医院检查一下。"

"哦……"

嘴上答应得好，可是干涩的眼睛却有些睁不开，封窈闭着眼睛，脸颊贴在他温暖紧实的胸膛上，脑子有些迷迷糊糊的，想到什么就说什么："我捡到外婆的本子，里面有封信。在我兜里。"

宗衍轻抚着她后背的手顿了顿："什么信？"

"举报信。"封窈勉强将眼睛睁开一道缝，"我舅舅，肇事的凶手，是邹美婷。"

宗衍的心向下沉，她这么聪明的人，发现了这一点，怎么可能会联想不到自己身上？

"我有一种'啊，原来如此'的感觉。"封窈喃喃，"原来如此，我一直想不通妈妈为什么要生下我，明明可以打掉……"

"不许胡说。"

宗衍收紧了手臂，当他察觉苏冉和邹美婷之间的恩怨，愤怒过后，他竟有一丝庆幸。

如若不是这样，苏冉还是徐景曦，她不会去接近封季同，世上就不会有封窈的存在……

"没有胡说。妈妈生下我，就是为了报复邹美婷。"封窈喃喃，"我只要存在，什么都不用做，就足够硌邹美婷了。这就是我存在于这个世界上的全部意义……"

如果说私生子女的原罪是给婚姻、给家庭带来伤害，那么这份原罪，这个让人鄙夷的身份，恰恰就是她存在的原因。

不是因为爱，而是因为恨。

上回她问苏冉，到底把她当成什么。现在她知道了。

她是恨的产物，是伤人的工具，是一把好用的利刃……

"这不是你存在的意义。"宗衍捧起封窈的脸，轻轻地吻去她眼角的泪珠，"她的目的是她的事情，与你无关。你的意义是由你自己决定的，与她无关。"

他看着封窈的眼睛："你难道不知道，你对我很重要？"

咫尺距离，封窈从他漆黑如墨的眼眸中看见了自己的倒影，那双寒潭般深邃的眼中满满都是她，仿佛她就是一切。

"他说我配不上你。"封窈忽然觉得很委屈。

从她长到足够大，能够理解父亲另有家庭是什么意义，知道像自己这样的孩子叫作私生女——从那时起，她就决定不去在意这件事情。

虽然很难，但她尽量让自己豁达一点。

可是，再豁达的人也总有破防的时候，她才发现了真相，正在心神动摇之中，又突然被用那种可怕的方式"请"去，被一个不认识的人代表宗衍的长辈鄙视，被质疑——

"那个姓罗的老头儿，他说你爷爷最厌恶我这种……"

"那是祖父自己的问题。"

认识封窈这么久，她总是懒懒散散、漫不经心的，仿佛这世间没有任何事情能够困扰到她。他何曾见过她有这么脆弱、这么动摇的时候？

宗衍的心像是被一只手攥住，狠狠地绞紧："我的曾祖父生性风流，子女众多，当年异母兄弟姐妹间为了争权夺利钩心斗角，祖父掌权之前遇到过不少危机，甚至差点死在异母兄弟的手上。"

"我的曾祖母是曾祖父明媒正娶的妻子，只是不得曾祖父的喜欢。或许你听过一个流传甚广的传闻，曾祖父遇到小孩子请安叫父亲，他却想不起来这孩子是哪个女人生的。"

"那个孩子就是我祖父，他深以为耻。在祖父看来，正妻所出的他才是正统，那些红颜知己生的，本来就没有资格与他相争。"

"另外，"宗衍顿了顿，"曾祖母生了两个儿子，祖父唯一的弟弟，在当年争斗最激烈的时候在南非失足坠亡。但那不是意外事故。"

封窈倒吸了一口气。

原来是有血海深仇……

她依稀听说过一些小道八卦，当年宗老爷子的上位是经过了一番血雨腥风，只是没想到，豪门世家的倾轧，是她想象不到的残酷血腥。

"祖父的偏见是他自己的问题，跟你没有关系。"宗衍捏了捏封窈的脸，他原本不想让她知道宗家这些腥风血雨的历史，怕她知道了，就更想躲得远远的。

旁人都对宗家趋之若鹜，可他很清楚，她最怕惹上麻烦，而像宗家这种人家，最不缺的就是麻烦。

"不许把他的话放在心上，听到了吗？"他强硬地命令她，"把这些都忘掉，祖父影响不了我。"

"哦……"

封窈咬着唇，垂下了眼帘："可是，他会去影响我的家人吧。"

宗衍何等敏锐，只是一句话，他便想明白了罗君毅为什么要大费周章，从家中绑走封窈，却又好好地将她送回。

谈话本身不是重点，重点是，他在用这个举动向封窈示威——

连她都能轻易被掳走，那么她的家人呢？如果他想做什么，她们真的安全吗？

罗君毅甚至不担心封窈把这些话都告诉他——他只要在封窈心中播下一颗恐慌的种子，等着她动摇。

这是阳谋。

"我会派人保护外婆，你妈妈那边也不用担心，我会给她换上顶级的安保团队。"宗衍安抚地亲了亲封窈的额角，"你不要担心，祖父不是万能的。"

封窈的指尖轻抠着他胸口的纽扣，低低地"嗯"了一声。

可是，只有千日做贼的，哪有千日防贼的呢！

封窈的身体经过检查没有大碍，麻醉的残留影响会消退，只是她今天受了不小的惊吓，加上衣衫单薄受了凉，有一些感冒的症状。

到家时已经是凌晨时分，封窈坚持要先洗个澡。

"我帮你洗。"宗衍主动道。

洗澡就是纯洗澡，宗少爷很规矩，认真地帮她洗干净，然后裹上大浴巾，将她抱进卧室，放在床上。

封窈今天昏迷过、呕吐过，身上的冷汗干了湿、湿了干，直到全身刷洗干净，才总算觉得自己又像个人了。

"快换上衣服，乖乖躺好睡觉。"宗衍拿来睡衣，动作轻柔地扯下她身上的浴巾，为她换上。

今天经历的这一切，颠覆了封窈过往的人生。

记得小时候，身边没有父母，难免会遇到一些奇奇怪怪的眼光，甚至是莫名其妙的排挤。就好像没有父母是她的错，是她的残缺一样。

到后来慢慢长大，她开始学会享受这份低调。甚至觉得，妈妈把她藏起来是为了保护她，让她远离媒体和狗仔的打扰。是在意她，爱护她。

孩子对父母总是无限宽容的，偶尔一次的陪伴、一句夸奖、一次亲密的谈心，就足以抵消素日里被忽视的委屈。

在分离中，她学会了降低期待。

人生就是万事降低期待，得之我幸，不得我命，躺平接受就完了。

她要求得很少很少，至少她以为，苏冉在星途刚起步的时候选择生下她，不管是头脑发热，还是别的什么原因，起码妈妈是真心想要她这个孩子的——否则妈妈大可以把她打掉，没有孩子会更轻松，不是吗？

现在她知道了，苏冉确实是真心想要她这个孩子的。

只是想要她的原因，跟她想的不太一样。

她迄今为止的人生，像积木一样"呼啦啦"全倒了。

还有人在废墟上面踩上一脚。明明不是她的选择，却是她被蔑视被轻慢的理由。

凭什么呢？

一直呆呆任凭摆布的封窈忽然抬手，钩住宗衍的脖子，带着他向后倒去。

她仰起头，粉嫩的唇滑过男人修长的脖颈，张口咬住了他凸起的喉结。她比任何时候都要迫切，想要感受他的存在，想要他为她失控。

在这个摇摇欲坠的世界里，她只想抱紧唯一真实的，那轮月亮。

她的主动就像是往干燥的山林里投入了一点火星，瞬间引燃了一场山火。

烈火蔓延，席卷一切，空气都仿佛被激情点燃了……

云收雨歇，余烬燃尽的时候，天际已经泛起了鱼肚白。

宗衍平复着呼吸，轻抚着她沁着汗的后背。

晨曦的微光从窗户透进来，他扯过毯子给两人盖上，将封窈抱得更紧了些，指腹划过她玲珑纤细的肩胛，轻轻摩挲着蝴蝶骨上他留下的一抹牙印。

"痒……"封窈闭着眼睛含糊地咕哝了一声。

就算是期末赶论文，她也顶多熬到一两点，再晚就熬不动了。

这还是她人生第一次通宵。

体力严重透支，封窈累得连一根头发丝都不想动了。当男人低沉暗哑的嗓音传入耳中，她的大脑已经停止工作，迷迷糊糊连一个字都没有听进去："……嗯？"

"我们结婚吧。"宗衍又重复了一遍。

封窈此刻的脑子就像一台老旧的电脑，花了足有十几秒才处理完这

短短几个字的意思,旋即猛地一个激灵。

她费力地睁开沉重的眼皮,正对上宗衍那双漆黑如墨、又亮如星辰的眼眸。

封窈忽然想起,有回旁听到别人评价宗少爷在商业上的才能,说他眼光超前,总是能提前布局,先行介入下一个风口。

商场如战场,快人一步,便是领先一筹,才能立于不败之地。

而在两人之间,他也保持了商场之上的作风,总是先她一步。想一想,那时她只是色心大发强吻了他,他就将她升格成了他的女人;在她认定与他只是两条相交后的直线,不会再有交点的时候,他直接当众宣布跟她订婚……

现在,要快进到结婚了?

见她不说话,宗衍将她腮边散落的发丝拨到耳后,低声道:"我知道这不够正式……"

"不是,"封窈有点慌,"可是,我们才认识没多久……而且你爷爷……"

那个罗老头儿不是说了吗?订婚是宗衍自作主张,他爷爷不同意,婚约是不作数的。

还威胁她……

"不用管他。"借着若有若无的熹微晨光,宗衍认真地打量着她的反应,"你说过想嫁给我的。"

封窈:"……"

没错她是说过,那通响彻山庄上空、让她差点搬去另一个星球的广播,她可不光说想嫁给他,还说了别的乱七八糟的呢。

男人的体温高,贴着他暖暖的,很舒服。封窈的腿在毯子底下钩住他的长腿,垂下眼睫:"我没有想过这么早结婚。"

"早吗?"宗衍不觉得,"那你想什么时候结婚?"

"六十岁吧。"

"……"

"人生前二十几年要忙着读书,读完又要工作,人的精力是有限的,边工作边经营婚姻,两边都顾不好。"封窈下结论,"所以六十岁吧,心智足够成熟,退休了又有时间,可以专心陪伴彼此,很完美。"

又糊弄他。宗衍看着她,面无表情。

封窈的眼皮像灌了铅,浓重的疲倦将意识拖入黑沉:"再不睡觉,我可能都活不到六十岁了……"

……

有的人像猪一样,上一秒还在说话,下一秒就睡着了。

宗衍捏了捏怀中人透着粉润的脸颊,在她微张着的唇瓣上咬了一口。

记得那天晚上,她喝了点红酒,躺在露台的躺椅上晒月亮,开心得一个劲儿地傻笑。

他问她为什么高兴,她说,她跟妈妈聊天了。

只是母女聊了个天而已,就那么高兴。

真傻。

这样一个傻乎乎的懒姑娘,她的生身母亲却是个步步为营、心思深沉的人。

阴谋、心机,宗衍从小到大见得太多了,不管是宗家上下,还是商场的伙伴对手,他太习惯跟城府深沉的千年狐狸们打交道了。

他一点也不讨厌与他们周旋,甚至非常享受与手段出众的对手过招,将对方压服的快意。

只是遇到封窈之后,他才发现原来还有这样的活法——

没有上进心,不追名逐利,简单得像只单细胞动物。在她的身边,让他感觉很轻松、很舒服。

她不会在言辞间给他下套,也不会察言观色,小心地揣摩迎合他的心思。或许是因为无所求吧,她总是坦然自若,连故意惹他生气,都是大大方方、不遮不掩的样子。

就像一颗水晶,清澈透明。那种感觉他不知道该如何形容,他只知道,在她闯进了他的生活,习惯了有她的陪伴之后,他就不能接受她再离开他了。

可是,让她心甘情愿地留在他身边,却好像不是一件容易的事情……

从茶室出来,苏冉一个人开着车,漫无目的地转过一个个街角。

二十四年前,最后一次看见活生生的哥哥时是什么样的,她还记得很清楚。

他穿着一件深灰色的长羽绒服,脖子上系着一条千鸟格的羊毛围巾,背着一个双肩书包。

高高的个子,站在门口,笑着答应靠在床头的她,回来的路上给她带糖炒栗子。

每年冬天，少男少女们怀揣着演艺梦想，来到庆城参加艺考。

哥哥是其中的一个。

而她是偷偷溜来的，美其名曰陪他赶考，其实就是自己想来庆城玩。

繁华热闹的大都市，各种戏剧、话剧演出繁多。晚间哥哥想去看一场话剧，可她有点小感冒，不想出门。

哥哥便一个人去了。

十字路口的交通灯转红，苏冉停下，看着斑马线上一家四口有说有笑地穿过马路。

那天夜里，她迟迟等不到哥哥回来。手机在当时还是个奢侈的玩意儿，她当然没有，哥哥身上倒是带着一个，还是妈妈跟同事借的。

她用酒店前台的座机，一遍遍地拨打，不知道打到第几遍，终于有人接了。

是警察。

后来的事情都很模糊了，爸妈赶了过来，认尸，听警方通报情况，调解……

死因是失血过多。

如果肇事者没有逃逸，如果他及时地被送去了医院，或许还有救。可是肇事者逃了。

她的哥哥，在一个天寒地冻的冬日夜晚，一个人躺在冰冷的地上，流着血，直到死去。

他出事的那个巷子口，里面有一家卖糖炒栗子的小摊。

后来，肇事者主动自首，一个头发斑白、容貌猥琐的老男人，肇事车辆却是一辆很贵的红色跑车。

连她都觉得这不对劲，父母也表示有异议，可是办案的人说没有问题，只催着他们接受赔偿。

案卷上肇事人的说法，是他偷开了停在路边忘记上锁的车，因为操作不熟练加上夜晚路黑，撞了人害怕就逃了，后来良心不安，主动自首。

那个年代，街上没有监控摄像头，他们一家是没有任何背景的普通人，无权无势，在庆城甚至连一个亲戚都没有，就算有疑义，也抗辩无门。

更雪上加霜的是，父亲的身体本来就不好，丧子之痛的打击让他再次病倒，病情很快恶化，住进了加护病房。

母亲含泪签下了结案书，他们需要那笔赔偿款来支付飞速累积的医疗费。

可是，两个月后，父亲还是去世了。

手机在副驾座椅上振动，显示封季同来电，苏冉没有理会。

怎么能不恨呢？

她的家，四口之家，平凡但幸福。晚间围坐在桌前，哥哥吹拉弹唱样样都行，彩衣娱亲，一家人其乐融融。

一夜之间，一切都化为了泡影。

所幸她还有一副不错的皮相，青春美貌是她的武器，尤其是封季同这个男人，她把他研究得透透的，物尽其用。

想扳倒在邹世勇那个位置上的人谈何容易，关系网盘根错节，万人仰慕的明星在这些人眼里也不过是个玩物。她押上了所有，等了这么久，这么久……

手机持续嗡嗡作响，苏河花园的标识出现在视线中，苏冉蓦然回神，才发现自己无意识间开到这里来了。

打过来的还是封季同，不用听都知道他要说什么，无非是抱怨邹美婷发疯撒泼不可理喻，抱怨邹建安蠢笨无能还自视甚高，净给他找麻烦。

苏冉接了起来："喂？"

"窈窈那孩子是怎么回事，又大半天不接电话。"封季同劈头便道。

苏冉平淡地说："你找她有事？"

"我是她爸爸，没事就不能找她？"封季同火气不小，"我今天刚出差回来，邹美婷又跟我发疯，非说这段时间邹家的生意出问题，是窈窈撺掇宗衍搞的鬼。"

他顿了顿，问："我听你之前说过跳楼那男的，叫刘什么的，他被抓起来，牵扯出给邹家做事的人，案子都快审了，这事窈窈跟你商量过吗？"

苏冉有些讶异。

当时她要处理这件事，可对方躲回了国外，一时难以追究。

"抓到了？是好事啊！窈窈受的不白之冤总算能澄清了。"

封季同猛吸气："她怎么不先跟我们商量，直接闹到外面去了。这不是让外人看笑话嘛！那边是做得过分了些，可到底是亲戚，两家私底下处理，我肯定让邹家给个交代……"

"所以你急着找窈窈，是想让她把案子撤了？"

这么多年，苏冉把这个男人了解得实在太透彻。封季同正是这个意思："我这不是怕外人说窈窈仗着宗衍的势，找借口整邹家吗？你知道那些人的嘴,对窈窈的名声不好。"

苏冉差点笑出来。

"可是如果窈窈撤案,外人不就以为她是心虚了,更相信那些胡说八道都是真的了?那样窈窈的名声……"

封季同陷入沉默。

"到时候不知道,宗衍会怎么想呢!"

"当时什么情形,视频你也看过了,我说事情爸爸会处理,窈窈就安了心,高高兴兴去做暑期实习了。结果……"苏冉意有所指地冷笑了一声。

封季同干咳:"我当时也狠骂过邹美婷了。你教教窈窈,得饶人处且饶人。邹家也是有头有脸的人家,做事得留几分体面。"

苏冉无声嗤笑,三言两语打发了他,挂上电话。

她看了眼后视镜,正要转向,却忽然意识到,后面那辆车,好像已经跟着她很久了。

宗衍逗留了几日,才又飞去宣城,继续被打断的行程。

等到封窈从陈玉芳那里得知,苏冉被跟踪撞了车,已经是好几天之后了。

她火急火燎地冲到医院,见到了VIP病房里的苏冉。

"怎么回事?伤得很严重吗?为什么不告诉我?"

"我没有受伤。"苏冉靠在床头,放下手里的书,"你不是在跟我怄气吗?"

"……"也没有气到六亲不认啊!

"车都撞凹了还说没受伤?芳姨说你晕倒了。"封窈很紧张。

"你听岔了吧!"苏冉无奈,"只是甩掉跟着我的车时不小心剐蹭,车掉了点漆,那都是上礼拜的事了。晕倒是昨天的事情,过劳而已。"

这还"而已"?!

"是什么人跟踪你?谁派的?抓到了吗?"封窈更紧张了。

虽然宗衍再三保证不会有事,可是……

苏冉不以为意:"还不是狗仔。"

"真的吗,你确定?"封窈不放心地追问。

"确定,熟面孔了。"

明星被跟车并不鲜见,记者、狂热粉丝,都是家常便饭。大半夜跟着她满城晃悠，以为能拍到猛料。

封窈暗暗舒了一口气。

"冉姐这段时间行程排得太满了，身体哪能吃得消啊。"陈玉芳端着一盘水果走进来，被苏冉瞥了一眼。

陈玉芳假装没看到，塞给封窈一大串葡萄，又款款出去了。她是背着苏冉打的电话，谁让这母女俩已经好久不见面不说话了？进医院了还瞒着，这怎么行。

封窈揪着葡萄，她想问苏冉她舅舅的事情，想问她的出生，想问的好多，却不知道怎么开口。

"宗衍最近怎么样？"苏冉想到自己听到的传言，"坊间流传他很久没在宗氏露面，现在三房的风头起来了。他还给我送了两个保镖过来，宗家出什么问题了？"

封窈抿了抿唇，含糊道："我也不清楚。"

她实在没法不多心，如果知道宗衍为了她跟祖父闹翻，妈妈会不会又从宗衍身上看到什么可利用之处？

她想要尽最大的努力去理解妈妈的苦衷，却无法百分百信任母亲。

封窈深吸了一口气，抬眸看向苏冉。

"舅舅的事情，我知道了。我看到了，外婆写的举报信。"

苏冉的表情凝固了。就像猝不及防被迎面击中，让她措手不及。

可她明明应该准备好了才对。决定从封季同身上下手的那一刻起，这一天不就在她心中预演过无数次了吗？

然而真正到了这一刻，面对这张肖似自己的年轻面庞，她才恍然明白。

原来，一直以来，她保持着距离，只不过是因为，她不敢面对这个孩子，害怕看见这双清亮澄澈、满含孺慕的眼睛里映照的自己。

更害怕这双眼睛里，会充满恨意……

"这些天我私下找了不少律师咨询陈年旧案，可就连我们法学院的大牛教授都说，翻案难于登天。"封窈垂下眼，"回头我可以问问宗衍……"

"不用。"苏冉打断她，"这是我的事，不需要你做什么。"

封窈沉默了一下，搭在腿上的手紧握成拳，那些憋在心里的情绪终于爆发：

"不需要我做什么，我只要存在就行了，是吗？

"不管我喜欢什么，有什么理想，成为一个什么样的人都无所谓，

我只要活着会喘气，能扎邹美婷的眼，对你来说就够了，是吗？"

"不是……"苏冉张了张口，却很清楚，任何辩解都是苍白的。

"从小到大，你总买各种名贵东西给我。可是妈妈，你知道我小时候最想要的是什么吗？"

泪光不觉模糊了视线，封窈的声音忍不住哽咽。

"我最想要的，不过是你能像别人的妈妈一样，在我身边啊。"

沉默了一会儿，苏冉轻声问："你恨我吗？"

封窈摇头，"恨"这个字，太重了。

"你是妈妈啊。"她轻轻地说，"曾经有一段时间，我真的很憎恶自己这个见不得光的身份。我努力说服自己，至少妈妈一定是想要我的，才会不顾一切把我生下来。所以那天，明白了我出生的原因，我真的真的很难过。

"可是宗衍说，那不是我存在的意义。没有人能决定自己是因为什么而出生的，不管是因为爱，或者是因为恨，还是因为需要脐带血救人。可是既然已经来到了这个世界上，我们就是一个独立完整的人了。我不要为了那个不由我决定的目的，而否定我在这个世上经历过的、所拥有的一切。

"所以，我决定放下，不再受困扰了。我的人生，由我自己来决定，我还是想简简单单地在学校里赖一辈子，想跟宗衍在一起，想永远做外婆最爱的乖宝贝，我不喜欢封家人，他们太势利了，所以我决定少跟他们打交道。"

封窈抹掉眼梢的泪珠，认真地看着苏冉的眼睛："我只是希望，过去的事情能够得到一个了结，妈妈也可以放下，开始过自己的人生。"

开始过自己的人生。

说得好像她过去和现在过的，就不是她自己的人生似的。

苏冉喉咙间像是哽着一个肿块，直到封窈离开后，良久，她才抬手捂住脸，发出一声啜泣。

她还可以，过自己的人生吗？

她的人生，本来应该是什么样的？

钓系美人

Chapter 05

宗衍这一趟,又是大半个月。

非常时期,事务仿佛永远处理不完。好不容易结束了最后一场重要会面,宗衍直奔机场,返回庆城。

半途却遇到了不速之客。

"恩铭在哪里?"闯进来的罗君毅全然失去了冷静,"你把恩铭弄到哪里去了?"

罗恩铭是罗君毅的老来子,在加拿大读高中。皇帝爱长子,百姓疼幺儿,罗君毅对这个幺子一向疼宠,百般骄纵。

他联系不上人,快急疯了。

"罗叔不必担心。"宗衍温和一笑,"小孩子贪玩,玩够了就会回家了。"

"你——"罗君毅呼吸粗重,"阿衍,罗叔从小看着你长大,对你可有半分不好?"

理智上,他知道宗衍应该不会伤害他的小儿子,可是人不可能时刻保持理智,否则也不会有"关心则乱"一说了。

"你真是昏了头!"罗君毅气急,"那位封小姐明知道你会因为她失去什么,我向她说得很明白——你付出了多少辛苦,连命都差点丢了,才有的大好局面,但凡她真的关心你在意你,能眼睁睁地看着你全盘放弃,完全无动于衷?"

到底上了年纪,情绪激动起来难免呼吸不畅,罗君毅喘了一口气:"你扪心自问,这样一个不识大体的女人,真的适合成为你的另一半吗?老爷子不是要跟你过不去,阿衍,他比你看得久远……"

宗衍脸上一片淡漠、平静。

"祖父深谋远虑，他要的是将宗氏的辉煌延续下去。不管是我，还是宗家的任何人，都为这个目的而存在。"

他笑了笑："罗叔觉得，去年的这个时候，如果我运气不好死了，祖父是会为我追究到底，还是平息局面，及时止损？"

罗君毅的呼吸凝了一下："阿衍……"

"这件事，我与祖父之间有默契。他放任我做局对付二叔，而我暂时不追究那场'事故'。"宗衍的嗓音很平静，"祖父看重大局，我能理解，也愿意退让一步。否则，罗叔以为，我父亲还能过得这么逍遥吗？"

祖孙二人之间的心照不宣，罗君毅并不知晓，他多少清楚那场事故不简单，却不知道宗衍原来心里有数……

不，他既然说出来，想必手中握有实证了。

可是当时车祸后他昏迷了数日，迟迟没有脱离危险，现场都是老爷子派人去处理的，报废的那辆车也早就拆分销毁了……

老爷子的考量，罗君毅不是猜不到。

如果宗衍没能撑过去，逝者不可追，老爷子固然会小惩大诫，但还是会压下此事，绝不会让宗家传出血亲相残的丑事。

罗君毅一时间心绪起伏，外人多道宗衍脾气乖戾、行事肆意专横，却不知道他也可以隐忍不发，心思深沉得令人看不透。

"说来可笑，小的时候我总憋着一口气，总想让我父亲看看，我比他看重的那两个强。后来，我想要得到祖父的认可。

"可是现在，我有更想要的……"

宗衍立在车门前，萧瑟的夜风拂动他的衣角，在他身后，他的影子被灯光拉得很长。

"不要再动我的人，罗叔。"

门锁开启的响动让封窈从文献堆里抬头，脸上不觉漾起笑容："你回来啦。"

宗衍随手将大衣挂在玄关的衣帽架上，长腿几步走过去，迎着封窈张开的双臂，俯身将她整个拥入怀中。

小小的客厅充满了静谧的暖意，她的身体温热柔软，鼻息间满是她的甜蜜馨香，宗衍的心蓦然得温暖包围住，冰消雪融："我回来了。"

久别后的拥抱，格外让人心动。封窈搂着他的脖子，浅笑着软声问：

"饿不饿？我准备了夜宵。"

茶几上的餐盒隐隐散发着食物的香味，封窈伸手拿过来，却感觉到宗衍的目光，落在了她光秃秃的无名指上。

……啊，又忘记在他回来之前把那枚麻烦的戒指戴上了。

"伯母出院了？"宗衍放弃了计较，将封窈圈在腿上，接过餐盒。

他知道苏冉对邹世勇父子动手了，于是暗中推了一把，要求尽快见分晓。

封窈叹了口气："其实就是强制她休息几天。还好是虚惊一场，我还以为……"

她眸底的那抹隐忧，没有逃过宗衍凝注在她脸上的目光。

罗叔的行动，果然还是影响到了她……

"她和外婆身边我都安排了加强安保，外婆不是也答应考虑搬到庆城来吗？"宗衍喂给她一块小酥肉，"不要担心，不会有事，相信我。"

封窈"嗯"了声，转换话题："我下午上完课，去逛了下商场，人好多啊。"

"一个人逛？"想到熙熙攘攘的人群中，她独自一人孤零零地转悠，宗衍心底一片酸软。

其实她可以叫他陪她的……

"半个人的话，商场不让进吧？"封窈抱着奶茶吸了一大口。

"……"所以她就没想过要让他陪。

"钱姝的生日快到了，我去给她挑礼物。还有我的奶奶，不是说快要过寿了嘛。"封窈还没察觉宗少爷的小情绪，"可太难选了，我逛得腿都酸了。"

"哦。"宗衍淡淡地应了声。

"好不容易才挑好给钱姝的，给奶奶的我懒得选了，从我妈给我的东西里随便拿一件算了。"

"嗯。"

"……"

出现了，连续的单音节回答。

封窈咬着吸管，偷眼打量宗少爷。

灯光勾勒出男人俊逸绝伦的侧脸轮廓，他神情淡淡，慢条斯理地进食，动作是一贯的优雅，赏心悦目极了。

宗衍不理会她的目光，兀自吃完了最后一个水晶包。

"其实，我还给你买了个东西，"封窈手指将奶茶杯一转一转的，假装没看见他蓦然抬眸投来的目光，"不过你好像不感兴趣，还是算了……"

"什么东西？"宗衍盯着她，眸光热切。

封窈慢吞吞地从茶几下面掏出一个小礼品袋，递给他，被他一把拿了过去。

袋子里是个小盒子，被店员里三层外三层包得很精细。宗衍拆到一半，手顿住："真的是特意给我买的？"

这女人惯会糊弄，不会也是随便从她妈那里拿了个粉丝礼物之类的，来糊弄他吧？

封窈哭笑不得："真的，你打开看看嘛。"

盒子打开，里面躺着一对袖扣。

黑金圆扣上是浮雕的猫，一坐一躺，抬着下巴姿态高傲，黑钻石镶嵌的眼睛闪着冷矜的光，一副睥睨众生的高贵模样。

"是不是很像你？"封窈趴在宗衍肩头上，欣赏着这两只神气活现的猫儿，"我第一眼看到，就觉得简直跟你一模一样。"

"哪里像了！"宗衍拧眉不满。

就算像也该是某种威武的动物，猫咪？开什么玩笑！

"你不喜欢啊？"封窈一脸失望，伸出手，"那算了，我拿去退掉……"

"退什么退。"宗衍避开她的手，"送人的东西怎么能退！"

"店里可以退啊，你又不喜欢……"

"我没说不喜欢！"

宗衍"啪"地盖上盒子，顿了顿，又打开，胳膊伸向封窈，抬着下巴命令她："送礼物得亲手戴上。"

啧啧，还说不像，这神态这气场，根本就一模一样嘛！

封窈把两颗小巧的袖扣给大少爷扣上，细细端详。

衬衫袖口洁白，男人腕骨清瘦，手指修长。

她的指尖顺着袖口，抚过他的掌心。他手心的伤口拆线后，留下了一道浅浅的疤痕。

"像长了一条新的掌纹。"封窈想起他身上那些车祸留下的伤疤，蜿蜒狰狞，凶险万分。

真是个多灾多难的大少爷啊！

她摩挲着这条新生的掌纹，煞有介事道："突然出现的线，说明会天降大运。"

宗衍眉梢微挑，眼含调笑："我们封助理的简历上，怎么没写还会看手相？"

"都说了过于优秀，简历列不下了。"封窈拉着他修长漂亮的手，一本正经地胡扯，"你的财运线清晰深长，属于天生富贵命。智慧线嘛，嗯，不能说很短，拿放大镜还是能看到的……"

宗衍面无表情。

封窈接着扯："这条是生命线，看这个长度，起码能活——"她掐指一算，铁口直断，"一千年。"

宗衍磨了磨牙。

祸害才遗千年呢，当他听不出来她在拐弯抹角骂他吗！

"你不要过度联想，活一千年也不一定是祸害嘛。"封窈眼神无辜，"不是还有千年的那什么，万年……哎呀！"

话音未落，她只觉一阵天旋地转，整个人就被宗衍扛在了肩膀上。

"我看你又欠收拾了！"

被收拾了，却不知道是被谁收拾的，已是年过花甲的邹世勇在挫败之余，感到了一丝久违的惶恐。

虽说人走茶凉在所难免，可他经营了大半生的关系网盘根错节，有需要时打个招呼说句话，还是管用的。

可到底比不上从前手握权柄、前呼后拥的时候。

没能拦住封家认回私生女，邹家已是大失面子，更明晃晃地让外人瞧出了颓势，在暗地里虎视眈眈，伺机而动。

邹世勇几经周旋，却被昔日的老同僚老部下各种推搪，气得他高血压几度飙升，邹建安更是沉不住气，直嚷嚷这肯定是封季同的野种干的，要找人好好弄弄那母女俩。

邹世勇把儿子拦下了，倒不是护着苏冉母女，而是不得不顾忌宗家。

父子俩正争执不下，保姆忽然敲门，说有客人来访。

来的不是一个人，是一行六人。为首之人出示了证件，宣告来意："调查组接到举报，你二人涉嫌严重违纪违法，请跟我们走一趟，接受纪律审查和监察调查。"

两人去了窗边，把守住窗户预防有人跳窗，另外四人将父子俩围住。

邹世勇的心沉到了谷底。他都已经退下来了，怎么会突然找上他？

而且，怎么一点风声都没听到？

"是不是哪里搞错了？我一个退休老头子，天天在家里喝茶看报，清清白白……"

邹建安试图反抗："我干什么了我？你们这是乱来！"

狡辩无用，调查组见过各种各样的反应，既然到家里来搞突然袭击，那么哪怕他瘫倒在地走不动路，抬也要抬走。

"带走。"

入冬之后，天黑得格外早。

尽管勉强答应了搬去庆城，可那座吞噬了儿子生命的城市宛如一张黑洞的巨口，总是令苏湘云望而却步。

可是这个原因无法对窈窈言说，那孩子还催着她早些搬过去。说起来有几天没打电话来了，大概是课业重吧，身边又有喜欢的男孩子……苏湘云在心里念叨着女大不中留，打开门锁，对身后的保镖道了声谢。

她还是很不习惯出门总有人跟着，干什么都不自在。苏湘云盘算着，周末做点窈窈爱吃的给她送过去，顺便再提一提这个事。

就在这时，苏冉的突然到来，把她吓了一跳。

作为招眼的大明星，苏冉很少到鹤镇来，更何况是这副魂不守舍的模样。苏湘云不免忧心："怎么了曦曦，出什么事了？"

"邹世勇父子，被抓了。"苏冉喃喃。

苏湘云愕然："你说……什么？"

"邹世勇和邹建安，"苏冉深吸了一口气，压抑着情绪，"我把这些年来搜集到的他们做过的脏事的证据，托人递了出去。但我没想到这么快……太快了。"

邹世勇经营大半生，她递出证据时，预想过他会收到风声，会挣扎反扑。

然而没有。

顺利得令人难以置信。

从收到消息到现在，苏冉都还像是在梦里。

哥哥出事后，直到结案，她没有见到过任何一个邹家人。

当然了，连肇事车辆的注册信息都被篡改，简单潦草的案卷里，没有任何一条信息提到一个"邹"字。

姓邹的那么高高在上，从始至终，甚至连看都不屑于看他们一眼，就像是掸掉了一粒灰尘。

"抓了就好，抓了就好……"苏湘云不住地颤抖，不知不觉间，两行泪水顺着脸颊滑落，"那，抓了就完了吗？他们会不会还有后手？他们知道是你做的吗？"

"我会盯着的。"苏冉吸了吸鼻子，"你不用担心。这件事，还没有结束。"

苏湘云捂着脸："是我没用，都怪我太没用……"

当初苏冉放弃了考大学，只身去了庆城闯荡，她是极力反对的。

她已经失去了儿子和丈夫，她不能再失去唯一的女儿了。

可苏冉从小就胆大又倔强，除非一辈子把她锁在家里，否则只要有机会，她一定会想办法报仇。

苏湘云阻拦不了，只能跟她约法三章。一切以自身安全为要，两年为期，如果没有希望，就乖乖回来复读，重新考大学。

只是苏冉的胆大，令她这个做母亲的都预料不到。

她没有想到，她会故意怀上邹美婷未婚夫的孩子。她甚至不是为了抢夺邹美婷的未婚夫——

"我抢她的未婚夫做什么？没了封季同，邹家还会再给邹美婷找一个前途光明的丈夫，她照样安安稳稳做个富太太，我抢得过来吗？"

当时面容还带着几分稚嫩的女孩儿已经显怀，坐在床上一脸的冷静："你知道什么叫'沉没成本'吗？我要她嫁给封季同，给他生儿育女，幸福美满的日子过得越久，她的沉没成本就越高，就越不可轻易原谅封季同的背叛。"

"可是孩子呢？"苏湘云无法接受，"你把孩子当作对付邹美婷的工具，这对孩子公平吗？"

"这个世界哪有公平可言？"女孩儿垂着眼，表情漠然，"等孩子以后知道，如果要恨我，那就恨吧。那是我应得的。"

……

思绪随着往事起起伏伏，那些深埋在心底的痛苦，仿佛决堤一般奔涌而出。直到苏冉轻轻地说了一句："窈窈她，知道了。"

苏湘云张了张嘴，却发不出一点声音来。

"她说，她不恨我。她说她想永远做外婆最爱的乖宝贝。"苏冉想挤出一抹笑容，滚烫的泪水却争先恐后地夺眶而出，她哽咽着，泣不成声，"明明我是一个最糟糕的妈妈，我甚至根本不配……可是她说，希望我能放下，过自己的人生……"

邹世勇父子被带走调查的消息，在封家掀起了一场地震。

封季同满脸疲惫，眼里泛着红血丝，倒不完全是为岳家操心焦虑，更重要的是他在收到消息后，就紧急把这些年来跟邹家有关的业务往来、账本资料等，全部清理干净。

谁也不知道调查会到什么程度，至少封家不能被拖下水。

封季同望向还在嚷嚷着要找关系摆平事情的邹美婷，眼中难掩厌恶，或许是时候，离婚了。

封家陷入一片兵荒马乱之际，封窈刚送别了又要离开庆城去出差的宗衍。

这段时间他格外繁忙，经常忙到大半夜才回来，不时还要出差，想来对抗祖父给他的压力不轻。

商业上的事情封窈不了解，只能尽量不要太黏黏糊糊，免得妨碍他的正事。

……

头等舱隔间里，宗衍手肘支在扶手上，目光望着舷窗外，骨节分明的手指摩挲着袖扣上浮雕的猫咪。

才刚离开她，思念却已经开始蔓延，在他过往二十七年的人生中，何曾有一个人让他体味过这种牵肠挂肚的感觉？

刚才他走的时候，也没见她有多舍不得。离别之吻倒是热情缠绵，而之后她就挥挥手，利索地放他走了。

连句叮嘱都没有……

以往总听杜景明抱怨女伴太黏人，各种争风吃醋，还动不动就要花式逼婚。这些"缺点"，封窈倒是一样都没有，省心极了。

省心得让人忍不住怀疑，她到底有没有把他放在心上？

飞机引擎的噪声轰响，宗衍有些心浮气躁，正要打开平板电脑看看报表冷静一下时，地上"咕噜噜"地滚过来一个东西，碰到他的鞋沿，停住。

紧接着，一道柔婉的女声响起："那个……先生，我的口红掉了，能帮我捡一下吗？"

宗衍连眼都没抬，脚尖一转，将那管金色的玩意儿朝过道对面一踢。

看也没看东西滚到哪儿去了,大少爷肯帮帮忙抬个脚,已经是仁至义尽了。

口红这东西女人好像都喜欢,封窈却兴趣不大,平日里多是涂点润唇膏。用过的口味倒是不少,玫瑰味的,草莓味的,布丁味的,他都品尝过……

余绾绾咬着唇,没想到这个矜贵俊美的男人竟然这么没风度。

她都打好了腹稿,他递口红过来,她顺势夸赞他袖口上那个黑金猫咪的袖扣可爱,由此打开话题……

说实话,一开始接到委托时,她是想拒绝的。她好歹也是个几百万粉丝的红人,交往过几个富二代,去接近男人这种活儿,太低级了。

可是对方开的价不低,而且看了目标的照片,她可耻地心动了。

而且他手上没有婚戒……当然就算有也没什么大不了的。

这回连头等舱机票都是对方安排好的,可以说是公费钓凯子,机会太难得了!

余绾绾自诩"钓系美人",对自己的颜值、身材颇有自信,可是这一路上,她的各种撩人的小动作,都没能让邻座这位超优质男人正眼瞧过来一眼……

飞机已然降落,超优质男人从座位上站起身,颀长挺拔的身姿透着矜冷的气质,一双大长腿更是惹人注目。

余绾绾等他走到旁边的过道的瞬间,也站了起来,紧接着"哎呀"了一声,身形不稳,朝旁边栽倒。

——伎俩虽然老得不能再老,但是管用,美女往身上贴,男人一般都不会拒绝……

宗衍反射性地避开了。

这一回,他倒是多看了一眼。

有点像……

比起像封窈,倒不如说是像苏冉。大波浪卷发加上精致的妆容,风格向苏冉靠拢,透着一种拙劣的模仿感。

这不罕见,苏冉的走红可以说是影响了一代人的审美,娱乐圈常有新人打着"小苏冉"的招牌蹭热度,模仿她的妆容打扮更是一阵阵的风潮。

宗衍的念头一闪而过,便丢开了,长腿迈步走向舱门。

蒋时鸣紧随在他身后,同情地瞥了一眼栽过头真的摔跪下,刚被空姐扶起来的余绾绾。

又一个拜倒在少爷的西装裤下的,可是,下跪也没用啊。

亚城是一座海滨城市,宗衍下榻的酒店临海而建。

日落时分,夕阳缓缓沉入海里,余晖洒在波光粼粼的海面上,霞光像燃烧着的火焰,染红了大半个天际。

落日美景壮丽,宗衍对着窗外拍了张照,发给封窈。

世间美景他见过不少,只是他素来没有什么闲情逸致去驻足欣赏,又或是拍照,手机里常年存不了几张照片。但现在不一样了——

他的相册里多了很多照片,有她睡着时,他拍下来的睡颜,有她回头时不经意的抓拍,有平日里看到,没有什么特别的缘由,就是随手拍下来发给她看的杂七杂八,甚至还有那天两个人扫光了一桌饭菜,跟一堆空盘子的自拍合照……

放在以前,很难想象他会做这种无聊的事情。

宗衍浏览着相册,不知不觉嘴角上扬。

手机振动了一下,弹出新消息。

宝贝:"美!!!"

不仅如此,紧接着她的视频通话请求弹了出来。

视频接通,屏幕上显示出一张白皙精致的小脸,同时她软绵绵的声音响起:"你在干什么呢?"

宗衍:"你猜。"

"我猜,你在想我。"

宗衍不否认:"那你呢,你又在干什么?"

"我嘛,"封窈笑得狡黠,"我在想你在想我在想你。"

"……禁止'套娃'。"

女人的笑声如银铃般清脆,宗衍板起的脸很快柔和下来,又听她说:"那就只保留第一层好了。"

宗衍薄唇勾起:"哼。"

海滨温暖宜人,宗衍只穿了件衬衣,领口解开了一颗扣子,露出白皙修长的脖颈,喉结性感,精致的锁骨若隐若现。

封窈用目光描摹过男人从下颌骨到脖颈那条漂亮的线条,落在凸出的喉结上,忽然觉得牙齿有点痒,很想一口轻轻地咬上去。

"再用这种眼神看着我,我马上叫人把你打包送过来。"

男人低沉的嗓音透着几分暗哑,封窈从耳朵到身体都酥麻了一下,赶紧把脑子里乱七八糟的念头收起来,说:"那可不行,我明天还有考试呢。"

看他衣衫单薄,她又一脸羡慕:"真好啊,那边那么暖和,又有海,这边今天冷死了,头都要冻掉,夜里好像还要下雪呢。"

"晚上记得把暖气调高一点,你老爱踢被子,小心着凉。"宗衍道,"等你放寒假了,我带你去我的岛上度假,你可以晒太阳,游泳潜水,想裸奔都可以。"

"……裸奔就不必了吧。"封窈有些惊奇,"你还有岛啊?"

"是我母亲的岛,小的时候,她会带哥哥姐姐去度假。那时我体质太弱,医生不建议带我去,直到他们过世几年后,我才第一次去了那座岛。"

封窈听得心里酸酸的,很想抱抱他。

无论母女关系如何,她至少还有机会跟妈妈聊聊,可是宗衍的妈妈那么早就不在了……

"那说好了,等我放寒假,我们一起去。"封窈露出憧憬满满的表情,"我要躺在沙滩上晒太阳,晒完正面晒背面,当一条真正的咸鱼!"

宗衍:"……真是远大的志向。"

说话间,宗衍下了楼,迈着长腿走出电梯。

天光从十几层高的玻璃穹顶透进来,宽敞明净的大堂点缀着圣诞装饰,中央一棵十米高的圣诞树亮着彩灯,衣着光鲜的男女来来往往。

宗衍径直走向大门,这时忽然有一道柔婉的女声响起,带着惊喜:

"咦?好巧,你也住这里啊!"

宗衍抬眸瞥了一眼。

余绾绾等了大半天,都快要放弃了,才终于等到目标出现。

要钓凯子嘛,脸皮就是要厚。飞机上不慎摔跪下,说不定正好给他留下了印象呢!

视频通话的另一端,封窈挑起了眉梢。

喔唷,这是有艳遇?

宗衍生了一副出色的皮相,即便他冷着脸时,周身那股凌厉矜冷的气场让人难以接近,然而人是受欲望驱使的动物。

总有人会前赴后继地迎难而上,希望自己是特别的那一个。

贴上来的女人屡见不鲜,宗衍本来不想搭理,只是屏幕上的封窈眼眸晶亮,一副很想看看说话人的样子,不知道只是好奇,还是……

宗衍心头倏然一动,改了主意。

"是你。"他微微颔首。

飞机上一路都没能让这个男人正眼看过一眼,终于打破了他的高冷,得到了他的注意,余绾绾脸上的笑容加深。

之前可能是地点不对,又或者是他心情不好。眼下天色将晚时分,在酒店里再遇,时间地点都多了一抹暧昧的色彩——

男人嘛,出行在外,来一场艳遇是多么正常的事情,不是吗?

"啊,果然我'社死'得让你记住了啊……"余绾绾撩了撩头发,满脸羞涩地垂下眼,"下个飞机摔成那样,真是太丢脸了……"

"社死"这个网络流行词是什么意思,宗衍还是之前听封窈拿当初山庄里那通广播作为例子解释过,他才知道的。

要论社死,比起某人,是小巫见大巫了。

宗衍瞥了眼手机,淡淡道:"哦。"

余绾绾:"……"

这个超优质的男人,要说对她没兴趣吧,他又停下来跟她搭话了;可是要说对她有兴趣吧,那张俊美的脸上又写满了心不在焉……

"你到亚城来是出差吗?"绕弯子看来无效,余绾绾大胆地决定试试直球,"对了,我叫余绾绾,'绾绾一枭楚宫腰'的绾绾。"

应该是"嫋嫋一枭楚宫腰"啦,封窈心想,况且这也不是什么好句子,下一句可是"那更春来,玉减香消"哦。

不过这位绾绾妹子恐怕是对牛弹琴了——宗少爷自小在国外读书,中文素养不能说登峰造极吧,只能说聊胜于无。吟诗念词什么的,他能听得懂才有鬼。

宗衍确实没听懂,不管是什么"一鸟"还是什么"公腰",他都不感兴趣。

他只不过是给通话另一端的女人看,到这里就差不多了。宗衍正要开口,余绾绾却抢先道:"你晚上如果没有约的话,我可以请你喝一杯吗?"

封窈睁大了眼睛。

哇哦,好奔放,好直接!

宗少爷很招人垂涎这件事,封窈又不是第一天知道,只是目睹他被女人勾搭,倒还是头一回。

不爽当然是有一点的,不过她更好奇,这种情况他都怎么处理的。

暮色昏昏，大堂侧角的酒吧播着舒缓的爵士乐。巨大的圣诞树上挂满了灯球，半空处有无数小灯泡如珠帘般垂坠而下，细碎的灯光映照在光可鉴人的大理石地板上，仿佛星河流淌，平添许多浪漫暧昧的氛围。

大胆的女人宗衍当然不是没有见过，他不爱好在风月场上厮混，不代表他听不明白这邀约的意思。

灯红酒绿，饮食男女，还是在酒店这种地方，喝喝酒调调情，发生点什么，似乎都是顺理成章的事情。

宗衍紧张地看向手机，以为会看见一张醋意大发的脸，他已经做好了准备解释。然而出乎他的意料，封窈圆睁着眼睛，眉梢高高挑起，不像是生气的样子，倒像是……看热闹？

更没有要出声宣示主权的意思。

他的脸色倏然沉了下来。

……她到底明不明白，她的男人被别的女人勾搭了！

大胆的直球邀约，却遭遇了令人尴尬的冷场。

男人垂眼盯着手机，俊脸毫无表情，精心雕琢般立体深邃的五官轮廓太惹人心动。余绺绺甚至都不在乎什么委托不委托了，她是真的眼馋这个男人！

"嗯……不可以吗？"余绺绺垮下肩膀，妆容精致的脸上流露出恰到好处的失落，分外惹人怜惜。让主动的美女这么失落，一般男人都顶不住，余绺绺从假睫毛下打量宗衍，"那……"

"喝一杯？"宗衍将目光从手机上移开，他倒想看看，她到底能有多沉得住气，"什么时间？"

余绺绺心花怒放。

撩男人是门学问，余绺绺的脸上亮起一抹小小的惊喜，适度的喜悦对男人来说是恭维，但又不能太过头，会显得很掉价。

"我八点以后……"

"——宗少！"

不远处体形富态的中年男人一脸激动，他身边吊儿郎当的杜景明挑着眉毛，兴味十足。

富态中年人一路小跑过来，态度殷勤："原来宗少也在亚城！好久不见了，老爷子可还安好？"

他又看向宗衍旁边的余绺绺，见她的模样有些像苏冉，想当然地以为这就是宗少的那位未婚妻了："这位就是封小姐吧？闻名不如见面，果然跟苏冉女士是一个模子里刻出来的大美人……"

"这不是我的未婚妻。"宗衍脸色黑沉地打断他,又扫了手机一眼,通话虽然没有挂断,但屏幕上不见了人影,镜头对着天花板。

余绾绾的内心大受震撼。

不是震撼于宗衍已经有未婚妻了,别说只是未婚妻,有老婆她觉得都不算什么。她震撼的是这个富态的中年男人,她到处蹭活动时见过——恒桥实业的朱总,那回活动上,一大堆人围着他恭维。

而在这个"宗少"面前,朱总却是点头哈腰,殷勤得不得了……

等等,姓宗……老天!是那个"宗"吗?!

认错了人,朱总有些尴尬,转念又想得更歪了。他很快掩饰住,打着哈哈:"瞧我这眼神儿,得罪得罪,哈哈……"

杜景明刚跟朱总谈完生意出来,没想到撞见了宗衍,更让他发现了新大陆——

他打量着余绾绾照着苏冉整过的面容,压低了声音冲宗衍怪笑道:"怪不得你说跟封家的祸水妞儿就是玩玩,原来就是喜欢这个款啊,不错不错……"

"你给我闭嘴!"

宗衍后颈的寒毛都竖起来了,这下什么都顾不上了,对着手机屏幕上的天花板急声:"喂,窈窈……"

白花花的天花板晃动了一下,紧接着是"嘟"的一声,通话挂断了。

请你自重
Chapter 06

宗衍这辈子都没有遇到过这么棘手的情况。

他只不过是想看看,那个没心没肺的女人看见他被别的女人勾搭,会是什么反应。

谁让她老是惹他生气,处处糊弄他。他承认,他就是想要她吃醋,想看她为了别的女人嫉妒揪心,想让她有好好地将他放在心里,分毫也容不得别的女人染指。

然后他当然会跟她解释清楚——反正一切都是当着她的面,容易解释。

谁知道会半途冒出来闲杂人等,还有杜景明那个该死的大嘴巴……

宗衍揉了揉额角,在一连串的"对方无应答"之后,又给封窈发了条信息:"宝贝接下电话,不是你想的那样。"

宗衍:"宝贝?"

门口传来"叮咚叮咚"的门铃声,是被丢下的杜景明追了上来。

宗衍没有理会,他这会儿没有工夫跟杜景明算账,当初被封窈拉黑过的经历还历历在目,他有种不好的感觉。

好在,当他再次拨出去时,封窈接了。

"宝贝,你听我解释,"通话一接通,宗衍抓紧机会,"那个女人我不认识,杜景明完全是胡扯,你不要误会……"

镜头晃动,封窈显然是行走在外面。天已经黑了,她的头上戴着一顶缀着狐狸毛球的毛线帽子,大半张脸藏在围巾后面,呼出的白气被路灯的光照射出一团一团黄晕来。

"是吗？"她的声音听不出喜怒，"不去喝一杯了吗？"

"我本来就没有打算要跟她喝酒，我只是……"只是什么，宗衍说不出口，这种犯傻的事情，承认起来实在太丢脸，"总之，你要相信我，我如果真的想做什么，会当着你的面吗？"

有理有据，封窈当然知道他还不至于急色到一边跟她通着视频，一边跟女人勾勾搭搭约那个什么。

刚才镜头没有照到那个女人，可是从后来的对话里，她不难听出来，那女人应该跟她长得挺像。

这就让人十分硌硬了……

还有什么"祸水妞儿"，什么"就是玩玩"……杜景明不是说是宗衍他说的吗？那么顺口又随意的语气，怎么可能是胡扯，骗傻子呢？

她迟迟不开口，宗衍不由得忐忑："宝贝？这么冷的天，你在外面干什么？"

"系里聚餐。"餐馆的门口亮着圣诞彩灯，封窈伸手拉开玻璃门，瞬间被迎面而来的暖气和饭菜香气感动得热泪盈眶。

"不跟你说了，你去喝你的一杯两杯，本祸水妞儿去找别人玩玩。挂了，勿念。"

说完，她索性把手机关机了。

比较文学这个冷门专业，在庆大文学院里属于中文系。封窈当初选了这个专业，一部分原因就是看中它够冷门，而且没有什么实用价值，很适合她。

既然想留校任教，系里的活动偶尔还是要参加一下的，不能太不合群。

室内很暖和，封窈脱下外套，摘下了帽子和围巾，一走进包间，就被宋叶薇拉过去坐。

"你家属呢，怎么没一块儿叫过来？让师姐师兄见一见嘛。"

"他出差去了。"封窈在宋叶薇身边落座，一一打招呼。

系里男生中对封窈有想法的不止一个两个，随着刘东旭因诽谤罪获刑，谣言已经平息下来，而封窈的穿用举止又充分说明，她家肯定相当有钱。

饭席间，不免有人打探："封窈男朋友是做什么的？多大年纪啊？"

封窈放下饮料杯："一把年纪了，搬砖的。"

宋叶薇有感："唉，同是天涯搬砖人啊。我这几天都搬到凌晨两三点，论文还被老韩打回来，今晚回去得继续搬，苦啊……"

"研究僧"的苦在座都有共鸣了，一时间纷纷唉声叹气，哀鸿遍野。

封窈也心有戚戚，她刚完成了选题报告，期末之前还得灌出一篇论文来，还有一堆考试……他倒是在海边，良辰美景，美女做伴，逍遥得很呢！

越想越气。

封窈抓起手边的杯子，灌了一大口，酸酸甜甜带着淡淡酒味的口感，让她眼睛一亮。

"这个梅酒还蛮好喝的嘛。"她拿过酒瓶看了眼，记下牌子，回头买来给外婆试试。

"哎，封窈，每回来校门口接你的就是你男朋友吧？他搬的什么砖啊，那么有钱？"又有人开口打探。

众所周知，总有豪车在校门口接封窈，只是从来没有人看见过车里头的人是男是女，是圆是扁。

封窈刚才随口说了句"一把年纪了"，有人的心思又动了起来。

刘东旭诽谤被抓，只能说明那部分是造谣，可豪车总是真的。

"不是哦，有时是我妈。"封窈看着问话的男生，"他什么砖都搬，哪里有需要哪里搬。"

——这话一点不假，宗氏涉足的产业众多，房产、科技、医药、金融、能源、矿产、传媒、时尚……赚钱行业的砖都搬。

宋叶薇"扑哧"一笑："敢情还是个复合型人才！"

封窈想了想，除了做家务的技术稀烂，还有不少时候欠缺常识，宗少爷论起能力手腕，确实是万……不，"亿"里挑一了。

招蜂引蝶的能力也很不一般呢。

"还行吧。"封窈客观道，"不过人不人才的不重要，反正我喜欢的是他的脸。"

桌上有人在心中撇嘴，很不以为然——连行业都不敢透露，谁知道做的是什么见不得人的生意？

要真是有钱又有颜，怕不早在朋友圈里秀疯了，哪会捂得严严实实的哦……

席间一片热热闹闹，各人心里是什么想法，就只有自己知道了。

封窈填饱了肚子，刚才喝的梅酒稍微有一点点上头，掏出手机想看时间，摁了几下屏幕都是黑的，差点以为手机坏了。

随后才想起来，哦，关机了。

这时，包间的门被轻轻叩响。

一个秘书模样的人捧着一大束玫瑰花走了进来，径直走向封窈，双手将花束递向她。

"封小姐，宗先生说，希望您开一下机，不要不理他。"

鲜花芬芳烂漫，空气都美好而生动起来。

上一回以"宗先生"的名义送来的花，后面可没发生什么好事。

包间里都是人，封窈倒不担心会重蹈覆辙，想来宗衍也是考虑到了这一点，才会放心地送花过来吧。

封窈冲着送花来的秘书笑了笑："他希望？他是希望工程来的吗？我没空陪他玩，'2.0'不够他忙的吗？"

美人展颜一笑，人比花娇。秘书看得呆了一下，随即摸了摸鼻子："我、我会转告宗先生。"

有了送花这一茬，话题自然而然地又转向了那位不在场的"宗先生"。

"听你说什么'2.0'，你家宗先生是在大厂做软件吗？"

"程序员'996'很辛苦的，男人忙事业嘛，还是要体谅一下……"

怪不得她说搬砖，码农嘛，"996"没空陪女朋友，她就闹别扭关机冷战……仗着长得美，挺"作"的吧。

梅酒喝着酸酸甜甜，像饮料似的，没想到后劲还挺大。封窈被吵得脑袋"嗡嗡"直响，又不可能解释"2.0"是她的同款，某人可能是想玩"连连看"。

她索性顺水推舟，抱着花一脸羞涩："你们说得……嗯，也有道理，那我先走了，回去给他打电话。"

妨碍人谈恋爱天打雷劈，众人起了个哄，就放她先走了。

出了餐馆，冷风迎面吹来，封窈呼出一口白气，抱着花走向停在路边的车。

忽然身后有人唤她："窈窈？"

封窈转头回望过去，一身黑色长大衣的男人站在路灯下，高大颀长的身形，恍然有一瞬间，让她还以为看见了宗衍。

她晃了晃晕乎乎的脑袋，眯起眼睛："宗澜？"

"果然是你啊，好久不见。"宗澜走过来，指了指隔壁，"我刚在这间清吧里跟朋友吃饭，还有另一个朋友的乐队今晚在表演。"

他的朋友还挺多，有办艺术展的，有搞乐队的，都挺艺术。

"你天天就是看展看表演吗？日子过得太轻松了吧。"

宗澜轻笑："应该是很多人轻松吧，谁让我没什么野心，也不参与家族生意呢。最近我父亲倒是三番五次地叫我回去帮忙，不过我只会倒腾艺术品，家里那些太麻烦，我不想掺和。"

宗澜的笑意加深，扫了一眼她抱着的玫瑰花："如果回去帮忙的话，恐怕就要跟宗衍为敌了。对了，宗衍呢，怎么没来接你？"

封窈扯了扯嘴角，含糊道："他在忙。"

宗澜没有细问，看了眼旁边的车，走过去替她拉开车门，绅士地抬手护在车顶："外面冷，还是赶紧上车吧，回头有机会再聊。"

封窈也觉得冻得够呛，点了点头，走到车门边，正要上车，这时宗澜忽然弯腰。

男人清俊的脸在眼前放大，轻轻的一个吻，落在她的唇畔。

封窈倏然瞪大了眼睛，整个人都蒙了，臂弯间的花束"啪"地掉在了地上。

人在突然遇袭的瞬间，脑子是空白的，待到封窈终于反应过来，抬手想一个耳光抽过去时，宗澜的脸已经退开，直起了身子。

"抱歉，你这个打扮，毛茸茸的，真的很可爱。"宗澜摸了一把她头顶上蓬松的狐狸毛球，"像小动物。"

"……"

封窈用手背猛擦嘴角，胃里恶心翻涌。

平心而论，虽然不像宗衍那样死死地卡在她的审美点上，宗澜也算是个难得一见的美男。不论是在庆大的受欢迎程度，还是网上庞大的"三少奶奶"团，都能证明他是个很有魅力的男人。

但是不行。

她的皮肤饥渴症，起码到目前为止，似乎只有宗衍能触发。

"请你自重！"封窈厌恶得想吐，"我不喜欢。"

"为什么？"哪知宗澜望着她神情认真，"因为宗衍吗？可是你难道没发现，宗衍没打算正式带你去认识宗家人吗？你这个未婚妻，没有得到过宗家的正式承认，你知道这意味着什么吗？"

"意味着他留有余地，随时可以反悔，可以全身而退。他把订婚的事情弄得尽人皆知，却又不把你介绍给宗家人，你觉得，这是认真的态

度吗?"

封窈皱起了眉心,她连跟她有血缘关系的封家人都懒得打交道,去见宗家人做什么?

得到宗家的承认是什么了不起的成就,可以原地飞升吗?

"不劳你操心。"

宗澜笑了笑:"宗衍父亲的那位红颜知己,你知道的吧?她从来不被允许参加宗家的正式场合,时至今日,老爷子也一次都没有见过她。你知道外人都是怎么说她的吗?"

封窈不感兴趣,弯腰捡起了掉在地上的花束。

"如果是我,我不会让你陷入这样的境地。"宗澜眼睛注视着封窈,声音很轻,在卷起的寒风中几乎低不可闻,"他值得吗?"

"三少,"这时邱司机下了车,盯着宗澜,"有什么需要帮忙吗?"

宗澜没有看司机,缓缓地向后退开,看着封窈坐进车里,司机旋即合上了车门。

车绝尘而去,红色的尾灯闪烁。

后座里,封窈从座椅间的盒子里抽出纸巾,使劲擦嘴。

真恶心……

那一大束玫瑰摆在膝头上,刚才掉在地上,娇嫩的花瓣上沾了些尘土,看起来可怜兮兮。

封窈换了张干净的纸巾,一瓣一瓣地仔细擦拭起来。

亚城。

饭局上,宗衍剑眉紧锁,修长的手指间把玩着一只打火机,眉眼间的烦躁压都压不住。

对方以为他是对条件还不满意,有些为难:"宗少,实不相瞒,前不久宗启山先生表示过有兴趣,协商已经在进行中……"

众所周知,宗家最近是三房宗启山在掌权,只不过宗启山的眼光能力也就那样,行动力算不上强,这边和宗启山方接触过之后,迟迟没有太大的进展。

宗衍虽然许久不在宗氏露面,传言他与宗老爷子不知道什么原因而闹翻了,有些傻子因此而看低了他,然而真正的明眼人才不会忽略,宗衍手中所握的不仅是宗家的资源——

别忘了,他还是孟家的外孙,孟子怡唯一仅剩的儿子。

孟子怡生前，可是连宗老爷子都心生忌惮的人物。她留给宗衍的产业，经过这些年的经营，影响力也十分可观了。

对方抬出宗启山，无非是想给他点压力。宗衍撩起眼皮瞥了对面一眼，轻嗤了一声："你觉得三叔有那个胆量，整个吃下来吗？"

做决策是需要承担风险的，作为掌权的决策者，魄力跟手腕一样重要——这也是先前为什么哪怕二子宗玉山缺点累累，宗老爷子依然把他作为继承人候选考量——因为他敢做决策。

谈判本就是博弈，虚张声势被一眼看破，眼下又确实没别家能吃得下这个体量的交易，对方只好再退一步。

宗衍总算是点了头，伸出手，淡淡道："期待合作。"

挖着宗氏的墙脚谈妥了一大桩交易，只不过是他给祖父的一个小小的回敬。回头祖父得知三叔犹豫不决错失良机，必然会十分恼怒吧。

只是这并没有让宗衍的心情好上几分。

饭局结束已是深夜，上了车，宗衍再次尝试给封窈打电话。

还是关机。

宗衍揉了揉酸胀的额角，烦躁地将手机丢开。

什么"2.0"，哪有那种东西，她到底误会成什么样了……

宗澜刚回到家中，就接到了宗老爷子的电话。

说来有意思，他长这么大，祖父头一回打电话给他，为的却是另一个孙子。

不过无所谓，祖父的关注是一把双刃剑。被关注，有被关注的烦恼；不被关注，有不被关注的自由。

"您不必担心，感情这东西，最经不起猜疑。"宗澜笑了笑，"祖父放心，我承诺的事情会做到的。"

另一端，宗老爷子点了点头："你能做到，我自然不会亏待你。"

宗澜摸了摸嘴唇，脸上的笑意扩大："那就谢谢祖父了。"

梅酒的后劲不容小觑，封窈到家后，回到房间倒头就睡了。

一觉醒来，头还有点疼。

"这就是宿醉的感觉吗……"封窈叼着牙刷，看着镜子里没精打采的自己，脑海中突然浮现出昨晚的那一幕。

顿时胃里一股恶心的感觉往上涌，她冲到马桶前，弯腰干呕了两声：

"呕——"

好不容易止住了干呕,她洗漱完毕,打开手机。

有不少未接电话和未读消息,大都是来自宗某人。封窈先打开通讯录找到宗澜,拉黑删除。

还是钱姝看人最准,昨夜那番话,真是"茶"气冲天——宗衍不值得,就他值得?

他值得一个大耳光,他该庆幸她那会儿太茫然了,反应跟不上。

封窈越想越气,给钱姝发信息:"我应该加入吵架没发挥好小组。"

钱富贵:"谁?我帮你骂!"

真正的闺蜜,就是不分青红皂白,不了解前因后果,骂就完了。

了解了前因后果,钱姝骂得更凶了:"这隔夜的'绿茶'!要追你就堂堂正正地追,挑拨离间算什么?找刺激?呸!"

找刺激,还真的有可能。封窈想起第一次遇见宗澜的时候,他在艺术展上摆的那一道。

这个人表面上温和斯文,内里还挺恶劣的,喜欢操弄人心,以看人性缺陷的暴露为乐——那一副眼镜,暴露出那些空谈艺术的人不懂装懂,大出洋相,他不是看得很开心吗?

"就是小丑那类人吧,病得不轻。"

封窈拿了一杯酸奶,正要点开看看宗衍这一晚上都给她发了些什么,这时,露台上忽然传来嗡嗡的响动。

昨夜下了一点雪,薄薄的一层,在清晨的太阳下渐渐消融,化出的水在阳光下闪着光。

隔着紧闭的落地窗,封窈看见好几架无人机朝这边飞来,随后依次降落在露台上,卸下携带的盒子。

包装精美的盒子大小不一,个个顶着漂亮的蝴蝶结,在露台上摆成了一个心形。

完成了投递,无人机如鸟群般嗡响着撤开,只留下一架,不高不矮地悬浮在半空,隔着落地窗与封窈对望。

会干这种事的人,不用想也知道是谁。封窈抱起了手臂,她当然知道这东西有摄像头,某位少爷八成就在另一端,透过摄像头看着她呢。

亏他想得出来。

"窈窈。"

隔着电波和窗户玻璃,男人的声音有些失真,瓮声瓮气的感觉,无端端地透着几分委屈。

封窈倒是有意偏不开窗，可是这番动静已经惊动了小区的人，再隔着窗户喊话，她马上就会成为小区的头号名人了。

封窈打开窗户，一股冷空气灌了进来，她打了个喷嚏。等到那架深灰色的无人机飞进来，她立刻把窗户合上。

"你是想顺便冻死我吗？"封窈揉了揉鼻子，没好气地瞪了悬停着的无人机一眼，又忍不住有点好奇，"这玩意儿遥控距离这么远吗？还可以在室内飞？"

封窈扬起眉梢："所以呢，这是武力威慑？我要是还不理你，你就丢个核弹？"

无人机："……"

无人机上的超高清摄像头追随着封窈，将纤毫毕现的影像传输回来。

茶几上插在花瓶中的玫瑰花，为客厅增添了一抹亮色。宗衍的目光扫过封窈手中的酸奶杯子，落在她略显萎靡的小脸上，眉心微微蹙起，问："昨晚聚餐喝酒了？"

封窈懒洋洋地往沙发上一歪，掀开酸奶盖子，先伸出舌头在盖子上舔了舔："美女的事你少管。"

朱唇嫣红饱满，嘴角沾了点白色的奶渍，她伸出粉嫩的舌尖，轻轻一舔，旋即露出一脸的餍足。

他想抱住她，将她温软的身体紧拥在怀里，想品尝她柔软甜美的唇，想与她做尽世间所有亲密的事情……

然而远隔千里，是无法触及的距离。

宗衍闭了闭眼，收回心神。

"宝贝，昨天的事情真的是误会……我不认识那个女人，更不可能跟她有任何关系，我只是想逗你一下，正好她凑上来了而已……"

"哦。"封窈咬着勺子，抬眸撩了一眼悬浮在不远处的无人机，"不是就喜欢我这个款的祸水妞儿，想多收集几个玩玩吗？家里放一个，酒店放一个，走到哪里都有一个？"

说来她还真有点好奇："有那位'2.0'女士的照片吗？跟我的相似度有多高？"

"没有！我又不认识她。"宗衍暗咒杜景明那个该死的大嘴巴，"我可没有那种癖好！"

"是吗？可是杜景明明明说……"

"杜景明惯会胡说八道！"昨天只给了杜景明一拳，实在是揍得太轻了，"我的话被他曲解了……"

"哦？那你原话是怎么说的啊？"

封窈轻易不爱较真，反正她老糊弄人，反过来也能接受被人糊弄，不多计较。

但那只是她懒得计较，真的想要追根究底的时候，每一个字她都记得清清楚楚："不是'跟封家的祸水妞儿就是玩玩'吗？"

无人机的螺旋桨不停旋转，划破空气，发出细微的声响。

"当然不是，"宗衍的嗓音紧绷，"我怎么可能用那种字眼形容你？"

在熟练掌握装傻充愣、模糊重点、转移话题、偷换概念等各种糊弄技巧的糊弄学高级弄子面前，这点避重就轻根本糊弄不过去。

"哦，所以是没说'祸水妞儿'，但是说了'就是玩玩'咯？"

"……"

"原来你们男人私底下聊天的时候，是这么说我的啊？"封窈低垂着浓长的睫毛，勺子一下下地刮着杯壁，"私下说的才是内心深处的真话吧，原来你就是玩玩啊。唉，也对，本来就是我高攀了……"

"不是！"

哪怕是金融危机股市暴跌，转眼损失上十亿的资金，宗衍眉头连皱都不会皱一下。如今，只是看到她流露出伤心低落的表情，他的心就像是突然被攥紧一般地疼。

无人机朝封窈的方向靠近了一点，旋即又怕距离过近不安全，停住了。

"那只是一时的气话罢了。我对你怎么样，你难道还不清楚吗？"

当时的心态，宗衍已经不想再去回想，总之，此一时彼一时："你不是也说过那种话？难道你现在的想法，还和当时一样吗？"

哎呀，还转移到她头上来了。看来跟她在一起久了，转移重点的糊弄大法多少还是学到了一点。

封窈抿着唇，努力把笑意憋了回去。

她看人的眼光虽然不如钱姝犀利，能隔空鉴"茶"，可是与宗衍认识这大半年，她对他多少也算了解。昨天乍然被硌硬到，她是真的动了怒，不过隔了一夜，怒意也消散了。

这个男人，生性有点别扭，骄矜傲慢得不可一世，或许是因为从小就没有真正的至亲在身边，他在处理亲密关系上显然欠缺经验，乃至有几分与他矜冷强势的外在完全不符的笨拙——有时候笨拙得可爱，也有的时候，笨拙得可恶。

可是不论是可爱还是可恶，都是他的一部分。既然选择了这个男人，她能拥有他最好的一面，也能接受包容他糟糕的一面。

况且他对她的心意，在一日日的相处中，不必他明言，她也能够感受到。

她低着头迟迟不开口，宗衍的心像被放在小火上慢慢地烤着，焦躁感一寸寸吞噬着心房，甚至觉出了几分难以言喻的委屈来。

他不自觉地抬高了声音："难道仅凭着一句话，你就要给我定罪？是不是不管我怎么解释你都不会听？你根本就是想找个借口——"

"我找什么借口啊。"封窈又好气又好笑，还真是大少爷脾气，明明是他理亏的事情，说着说着他还凶起来了，"你都当着我的面跟人家约了，难道还觉得自己很有理吗？"

"我都说了，那只是想逗逗你而已……"

"好嘛好嘛，"再说下去怕是真的要急了，封窈怕这架看起来价值不低的无人机会气到坠毁，"那我就相信你一回好了。"

"……"

"真的？"她转变得太突然，宗衍反而有点难以相信，"你不生气了？"

"生气嘛还是有一点的，"封窈转头看向阳台上摆成了心形的礼盒，"你搞出那么大的动静，小区的业主肯定要在背后八卦的。"

宗少爷高冷地嗤了一声："那是他们没见识。"顿了顿，他又迟疑道，"你真的一点都不介意了？"

"嗯？"封窈反应过来，"哦，'2.0'吗？你不是说跟她没有任何关系吗？"

"没有什么'2.0'！"

宗衍额角的青筋跳了跳："但是那个女人明显对我有企图，你的男人被人觊觎了，你就一点想法都没有？"

"想法？"封窈偏着头，"那当然有啊。"

"什么想法？"

宗衍的眼睛一眨不眨，透过摄像头紧盯着封窈的脸。只见她吃完最后一口酸奶，放下空杯子，抬眸直视过来，倏然展颜一笑，语气感慨："我的眼光，果然不赖。"

"……"

"好东西才会引人争抢，你越是抢手，越是说明我的眼光好嘛。要是你走在外面，连狗都不理，那岂不是说明我的眼光太……太独树一帜了？"

"……"

宗衍磨了磨牙："你是不是仗着我离得远，就故意惹我生气？"

"怎么会？"封窈无辜地眨了眨眼睛，"你在我身边的时候，我不是也照样惹你生气吗？"

"……"

"其实我也是为了你好，你还年轻，偶尔生生气，促进新陈代谢，加速血液循环，锻炼脑血管的韧度。这样等你老了，脑血管爆裂的风险就会降低……"

无人机那头的人沉默了一会儿，无人机突然开始下降。

封窈还以为这东西真的被她气到要坠毁了，吓得站了起来。

"喂——"

从宗少爷赖在这里的第一天，拿着拖把号称要拖地，她就在担心她的地板的安危，难道今天，这块地板终于要牺牲了吗？

惊吓担忧只在一瞬间，下一瞬，她看见那架无人机稳稳当当地落在了旁边的茶几上，螺旋桨缓缓地停止转动。

随着一声"咔嚓"的轻响，无人机的下方打开了，紧接着两条机械臂卡着一个方形的红盒子，从腹腔中伸了出来，将盒子轻轻地放在了桌面上。

"好了，你可以过来了。"

封窈好奇地走了过去，先把无人机抓了起来，翻来覆去地打量。

"……你要是喜欢这个，就留给你玩吧。"宗衍的嗓音透着无奈，"别晃了，晃得我眼晕。"

"这个东西用来偷窥应该很不错吧？之前听我妈说，现在狗仔偷拍明星都用无人机了。"封窈故意地翻来覆去多晃了几下，"有这么先进的装备，我是不是可以去当流量男爱豆的站姐了？说不定还能拍到爱豆洗澡，噢，光卖生图就能发财了……"

"你缺那点钱吗！"宗衍不懂什么"站姐坐姐""生图熟图"的，想也不是什么正经东西，"不给你了，给我放下，小心螺旋桨割到手！"

封窈撇撇嘴，放下了偷拍致富的希望，然后拿起那个有一尺见方的红盒子。

卡地亚标志性的红盒子，以皮革打造，镶着金色的纹边，入手沉甸甸的。

打开盖子，入眼是满目璀璨。

黑色的麂皮内衬上，躺着一条流光溢彩的项链。红宝石与钻石精心镶嵌出流畅的曲线，就像蜿蜒的河流，明明是一件静止的珠宝，那种流动的美感，却呈现出令人惊叹的活力。

最引人注目的是那颗作为主石的吊坠——

封窈以为宗衍送她的那只戒指上的鸽子蛋已经够大了，然而显然天外有天，"鸽"外有"鸽"。

这颗主钻，大概快有戒指上那颗的两倍大了，纯净剔透，周围由不同尺寸的红宝石和细钻铺镶环绕，流光闪耀。

浑然天成，华美绝伦。

"跟你的戒指一起订的，为了找到合适的石头，多花了点时间，前两天才刚刚完成。"宗衍嗓音轻柔，"喜欢吗？"

"喜欢。"封窈对过于华丽的东西并不是很热衷，然而这条项链实在太美，那种独特的生动，仿佛有生命般的张力，美得令人沉醉，"如果只能戴一件首饰，我会戴这一件。"

宗衍的呼吸陡然重了几分。

"我很期待。"男人低醇的嗓音透着一抹暗哑，"或者，你可以现在就试试……"

"试试就试试。"

看得见，摸不着，反正最受折磨的又不是她。

封窈拿着手机，抱着首饰盒子回了房间，反锁房门。

酒店房间里，余绾绾趴在床上编辑微博：

【突如其来的心动[心][心][心]】

打开定位，配上美图修好的九宫格。有酒店大堂的圣诞树和浪漫灯光，有吧台暧昧光线下的自拍，还有两个酒杯。

最中间的一张，是男女靠在一起的手肘，女人裸露的手臂纤细，男人只露了一截白衬衫。灯光昏暗暧昧，仅凭这个细节特写，不难想象到男女靠得很紧的亲热姿势。

想到那位宗少本来都已经答应跟她约了，结果莫名其妙地就变脸了，然后转身就走了……

余绾绾懊恼得直想捶胸顿足,这是她这辈子离宗家这种顶级豪门最近的一次啊!

快煮熟的鸭子居然飞了,而且还是一只浑身镀金镶钻的鸭子——不,是绝无仅有的金龟!

即便不考虑家世背景的加成,那位宗少本身的外形条件,也足够吸引人了。

男人又高又帅,气质矜贵卓然,只是一抹侧颜,就能让人疯狂犯花痴。微博刚发出去一会儿,收到的评论数就比平时多出好几倍。

余绾绾的虚荣心前所未有地膨胀起来,回复一个询问帅男朋友是做什么的粉丝:

"差不多是有皇位要继承吧哈哈哈[害羞][害羞],可以提示一个字:宗[捂脸]。"

瞬间有人 get 到了:"是我想的那个宗家吗?!绾绾子牛!"

也有网友不明白,追问是哪个宗家,旋即有热心人出来科普,还附带着甩出了好几个跟宗氏相关的百科链接。

这下楼中楼盖得更火热了。

"天啊这身高这颜值,豪门贵公子颜值天花板了!绾绾好幸福,羡慕哭了。"

"后排打卡留念。"

……

网上最不缺的就是闲人,转眼就有人把余绾绾的博文和图片都搬运到了论坛上:

"有没有宗学家来鉴定一下,小鱼绾绾这个号称是宗家公子的男票真的假的?!"

美貌和财富永远是人们最热衷的话题,低调神秘的豪门贵公子和网红的恋情瓜,更是格外吸引眼球。

余绾绾的手机提示不断,快要响到爆。她发现之前她蹭活动的时候想攀但是攀不上、对她爱搭不理的大小姐主动私信她,言语间各种试探她和那位宗少是什么情况。

余绾绾的心思活络了起来,如果能借着这一波打进名媛千金圈子,那怎么算都不亏啊……

网红圈里虚虚实实,假借着明星名流蹭热度,扯虎皮拉大旗是习以为常的操作了。余绾绾不觉得这有什么问题,算着时间,又发了一条微博。

配图是酒店房间，光线暧昧，她穿着委托人给的那件男士衬衣，松松垮垮香肩半露，凹了个性感的姿势。

——想来那位宗少也没工夫跟她一个小女子计较，她这是超额完成了委托人要她制造暧昧假象的任务，而且还让她的名气和粉丝数都涨了一波，赚到了！

恋人
Chapter 07

宗家数代积蕴，向来不乏高调的子弟源源不断地制造各种狗血花边新闻，从前就养活了不少八卦小报，网络时代有了自媒体，更兴起了"宗学家"，热衷于搜集关于宗氏的发迹史、权力更迭、各房关系、风流艳闻……林林总总，如数家珍。

宗衍虽然极少在公开场合露面，但人的存在总是有迹可循的，更何况他的母亲孟子怡是叱咤一时的人物，事故罹难时的新闻震荡了整个商界。

不多时，有粉丝千万的金V八卦营销号发出了一张旧照片。

几年前宗昌茂老先生的葬礼上，各方名流大佬到场吊唁，一身黑衣、手捧遗像的俊美青年，正是宗衍。

两相对比，身份确认无疑，新的一波花痴热潮随即掀起——

"这真的不是电影剧照吗？黑西装也太帅了吧，啊啊啊！"

"天啊，我好喜欢这种超级有侵略性的帅！今晚睡前小剧场的男主角有了。"

"这么帅还不是睡假脸网红，嘀，男人……"

……

不仅网上讨论热烈，上层圈子里最无所事事的富贵闲人们，私下也议论纷纷。

"……兴荣重工的并购细节已经谈妥，只等您浏览签字。宗氏与Zeltech的合作在您离开后推进缓慢，Zeltech的斯图亚特怨言颇多……"

助理汇报着工作，宗衍微微低着头，骨节分明的手指整理着衬衫两侧的袖口，听见手机"叮"地响了一声，他垂眸扫了一眼，薄唇勾起一抹愉悦的弧度。

想象着他的女人不着丝缕，只戴着他送给她的项链，红宝石衬着凝脂般白皙的肌肤，钻石的光华闪耀，真是世间最美妙旖旎的风景……

宗衍拿起手机，看清封窈发来的内容，嘴角的笑容便是一僵。

他立刻给封窈打电话，一边厉声吩咐助理："微博上有个ID叫'小鱼绾绾YWW'的，马上把这个账号封掉！"

助理："……是，我马上去办。"

电话响了好几声，才被接了起来。

"我昨天晚上绝对没有跟她在一起！"宗衍劈头便道。

"真的吗？没有喝一杯两杯，也没有滚到床上？她身上的衬衣，不就是你昨天穿的那件吗？"

封窈的声音听起来很平静。

越是平静，越是令宗衍心惊肉跳："没有！我昨晚在外面跟人谈事谈到深夜，回去之后杜景明还到过我的房间……我根本不可能跟她在一起。"

"他们也可以帮你做假证嘛，你们男人在这方面，不是最团结了吗？"

"我——"

宗衍竭力让自己冷静下来，以他的敏锐，不可能察觉不到这件事中的不对劲："这个女人有问题——她跟我同一个航班，又在同一间酒店下榻，现在又故意发这种引人误会的东西，目的就是误导你，让你怀疑我……"

"那谁有这个能力，能掌握你的行踪，把她安排到你的航班、你的酒店，还给了她跟你一样的衣服？"封窈问，"那时候你叫我给你洗衣服，说过你穿的衬衣都是定制的吧？"

"祖父。"

宗衍的脸色一点一点地沉了下来："我想，应该是祖父。"

另一端，封窈叹了一口气，有一种第二只靴子落地的感觉。

那日姓罗的老头儿威胁过她后，一切风平浪静，时间久了她都快以为，对方只是说说罢了。

感情这种东西，最经不起怀疑。那些照片，各种暧昧的暗示交织起来，足以让她脑补出一轮大戏。这是精准打击啊……

"窈窈，你没有相信这些，对吗？"宗衍的嗓音透着难言的焦躁，他很清楚，怀疑的种子一旦在人的心中种下，就会在不知不觉间滋长，造成的裂痕只会越来越扩大，靠一句两句的解释，甚至连摆在面前的证据，都难以消除，"窈窈，你要相信我——"

"臭老头儿太看不起我了吧？"封窈突然生气道，"难道他以为，女人都是没有理性的生物吗？"

宗衍："……"

流量数据噌噌上涨，余绾绾接到好几家MCN的橄榄枝，转头却震惊地发现，自己的账号突然无法登录了。

不，不仅是无法登录——她的号没了？！

随着她的粉丝数猛涨，无数双眼睛盯着她的微博，当这个账号消失，第一时间就有不少网友发现了。

搜索"小鱼绾绾"，实时结果里都是吃瓜群众的惊诧疑惑：

"不是，小鱼绾绾的账号怎么没了？"

"刚在公众号看了一篇讲宗家水深的文章，回头一刷小鱼绾绾就没了……细思恐极……"

宗衍了解完前因后果，他脸色阴沉，吩咐助理："我不想再看到这个女人，任何平台，不准她再出现！"

"是。"

这是要全网封杀了，助理在心里为这位余小姐点了根蜡。

同一时间，身在庆城的宗澜站在美术馆展厅的中央，打量着正在布置中的展厅。

即将在平安夜开幕的摄影展，临时又做了调整，替换掉了一幅作品。

摄影师走到宗澜身边，抱着手臂欣赏白墙上刚挂上去的照片："瞧瞧，我连夜洗出来的，还真别说，这抓拍的瞬间的张力，我个人是相当满意的。"

替换上去的照片占据着展厅的最中心位置，宗澜目光静静地注视着，唇边泛起一抹笑意："嗯，拍得很不错。"

那位余小姐，还挺会自由发挥，在带节奏炒作方面，倒是不失为一个人才。

人尽其用，是她的福气啊。

网络上爆红，有时只需要一张照片。

那张葬礼上的照片中的宗少爷实在帅得过于突出，虽然营销号很快把照片删除了,不过不少人已经保存了下来——包括封窈自己。

"你在看什么东西?"晚间视频通话的时候,不小心被宗衍看见平板电脑上开着宗氏八卦的帖子,宗少爷瞬间沉下了脸,"你的男人被传成了别人的,你还有心情看八卦!"

封窈赶紧把平板电脑关了,说:"没有没有,我只是看一下扯得有多离谱。"

这不能怪她,实在是那些营销号写的宗氏狗血故事太精彩,跌宕起伏,奇葩辈出,突破下限,比小说都离奇曲折,一不小心就看入迷了。

"知道离谱你还看。"

宗少爷的不豫,封窈完全能理解。被这种传闻沾上的感觉,她又不是没有亲身体会过——就像癞蛤蟆爬到脚背上,不咬人,但是恶心人。

只是为了引她误会,就完全不顾及宗衍的感受……封窈对幕后黑手宗老爷子的观感难免更差了。

想到宗衍从小就在这种不近人情的老头子身边长大,能得到多少真心的关爱可想而知,封窈感到心间最柔软的部分像是被揪了一下,酸酸的,有点疼。

这一瞬间,她突然很希望他在身边,抱抱他。

"你圣诞回不来吗?"封窈软声道,"你的礼物我都买好了。"

宗衍剑眉微挑:"哦?是什么?"

"虽然是买给你的,但是呢……"封窈咬着红唇,眸光如丝流转,"是要穿在我身上的哦。"

宗衍倒吸了一口气。

"……你给我等着!"

封老太太的寿辰原本要热闹大办,哪知邹家出了大事,大操大办就不太合适了。

老太太心里难免不痛快,看见封窈来了,面色也是淡淡的。

她算看清楚了,这个养在外面的孙女,跟家里根本就不是一条心。

也不想想,要不是靠着家里、她哪来的资格跟宗衍订婚?

封窈送上寿礼,就找了个角落的位置坐下。不知道怎的,这两天早上刷牙老是反胃恶心,面对满桌菜肴,也提不起胃口。

她百度搜索了下,搜索结果要么是慢性咽炎,要么就是胃肠道受了刺激——没有癌症起步,看来确实问题不大。那估计就是晚上踢被子,

肚子受凉了吧……

封窈谢绝了表弟李正旭递来的红酒，决定多喝点热水。

不同于封父寿宴的盛大，这回只请了一些世交近亲。邹美婷缺席，说是身体欠安，不过李正旭悄悄告诉封窈，舅妈是被送去了一间精神疗养院。

封窈一时间不知道该作何感想。

席间推杯换盏，谈笑间有人大概是多喝了两杯，提起宗家近来令外人猜测的种种，进而调笑起近日那个绯闻："……别说，那个小鱼什么的，乍一看跟你们窈窈还真挺像……"

封季同脸色不豫，今天一直安静的封嘉月抬眼看了封窈一眼，眸光闪烁。

那人更起劲："男人嘛，犯点错误也正常，哪只猫儿不偷腥……"

"宗衍不会的。"封窈听不下去了，"他是我见过的最自律的人。"

这话不掺一丝水分，宗衍能在出了那么严重的车祸之后，以最快的速度完成了复健，跟他的自律刻苦是分不开关系的。

封窈自己的事情可以不计较，不过宗少爷无故蒙冤可不行，她又强调了一遍："他跟那个网红没有关系，是对方炒作。还有，你这种论调是对洁身自好的男性的侮辱。"

来自封窈这个"原配"的澄清，听着就像是死鸭子嘴硬，为了面子硬撑。

不管心里有多不以为然，还是有人出来打圆场，免得把气氛搞坏了。

这时吃饭不忘玩手机的李正旭发出一声惊呼："哎哟我去，姐夫发律师声明了！"

大概是为了确保更多人看到，这份律师声明直接空降了热搜第一位。

【宗衍先生与余女士（网名"小鱼缩缩YWW"）素昧平生，不存在任何形式的男女关系。针对该女士及相关方面有备而来的、大规模的侵犯宗衍先生名誉权及相关权利的行为，我方已保留相关证据，并将采取法律手段解决。】

……这份律师声明，封窈昨晚就看过了。

只是今天发出来的这一版，她注意到比起昨晚看过的版本，下面多了一句话：

【此外，宗衍先生本人特通过本律师转达以下声明：本人已订婚。】

席间一时陷入安静。

空降热搜第一的公开声明，让吃瓜群众很难看不见。

而结尾那短短五个字,"本人已订婚",成功地让评论从小鱼绾绾歪到了那个神秘未婚妻身上。

名草有主,芳心碎裂满地。也有人从五个字里嗑到了糖,当然还免不了有少数杠精抬杠,比如苍蝇不叮无缝的蛋、一个巴掌拍不响、有钱人仗势欺人……都是些陈词滥调,一点新意都没有。

一则声明让封季同直起了腰板,封窈也无须再多说什么了。

期末将至,她还有论文要写,寿宴一结束,就以要上课为由先告辞了。

今天是平安夜,学校有舞会活动,不过封窈不打算参加。吃完晚饭,她索性又去图书馆待了一会儿。

出校门时,已经是晚上八点多钟了。

天空中飘着细碎的雪花,路上到处是一对一对的情侣,或是手牵着手,或是相拥依偎,甜甜蜜蜜。

好像除了清明节,任何一个节日都能被过成情人节啊……

封窈拉起围巾挡住寒风,目光寻找到停在路边的黑色迈巴赫时,骤然凝住。

男人一袭黑色的长大衣,身形颀长挺拔,慵懒散漫地倚在车身上。路灯昏黄的光线下,飞舞的雪花闪烁着耀眼的光,他俊美的模样有种油画般的质感,矜贵却又冷傲疏离。

封窈的心跳漏了好几个节拍,像是心里的那头小鹿不小心被帅晕了,旋即又很快醒来,兴奋地"怦怦"猛撞。

封窈突然拔腿朝他跑去。

"慢点。"宗衍迎上前两步,接住扑进他怀里的女人,兜着臀将她抱了起来,对她的热情十分受用。

"不是说后天才回来吗?"严冬的寒意仿佛骤然退散了,封窈搂着宗衍的脖子,垂眸看着他,眼眸晶晶亮。

宗衍勾起嘴角:"回来收礼物。"

分别的时日明明算不上太久,却像是隔了一个世纪一样。

一片雪花落在他的脸颊上,转瞬被他的体温融化。封窈轻笑着,手指轻轻抚过那滴水珠,倏然低头,吻上他的唇。

到处是情侣的平安夜,拥吻的这一对,路人见怪不怪。

平安夜的庆城充满了各种酒会舞会,派对晚宴。

河畔的"心"美术馆里,摄影师汤自成的个展开幕酒会正在举行。

作为近年风头最劲的新锐摄影师,汤自成的一组作品前不久在伦敦拍出了天价,此次在庆城开展,不少名流名人、各路媒体纷纷到场。

展厅里衣香鬓影,宾客们端着香槟杯,三三两两举杯言欢。灯光投射在白色的墙面上,聚焦在一幅幅作品上。

其中位于最中心位置的那一幅,是一张街头抓拍。

静谧的夜晚,路灯下飘洒的雪花似繁星点点,男人微微俯首,吻如雪花般轻飘飘地落在女人的嘴角。一束玫瑰从女人的臂弯中滑落,朝地面坠落下去,拖出一道模糊的痕迹。

抓拍下的这一瞬间,静与动的完美结合,张力十足,故事感仿佛突破了画面,引人遐思。

这张照片,让一些人神色微妙了起来,相互交换着眼神,有人举起手机拍照。

雪花漫天飞舞,不知不觉落在发间。封窈恍然间有股错觉,仿佛就在亲吻间,她已经跟他一起,从黑发走到了白发苍苍。

从前她完全不能理解,两个从零开始认识的陌生人,是怎么对彼此产生感觉,开始发展亲密关系,乃至于爱得难舍难分、非卿不可,余生只愿与对方携手共度的。

如果硬要她想象,某天她会遇见一个陌生男人,她会喜欢与他拥抱亲吻,分开时会时时想念他,一想到他时,嘴角就会抑制不住地上扬……

那也太难为她了吧。

然而显然,这件事不需要理解,也没有什么可为难的;当它发生的时候,自然而然地就发生了。

在她没有意识到的时候,她的心就已经对这个男人敞开,任由着他住了进来,牢牢地霸占住了。

"等你老了,应该会是个帅老头儿。"封窈歪头打量着宗衍,须臾伸手,轻柔地拂去他头发上的雪花。

宗衍看着她:"是你六十岁时想嫁的帅老头儿?"

"不一定哦。"

男人的眸子危险地眯起,封窈毫无畏惧,抿着唇笑:"可能到五十九岁,就等不及想嫁了呢。"

"……"那还真是大有进步。

封窈迎着宗衍的瞪视,轻笑着又在他的唇上啄吻了几下,直到男人的面色缓和下来,她拍了拍他的肩膀:"放我下来吧,抱着不累吗?"又关心道,"你吃晚饭了吗?"

"还没有。"宗衍风尘仆仆地赶回来,下了飞机就直接过来了,晚饭自然还没来得及吃。

"又不按时吃饭!"封窈不悦地蹙起了眉,随即拉起他的手,"吃饭不积极,思想有问题。走吧,先去修正一下你思想上的问题。"

宗衍从善如流,将她的手握在掌心,与她十指相扣:"你想吃什么?"

"圣诞节当然是要吃鸡公煲啊。"封窈理所当然。

"……此话怎讲?"宗衍没听过这种说法。

"你听。"封窈指着街边的商店。

商店里循环播放着圣诞歌,欢快的旋律飘扬出来:"Jingle bells,jingle bells,jingle all the way……"

封窈跟着哼唱:"鸡公煲,鸡公煲,经过我的胃……"

宗衍的嘴角抽了抽,忍不住笑了起来,捏了捏她柔嫩的脸颊:"让圣诞老人听见,雪橇都要翻了。"

"那肯定是这届的驯鹿不行。"

封窈坐进车里,靠在宗衍的肩头上,不知怎的,从翻车的圣诞老人想到了肇事的邹美婷。

"我有点担心妈妈。"她低低道,"我听说邹美婷被送进了精神疗养院,虽然妈妈报复她,是她应得的。可是我觉得,妈妈一直不能放过的,其实是她自己。"

"那天我对妈妈很生气,可是仔细想想,妈妈很自责吧?如果当年她没有偷偷溜来庆城,舅舅可能就不会去那个巷子,或许就不会出事了……"

苏冉恨邹美婷肇事逃逸,然而她又何尝不是自责痛悔,乃至憎恨可能间接造成了哥哥的死的自己呢?

"妈妈本来应该有自己的人生,以前听外婆说,妈妈读书的时候成绩名列前茅,当年的目标是考庆大……可惜后来,她放弃了读大学,走上了一条完全不同的路。"

可是如果苏冉没有走上这条路,就不会有封窈的存在了吧?

宗衍收紧手臂将封窈抱紧,薄唇轻轻地摩挲着她的发丝:"所以你才不肯出国读书,一定要考庆大吗?"

"嗯……"封窈点点头,"有这个原因吧,不过更重要的是,我懒

得说英文。"

她何止是懒得说,上回一篇英文文献,还要扔给他看,然后给她复述个大概呢。

宗衍没好气地捏了捏封窈的耳朵:"哪有像你这么懒的女人。"

封窈不以为耻:"那说明我是绝无仅有,天下无双。"

"我看你的脸皮厚得也是天下无双。"

宗衍将话题拉回来:"能不能放下,只能由岳母自己决定,这和邹美婷是死是活,其实关系不大。"

他一直让人盯着苏冉,知道她前日去疗养院看过邹美婷。他的人不清楚两人交谈的内容,只汇报说苏冉离开后,邹美婷恐惧得像是见了鬼,疯癫尖叫的模样像是真的疯了。

"佛家说,一饮一啄,莫非前定。凡事必有因果,命里有的,丢都丢不掉,命里没有,求也求不来。你又怎么知道,她现在的人生,不是她本来就会有的人生呢?"

世间有太多的如果,有时他也会想,如果那一天,他不是那么乖,如果他哭闹不止,不让母亲和哥哥姐姐去参加那场婚礼,是不是就不会出事了?

如果那样的话,或许他就不是现在的他了。

或许,就不会遇见她。

封窈侧头,有些惊讶:"你居然是个宿命论者?"

"以前不是。不过现在觉得,有些事情,或许就是宿命。"宗衍垂眸,望进封窈澄澈的眼眸中,"比如,我和你。"

封窈的心间,像是有一只蜻蜓掠过湖面,荡起层层涟漪。

"是吗,原来我是你的宿命呀?"她的眼眸中笑意闪亮,有点小得意。这种程度的甜言蜜语,宗少爷应该还是头一回说吧?

"……我是说,我命中注定有此一劫,"宗衍被她笑得有点恼,"我都躲进山里了,不是也没躲过去吗?"

封窈笑得更厉害了:"嗯,那没办法,凡事有因必有果嘛,可能你的劫数就是我了。"

在外面吃完饭,回到家中,夜已经深了。

一进门,封窈便被急切的男人抵在了门上。

落地窗外,雪静悄悄地下大了。雪花飘落一整夜,在露台上堆积起了厚厚的一层。

封窈醒来时，一时间有点不知今夕何夕。

有小鸟停在露台上，叽叽喳喳地在松软的雪上踩出一串爪印，须臾又振翅飞走了。

家里很安静，宗衍估计是外出了。封窈手软脚软地从床上滚了下来。

刷牙的时候，闻到牙膏的味道，胃里又是一阵翻涌。封窈趴在洗手台上干呕了几下，嘀咕着："这牙膏该不会变质了吧……"

开门的声音传来，封窈按压下恶心的感觉，勉强漱完了口，走出浴室迎上前。

"你回来啦，带吃的了……"她的话头蓦地顿住。

进来的男人仿佛裹挟着冰雪，手里拎着一个画框一样的东西，俊脸森寒。

"怎么了？"封窈满头雾水。

怎么了？

她明显是睡到刚刚才起床，满头青丝随意地披散着，白瓷般的面庞泛着淡淡的红晕，宛如一枝雨露滋润过的海棠，娇艳欲滴。

宗衍的目光落在她的唇上。

她有一张丰润小巧、让男人情不自禁想要一亲芳泽的双唇——嫣红、饱满，犹如四月里多汁的浆果，天然上翘的嘴角，似乎随时带着点微微的笑意。

柔软甜美的味道，他以为，只有他才能品尝。

宗衍阴沉着脸，一言不发，把手里的东西朝前一扔。

白色的铝制画框"咣当"一声，落在封窈身前的地板上。封窈低头扫了一眼，原来是一张装裱起来的照片。

半臂宽的照片装裱在白色的卡纸中央，看清楚照片上的内容，封窈倒吸了一口冷气。

"谁拍的？！"

"是吗？这就是你的第一反应？"宗衍冷得骇人的目光紧盯着封窈，嗓音淬着冰，"不解释一下吗？"

收到杜景明转发给他的照片，他几乎是下意识地认定，这一定是恶意合成的。

然而那束花。

那束被她松开了手，坠向泥泞的地面的玫瑰，他实在是再熟悉不过了。

那是他亲自挑选的朱丽叶玫瑰,惊艳而典雅,清淡又热情,独特的风情,在他看来最适合她。

多可笑啊,那一晚,他在为她关机拒绝沟通而心急如焚,彻夜难眠的时候,这样的一幕,被记录下来了。

他记得,那晚她在聚会上还喝了酒。她喝了酒是什么样子,有多黏人,有多喜欢搂抱亲吻,他比谁都清楚。

这张照片旁边的铭牌上,写着的名字是《恋人》。漫天雪花晶莹似繁星,忘情拥吻的男女,真是好一对恋人……

封窈弯腰捡起相框,仔细端详。如果画面中的女人不是她的话,她或许还能夸上一句,这是一件很不错的摄影作品——动静交织,张力饱满,故事感十足。

然而作为亲历者,这画面让她回想起当时那种厌恶排斥的感觉,胃里那股恶心感又开始上涌,封窈紧蹙起眉头:"这没有什么可解释的啊。他莫名其妙地亲了我一下,说了一通有的没的,我叫他自重,然后我就走了,过后就把他拉黑了。"

她抬起眼,又问了一遍:"这到底是谁拍的?"

"你为什么要特意吩咐司机,这件事不要告诉我?"

从美术馆拿回这张照片后,他问过专门负责接送封窈的邱司机。邱司机说,是封小姐交代过,不要把这件事告诉他。

邱司机没有看见发生了什么,不过宗澜说的什么有的没的,他听了个大概,无非是些挑拨离间的话。

可是,如果她不是意动了,为什么要瞒着他?

"告诉你,好让你来跟我发火,就像现在这样吗?"那股恶心反胃的感觉越来越强烈,几乎难以压制,他还一回来就给她摆脸色,咄咄逼人得好像她给他戴了好大一顶绿帽似的。

封窈的情绪也有些控制不住:"你的脾气你自己不清楚吗?你因为吃宗澜的醋,发过几回火了?我干吗要给自己找麻烦?"

"麻烦?"这两个字让宗衍阴沉的脸色更加黑云密布。

是啊,她一直觉得跟他扯上关系,是一种麻烦。一直都是他紧抓着她,不肯放手,是他硬要用婚约把她绑在身边的。

她只是顺水推舟地接受了,又或许是觉得拒绝起来更麻烦,在一起的时候,就随口哄哄他、糊弄他,但不是爱他爱得欲罢不能,心心念念,非他不可。

如果缠着她不放、硬要跟她订婚的是宗澜，又或者是别的谁，她大概也一样能接受吧……

　　"吃醋？"宗衍倏然冷嗤了一声，难言的情绪在胸腔中翻涌，嫉妒、失望、愤懑、不甘、挫败……在遇见她之前从来不属于他的痛楚，仿佛一团黑色的火焰烧灼着他的心脏，烧得他眼眸发红。

　　他盯着这个打乱了他的人生，让他一秒天堂、一秒地狱的女人，一字一句道："你未免太把自己当回事了。我只是不喜欢别人碰我的东西，我以为，你应该有这个自觉。"

　　封窈睁大了眼睛，不敢相信自己听到了什么。

　　"我不是谁的一件东西！"封窈深吸了一口气，咽下又涌上来的一波反胃感，"你不就是吃醋，怕我被宗澜迷住，跟他牵扯不清，忘了是你的未婚妻吗？直接说不就好了吗，我……"

　　"我说过，你不必高估自己的魅力和对我的影响力。"宗衍打断她，"对你稍微特别一点，不代表我非你不可。身为一个男人，我介意的是我的未婚妻跟别的男人接吻的照片被挂在美术馆里示众！"

　　怪不得如此精心装裱过，原来是美术馆里的展品。

　　封窈沉默了一下："事情我已经解释过了，但是既然照片挂在美术馆里了，我没有办法让看过的人消除记忆。如果你实在觉得丢脸，无法接受，那大概只有趁早抽身，跟我撇清关系了。"

　　宗衍垂在身侧的手紧握成拳："你真以为，我离不开你？"

　　"不是我以为，是事实如此，你自己心里有数。"封窈不想跟被妒火烧坏了脑子的男人吵下去了，他那副仿佛属于他的一件东西被弄脏了一样的态度，更让她十分不爽。

　　她扔下那张照片，自顾自地转身朝浴室走，想再去漱个口，冷静一下，再来考虑这件事怎么处理。

　　"婚约就此作罢。"

　　封窈顿住脚步，缓缓地回头。

　　话刚说出口，宗衍就已经后悔了。

　　他是被她那副理所当然的态度，那种像是连话都懒得跟他多说一句的轻慢刺激到了。他宗衍何曾有过这样被人肆无忌惮地拿捏的时候？

　　然而自尊心不允许他改口，他的内心深处，隐隐有一种赌气般的念头——

　　如果他所做过的一切，都换不来她的一句挽留，那坚持下去还有什么意义?

封窈扭着头,定定地看了宗衍一眼。

他还真是把她当成一件所有物,被别人弄脏了,就不要了?

也对,他当初只因撞见刘东旭闹跳楼,以为她品行不端,就可以那样羞辱她。她理解人会受先入为主的偏见影响,愿意再给他,给彼此一个机会,重新来过。

可是她错了,人的本性是改变不了的。

"好。"

封窈面无表情,抬手指着大门:"门在那里,慢走不送。"

恭喜你
Chapter 08

宗衍不知道自己是怎么走出来的。

她那平静的语调,丝毫不带一丝挽留的态度,近乎看陌生人般的眼神,彻底地撕裂了他的心。

他没听到沉重的实木大门在他身后关闭的声音,只是机械地乘着电梯下了楼,朝前迈出去的每一步,都如千斤般沉重。

灰暗的天空又飘起了小朵的雪花,保安向宗衍打招呼问候,宗衍像是没有听见一般。周遭的空气仿佛都被抽空,沉重的压力从四面八方,压得他几乎要喘不过气来。

一大片雪花落在他的睫毛上,须臾融化,面前的世界顷刻变得模糊不清。

就在昨晚,她惊喜地奔向他,雀跃地投入他的怀抱中。她温柔地拂去落在他头上的雪,与他唇齿交缠;他们亲密无间,彻夜缠绵……

她真的,一点都不在乎他吗?

封窈趴在洗脸台上,好不容易止住了干呕,抬手抹掉眼角的生理性泪水,掬了一捧水漱口。

从起床到现在,一口饭都没吃上,倒是吃了一肚子的气。

封窈揉了揉肚子,小腹有点坠胀的感觉,大概是"大姨妈"要来访了。

屋里还保留着昨夜的狼藉,却安静空旷得像个冰窖。她饿得胃抽痛,进厨房打开了冰箱。

花香扑面而来。

冰箱里满满当当，塞满了各色的鲜花，姹紫嫣红，娇艳欲滴，芬芳扑鼻。

是昨夜她睡着之后，他悄悄布置的吧……封窈"啪"地关上了冰箱门，心里说不上来是什么滋味。

一转头，才看见外面的矮几上放着一个纸袋。纸袋里是她喜欢的火腿牛角包，新鲜热乎的，还有保温桶装的海鲜粥。

……原来刚才回来，没忘记给她带吃的啊。

新锐摄影家汤自成的个人展才开了半日，就因"技术故障"而暂时闭展。

那些期待已久、慕名而来的参观者吃了个闭门羹，即便美术馆承诺了退票，难免还是要上网抱怨一番。

汤自成的名气使然，网上关于猝然闭展的讨论热度不低。

议论纷纷中，有知情人士遮遮掩掩地透露了一句：其实不是什么"技术故障"，而是因为其中的一件展品，拍到了不该拍的。

以街头抓拍成名的摄影家，拍到了不该拍的，这就很引起人的好奇心了。

——凶杀？偷情？或者是什么交易？

知道内情的人私底下讨论起来，就更肆无忌惮了。

虽然照片连同底片都被宗衍拿走了，可是前一晚的开幕酒会上，不少人拍下了那张照片。私下里再你传我、我传他，传播起来犹如病毒一般。

这种惊天大丑闻，八卦起来绝对令人津津乐道，更有人想起了之前的视频热搜事件。

果然那时候就勾搭上了……这下宗少肯定不能忍。

前日才刚刚发过声明，公告"本人已订婚"，转眼未婚妻出轨的实锤就被挂在了墙上——字面意义上的，挂在了墙上。

这种情况，是男人都不能忍吧？

况且宗衍可不是什么好性子的人。在这件事上，上层圈子里但凡是看过那张照片的人，都毫不怀疑，封窈这下是绝对不会有什么好果子吃的。

"是不是有人要办她啊？怎么这么巧就被拍到，还挂出来展览了？"富贵闲人们私下聊八卦的时候，有人随口联想。

马上有人反驳："就算是，也是她活该好吗！若要人不知，除非己莫为，她自己做了丑事，怪别人曝光？上回不就被拍到跟宗澜暧昧不清，还上了热搜？天晓得奸情有多久了哦……"

不怀好意的调侃，引来一片更加不怀好意的嬉笑附和。

宗衍只说这张照片挂在美术馆，却没有说具体是哪个美术馆。好在网络资讯发达，封窈上网搜索了一下庆城近期的艺术展览活动，最符合条件的，显然是才开展半日，就因"技术故障"而临时闭展的新锐摄影家汤自成个展。

汤自成以抓拍闻名，个展上出现抓拍的照片不奇怪，可问题是——经过她的同意了吗？

成名成家的艺术家了，不可能对肖像权一无所知。明知故犯，很难让人相信这不是故意的。

封窈把宗澜加了回来，质问他："你到底想干什么？"

过了许久，对方没有反应。她才想起来，她是先拉黑再删除的。

她把宗澜从黑名单里放出来，又发了一遍："你到底想干什么？"

这次很快就有回复了。

宗澜："抱歉，那晚之后，我就想向你道歉，可是消息发出去，只收到红色的感叹号……照片的事情我也是刚知道，我已经向展方追责了。"

宗澜："无论如何，这件事起因在我，我现在还在欧洲，等我回去，可以当面向你和宗衍解释。"

……好一朵无辜的"白莲花"。不仅"白莲"，还滴水不漏，封窈简直要被气笑了。

封窈："你的意思是你不认识汤自成？这事跟你没关系？"

封窈："你最好不要再出现在我面前，否则我会踢爆你。"

发出去之后，她重新把他扔进了黑名单，跟宗衍做伴。

想到当初第一回见面的时候，她还觉得宗澜这个人挺有趣，她只能感叹，自己看男人的眼光确实不行。

一个两个，都不是好东西。

封窈刚扔下手机，这时门铃忽然响了。

起身走到门口，看清屏幕上的人，她的眸中顿时迸发出惊喜的光，迅速打开了门。

"钱姝？你怎么回来了？"

"Surprise！你的圣诞老人来了！"

"欢迎回来！"许久不见的闺蜜俩紧紧地抱在一起。

钱姝笑嘻嘻地没个正形："想死我了！给我埋个胸先，不能只便宜狗男人。"

"……"

"Oh no,他在？"钱姝伸长了脖子朝里看。

"不在，以后也不会在了。"封窈伸手帮钱姝把行李箱拉进来，关上了房门，又给钱姝拿拖鞋。

"等等，什么意思，怎么回事？"钱姝震惊了。

她趁着圣诞的假期跑回来，还想会会好友的狗男人来着，怎么听着好像……情况不对？

河畔酒店顶层的 Cigar & Whisky Lounge 酒吧，是富少纨绔们钟爱的消磨时光、声色犬马的地方。

靠窗的卡座俯瞰河景，霓虹流光溢彩，映在皑皑白雪上，给朦胧的夜色增添了几分妩媚，很有火树银花不夜城的盛景。

杜景明歪靠在宽大的皮质沙发上，身侧两边空空。

原本他身边围着一群身材火辣的妞儿，左拥右抱好不快活，不过——杜景明看了眼对面一杯接一杯喝着闷酒的发小。

这家伙一来，妞儿们全都两眼放光往上贴，可惜他大少爷沉着脸全给赶走了。

"我说，你能确定她跟宗澜……"

杜景明话才刚开了个头，对面一道凌厉的目光疾射过来，冰寒刺骨："她没有。"

杜景明缩了缩脖子，然而话还是得说："好吧，既然你都知道没有，那你还跟她闹什么闹？"

他跟宗衍打小相识，还从来没有见过他这么颓丧的模样。

"不是因为这个。"宗衍垂着眼帘，盯着酒杯中晃动的琥珀色液体，低哑的嗓音低不可闻，"我只是……我不知道，她跟我在一起，是不是只是因为，拒绝太麻烦？"

一直是他紧追着她不放，婚是他强行订下的，他知道封家人求之不得，只会向她施压，不允许她拒绝。

他不知道在她心中，他的定位究竟是什么。她的心就像一个谜团，他看不透，也无法掌握。

在他的人生中，他习惯了占据上风，习惯掌控一切，这样的未知，令他裹足不前。她的心意无法确定，他便也不敢承认自己的心思，因为他怕……他怕自己在她面前,成了一个自作多情的笑柄、一个卑微的可怜虫。

所以即便理智上知道她跟宗澜不可能,他还是会忍不住发怒,会猜疑,会嫉妒得五内俱焚……归根究底,不过是他底气不足罢了。

而现在他知道了,只要给她机会摆脱他,就像现在这样,她就会毫不犹豫、毫不挽留……

杜景明小心翼翼:"所以,你是不确定,她爱不爱你?"

宗衍没有抬眼,目光落在手掌心上。

玻璃划破的伤口早已愈合,只余一条浅淡疤痕。她说,这代表会天降大运。

她真的一点也没有爱上他吗?如果不爱他,为什么要担心他的伤口?为什么要记挂他有没有按时吃饭?为什么要用那种充满迷恋的眼神看着他……

不说话就是默认了,杜景明的面皮抽了抽:"先不说这个爱不爱的问题了,你这个婚约取消……"

"没有取消。"

杜景明按着额角:"兄弟,我说句实话,那张照片看过的人肯定100%都默认你跟'祸'……封小姐会掰了,你不掰,别人准得猜你是不是有绿帽癖——别瞪我啊,人的思想就是这么肮脏。"

"你们家老头子这招够狠的,"杜景明啧啧,"简直是把你的脸面踩在脚底下,问你是要脸还是要人。"

骄矜傲慢的宗少爷有多爱面子,没有人比他这个发小更清楚了,原本杜景明也是那100%中的一员,觉得这回肯定得掰。

"得,你要是不想分,就把她再追回来呗!烈女怕缠郎,你之前怎么缠上她的,再来一回,不就行了?"

话说得简单。

宗衍仰头,将杯中的酒液一饮而尽,把空酒杯重重地放在了桌面上。

想见她。

这样的夜晚,她应该依偎在他怀里,看窗外大雪纷飞,坏心眼地故意逗弄他,惹他生气……

"走了。"

宗衍站起身,身形微晃了一下。

杜景明不放心,起身跟上:"我送你。"

良辰美景，音乐声嘈杂，饮酒作乐正是时候。

一间卡座里，有人正挤眉弄眼，眉飞色舞：

"……那脸那胸那腰，我看就是封家专门培养来给人睡的，跟瘦马一样……嘿嘿……"

宗衍的脚步突然顿住，俊脸阴沉，接着长腿大步朝声音的来源走去，步伐间仿佛裹挟着风暴。

杜景明没拉住他，快步跟上去。

"刚才说话的，是哪一个？"宗衍双眼猩红，浑身透着令人胆寒的戾气，目光扫过卡座里的一众男女。

"宗……宗少？"有人见过宗衍，起身打了个招呼。

"是哪一个？"宗衍又问了一遍。

"这……不知道宗少是在找谁？"打招呼的人心知不好，试图和稀泥，"不如赏脸坐下来喝一杯？"

"是他。"一个短发的女生突然指向卡座另一侧的一个油头男人。

"你搞什么？"身边的人扯了扯短发女生。

"他说了一晚上的猥琐话，我忍很久了！"短发女生不认识宗衍，但看他的架势是来者不善，她乐得看满嘴荤话的猥琐男吃瘪。

"是你吗？"宗衍长腿迈步走过去，居高临下地盯着油头男人。

"我，那个……"

那个什么，他没有机会说出来，只见宗衍伸手拿起桌上的酒瓶，对着他的脑袋砸了下去——

"砰"的一声，玻璃和酒液四溅。

现场静默了一秒，旋即有人发出一声短促的惊叫。紧接着是油头男人的痛号："嗷……"

"你算个什么东西！"宗衍红着眼睛，抓着油头男人的衣襟，把他拎了起来，又是一拳揍在他的脸上，"敢污蔑她！你找死！"

"可以了！可以了！"杜景明从惊愕中回过神来，赶紧上前拉住宗衍，"垃圾打死了不值得……"

混乱一发生，服务生见势不对，飞奔去叫了经理。经理很快赶了过来。

这时宗衍总算被杜景明拉住了，油头男人满脸是血，吐出了两颗带血的牙齿，正嚷嚷着要报警。

经理不认识宗衍，但是认识杜景明。光是杜景明已经是得罪不起的人了，跟他一起的肯定也不是一般人。

话又说回来，被揍的那一方也是个富二代啊……

无论如何，事情能私了就私了，这是娱乐场所不成文的原则。

经理忙着安抚油头男人，叫车送医院。

"不是，这人是谁？怎么动起手来了？"酒吧里议论纷纷，有人不明所以地问旁边的人。

而认得宗衍的人在打听清楚动手的起因后，表情有些微妙。

怎么说呢，就算是劈了腿的前未婚妻，给人这么意淫，也不合适，对吧？

"我看宗少对那个谁，维护得很紧啊，一句话都听不得……"

"我也觉得……不过那话说得实在是，太恶心太下流了，活该挨揍。"

"连打架的姿势都那么男人，刚才有没有人拍下来？"

"你搞错了吧，这哪叫打架，这是单方面殴打……"

……

另一边，封窈好不容易劝住了四处找铁锹、要去埋了狗男人的钱姝。

钱姝怕她闷在家里难受，提议说："我哥那个温泉度假山庄已经开了，现在正是泡温泉的时候，不如明天咱们去泡温泉吧，放松一下。"

封窈没什么精神："明天再说吧。"

这一夜她睡得很不安稳，梦做得乱七八糟，到处都是那张可恶的脸。

被钱姝推醒的时候，她迷迷糊糊地贴了过去："抱抱……"

"抱个头啊。"钱姝无奈，"醒醒，我不是那个人。"

封窈嘟嘟囔囔："几点了？"

"七点不到。"

钱姝表情微妙："有两件事情。第一件，我朋友昨晚在酒吧，说宗少爷给人开了个瓢。"

"哈？"

"据说是因为那人对你出言不逊，说了些恶心人的下流话，被宗衍听见了，一酒瓶子就呼上去了。"

"……"

"第二件事，"钱姝指了指窗外，"我刚才下楼扔垃圾的时候，看见他就在楼下。"

封窈看向窗外。

天寒地冻的，他在楼下干什么？

"我的哥,来都来了,你不上去,站这儿装雕塑啊?"杜景明冻得直哆嗦,他也不知道自己不好好待在暖气房里,干吗偏要陪着这家伙受虐。

"她还没起床。"

"……"

杜景明跺了跺冻僵的脚,问:"那她几点起床啊,咱们晚点再来不成吗?"

"你先回去吧。"

"……"

杜景明劝不动,只能陪着。万一大少爷失温晕倒了,起码他能第一时间送去抢救。

话说这女人不会要睡到中午吧……杜景明百无聊赖,拿脚尖踢着花坛边沿的积雪,这时,公寓楼道的合金门忽然开了。

几乎是在同一瞬间,他以为已经化成冰雕的男人倏然动了,长腿大步迎上前:"窈窈……"

"你搞什么?"扑面而来的冷空气,让封窈打了个喷嚏,"阿嚏……"

"外面冷,你别出来,快进去。"宗衍忙推着她往门里去。

楼道里昏暗的灯光下,他看起来很憔悴,眼底布满了红血丝,下巴上冒出了一层胡楂。

他身上有一股浓浓的酒味,混杂着烟草的味道。

"你……"封窈皱着眉头,胃里又翻腾了起来,强烈的恶心感直往上涌,刚开口便忍不住,"呕——"

跟进来的杜景明有些无语。

啊这,看见人就恶心得吐了可还行?这……这没救了吧?

杜景明同情地看向宗衍,看见他明显地怔了一下。

"窈窈……"

"走开!"钱姝推了宗衍一把,有些后悔告诉封窈了,狗男人爱站就站,冻死活该,"没事吧窈窈?"

"呕……没事,"封窈摆了摆手,"我……"

话没说完,她只觉得身体一轻,被宗衍抱了起来。

"你干什么!"钱姝尖叫,"没看见她不舒服吗?"

宗衍面色紧绷:"她不舒服,我带她去医院。"

"放开。"酒精混着烟草的味道充斥着呼吸,封窈看到宗衍皱巴巴的袖口沾了一小块深褐色的污渍,像是干涸的血迹。她忍不住又干呕了起来,"呕……"

车就停在楼外面不远处,宗衍人高腿长,不过几步之遥。

他刚把封窈放进车里,封窈立刻往里面躲:"你……离我远点,难闻死了。"

"听到没,臭男人离远点!"钱姝使劲推了宗衍一把。

宗衍静默了一下,抬手敲了敲司机侧的车窗:"先送她们去医院,我随后就到。"

目光望进车内,封窈却别开脸不看他。宗衍垂在身侧的手指动了动,干哑的嗓子低声道:"保温杯里有热水,是干净的。"

封窈把车窗打开一条缝。冷空气灌进来,冰凉凉的,沁入肺腑,那股反胃感总算是略微减轻了一点。

"小心别吹凉了。"钱姝找到保温杯,拧开递给她,"喝点热水吧,应该没下毒。"又嫌弃,"一个大男人还用Hello Kitty的杯子,幼稚死了。"

封窈侧头,说:"这是我的杯子。"

钱姝一秒变脸:"这杯子也太可爱了吧!在哪儿买的?"

封窈"扑哧"笑了出来:"回头送你一个情侣款。"

医院很近,眨眼的工夫就到了。她们才刚下车,宗衍和杜景明后脚也到了。

封窈觉得宗衍完全是小题大做,更是借题发挥。不过都来了,她呕得嗓子和胃都不太舒服,让医生看看也好。

钱姝像老母鸡一样护着封窈,一副生怕她又被臭男人熏到了的样子。杜景明一路都没敢说话,这会儿实在忍不住了,压低了声音:"那个,她该不会是……"

如果是的话,事情不就简单了?

杜景明瞥了眼形容透着几分颓废落拓、全然不似平日里那副矜贵模样的发小,默默地在心里替他祈祷:千万要喜当爹……呸,当爹就行了,"喜"划掉。

宗衍在路上已经打过招呼,一进门,便有专家出来接待。

杜景明自觉地在检查室外停步,宗衍却跟了进去,只是远远地站在门口。他急着过来,来不及换衣服,担心身上的烟酒味又刺激到封窈。

"……也就这几天吧,就早上起来的时候胃会有点不舒服,其他都

还好。还有小腹有点坠胀,应该是'大姨妈'快来了。"

听完封窈的描述,医生点点头,和蔼地问道:"上次月经是什么时间?"

封窈被问住了。

她实在算不得是个太细心的人,没有费心去记录"大姨妈"每次到访的具体日期——反正她本来就很不规律,早几天晚十几天都说不准。

"上个月十八号。"宗衍说道。

钱姝侧头看着他。

医生询问地看向封窈,封窈犹豫:"应该……是吧?"

医生:"……"

年轻女孩子稀里糊涂的,也不少见,好在有人帮她记着。医生又问了几个常规的问题,还问了点私密问题,接着道:"先化验一下吧,护士会带你过去。"

护士递来一个小杯子,到了这个时候,封窈就是再迟钝,也回过味来了。

不会吧?

她和宗衍虽然那个挺频繁的,可是明明每次都有做措施啊,所以她完全没有往那个方向想……

她知道事实上没有避孕方法是百分之百保险的,可是……

不会的不会的,不要自己吓自己。封窈从洗手间里出来,把杯子交给护士,目光不经意间掠过长身挺立在走廊上的宗衍,旋即又撇开。

他现在的模样惨兮兮的,不过好看的人就算面容憔悴、胡子拉碴,也依然是个颓废风美男。

只不过——她不会再被他惨兮兮的样子骗到了。

尿检出结果不过几分钟的时间。宗衍一直没有开口,目光凝在封窈身上,薄唇紧抿成一条直线,身侧紧握成拳的手却泄露出了他内心的紧张。

问诊的时候钱姝听得清楚,这会儿也紧张地握住了封窈的手。

检查室里弥漫着诡异而沉默的气氛,医生拿着化验单推门进来时,顿感一股压力扑面而来。

"封小姐,"医生顶着男人压迫感十足的目光,和颜悦色道,"恭喜你,你怀孕将近六周了。"

话音刚落,宗衍的黑眸中迸发出巨大的惊喜,那种喜悦仿佛黑暗的隧道尽头乍然亮起的光芒,将整个屋子都照亮了。

他再也无法克制，长腿三两步到了封窈身边，紧紧地将她抱住："窈窈，窈窈……"

男人像是失去了语言功能，只会翻来覆去地唤她，激动之下连身体都在微微颤抖。封窈整个人都呆了，甚至连嫌恶的烟酒气味都分不出心思去注意。

钱姝在怔愣过后，第一反应居然是庆幸：好险，怀孕早期可泡不得温泉……

不过——钱姝瞥了眼宗衍，她昨晚已经把票都订好了，要不是被他强拉了过来，今天大概真的会去……

"如果不要的话，有什么选择？"很轻很淡的一句问话，从封窈口中说出来，却犹如一道惊雷炸响。

宗衍惊喜的笑意僵在了脸上，心像是被利刃捅了一下，半晌才找回声音："……窈窈？"

"女人说话男人少插嘴。"封窈看着医生，"我想了解一下。"

医生下意识地望了宗衍一眼。

"窈窈！"一股莫大的恐慌攫住了宗衍的心，从来没有一个人能像她一样，让他感受到一秒天堂、一秒地狱的大起大落。

"窈窈，不要这样……"

"不要哪样？"封窈突然发火了，"请你搞清楚一件事情，我们已经没有关系了，你没有资格对我指手画脚！你不是最喜欢怀疑吗？就这么确定这孩子是你的？不是宗澜的？不是别人的？"

她大力地从宗衍的怀抱中挣开："我的身体我说了算，没有你置喙的余地！"

钱姝认识封窈这么久，还没见过她发这么大的火，一时间被镇住了。

杜景明在门外早就等得焦急，隐隐听见里面传来争吵声，他忍不住把门推开一条缝，探了个头进来："怎么了？"

"我没有怀疑你，我昨天说的话都是言不由衷的。"昨夜一夜未眠，宗衍想了很多，今天一早就来找她，就是想跟她把话说清楚，"我知道你不会跟宗澜有什么，我只是……我只是怕我在你心里，没有那么特别。"

"你想要有多特别？"封窈难以置信，"我容忍别人赖在我家里不走了吗？我跟别人睡一张床了吗？

"我对别人一次次地心软，原谅别人那样羞辱我了吗？我被别人的祖父派人绑走，拿家人威胁我，但我还是没有跟他分手了吗？"

封窈的眼眶红了:"我是不是没有告诉过你,外婆一点都不喜欢庆城这个伤心之地,也不像你一样习惯出门被保镖跟着,都是因为我自私舍不得离开你,每次跟她打电话催她快点搬来,我都内疚得要命!我没有告诉过你,每次门铃一响,我都会心狂跳半天。

"只要我跟你分开,你祖父的威胁就可以不再存在,可是,我还是没有跟你分开啊。

"既然你觉得没有那么特别,那我也没办法。反正我们已经没有关系了,都无所谓了。"

说完,封窈从医生手中拿走化验单,转身朝外走。

擦肩而过时,宗衍忽然攥住了她纤细的手腕。

"可不可以,可不可以先不要把宝宝打掉?"宗衍的心已经痛得没有知觉了,每一次呼吸都是那么艰难,干哑的嗓子几乎发不出声音。

"我不想分开,窈窈,再给我一次机会,可以吗?"

封窈抬起眼眸,看着他将手腕从他手中抽了出来,没有回答,径自出了检查室。

钱姝跟上去,挽住她的胳膊。

杜景明觑着宗衍的脸色,心想这下完蛋了,指望父凭子贵,看来是没希望了……

虽然知道不该在这个时候插刀,不过杜景明还是忍不住说道:"那什么,你不是觉得她是嫌拒绝太麻烦,才得过且过跟你在一起的吗?我看她拒绝起来挺干脆啊,好狠的妞儿……"

戴罪之人
Chapter 09

回到家中,钱姝按着封窈在沙发上坐下。

"你感觉怎么样?还想吐吗?想吃什么?"

封窈摇摇头:"不想吐,也没胃口。"

钱姝在她旁边坐下,盯着她平坦的肚子,实在很难相信,里面有一个正在发育的小生命。

六周的胎儿有多大来着?比一颗黄豆大不了多少吧?

"这个,真的不要啊?"钱姝问道。

封窈将掌心贴在小腹上,直到现在她都还没有什么实感——她真的怀孕了?

她跟宗衍的孩子?

"我不知道,"封窈低着头,"但我很不爽,他那副好像我怀孕了,之前的事情就一笔勾销了的样子……凭什么?"

钱姝猛点头:"就是!凭什么?"

不过她后来看着,又觉得宗衍有点,怪可怜的……

呸!可怜个屁,还不是他自己不干人事,窈窈这么好脾气的人,都能被他惹火了?

钱姝张开手臂,给封窈一个拥抱,郑重其事道:"不管你做什么决定,我都无条件地支持你。你想生下来,我就是干妈;你如果决定不要,我就陪你去做手术。谁也别想 judge(评判)你,敢来我就撕碎他!"

封窈"扑哧"一下笑了。

"我需要好好考虑。"

就算肚子里的还只是个丁点儿大的小豆子，也不该成为赌气的工具。她不想情绪上头，冲动地做决定。

外面的雪下个不停，封窈今天没课，老老实实地待在家里赶论文。截止日期可不等人，其他的都得先靠边。

正在沉迷学习无法自拔间，钱姝过来敲门，说门外有人在敲门。

"长得还挺帅的！"钱姝有点小兴奋。

封窈看了眼可视门铃的屏幕，发现门外是蒋时鸣。

"哦，狗少爷的狗腿子啊。"钱姝转为不屑。

蒋时鸣抱着一个挺大的盒子，封窈打开门，他点头打招呼道："封小姐，这是宗少让我给您送来的。"

"不必了，无功不受禄。"封窈冷脸，"请你转告他，他落在这儿的东西，回头我收拾好了，会通知他来拿。"

"封小姐……"

蒋时鸣回想起宗少当初是怎么赖进这里的，不由得有些不忍。

"少爷让我告诉您，您外婆的安全无须担心，罗叔的小儿子在少爷手上，他不敢对您的家人下手。他先前之所以没有说，只是因为他知道您一直希望外婆搬到庆城来，这个理由既然已经说服了外婆，不如索性就借这个机会让她搬过来。"

"他没把人家的儿子怎么样吧？"封窈忍不住问。

"当然没有。"蒋时鸣道，"罗叔的儿子在加拿大，染上了一些成瘾的恶习，少爷请了人照管他，帮他戒掉。罗叔去看过了，也同意让他在那里待到戒干净为止。"

"……"那听起来还是做好事了。

"少爷说，您外婆身边的保镖已经撤掉了。他只想着外婆外出时身边有人，会更安全一些，没有考虑到原来她不习惯这些。"

是啊，他自己从小到大习以为常的事情，怎么会想到别人会不习惯呢？

要不怎么说找对象要门当户对呢？成长环境差距太大造成观念习惯的不同是刻在骨子里的，不经间才会显露出来。

"封小姐，"蒋时鸣忍不住道，"请容我多嘴一句，少爷他的初衷是好的，他只是想让您开心。"

封窈抿了抿唇。

"他从小在老爷子身边，学到的是只要达成目的，手段不拘。他是一心为您的，或许方式不对，也许有时候会想岔了，他在这方面可能不如其他方面有天赋，但他是真心对您的。可不可以请您，不要太早地否定他？"

蒋时鸣平日里话不多，封窈的印象中，这还是他头一次长篇大论，却是为宗衍说好话。宗少爷虽然脾性不怎么样，下属倒是都挺忠心的。

蒋时鸣暗怪自己嘴太笨，不知道有没有把意思表达清楚："封小姐……"

"好了，知道了。"封窈不置可否，"东西你拿回去吧，我不要。"

蒋时鸣无可奈何，只得为难道："您不收的话，我没法向宗少交差，说不定还要再回来，雪下得这么大……"

道德绑架可耻但有用，这么恶劣的天气，如果来回折腾，就太折磨人了。

"放着吧。"大不了等回头把宗衍的东西打好包，再一同退回去好了。

蒋时鸣进来把东西放下，就离开了。

钱姝摸着下巴："真的挺帅的，腰板儿好直啊，当过兵吗？"

"好像是特战队退役？"封窈侧头瞥她，"据我所知，他应该没有女朋友。"

钱姝唾弃："狗腿子。"

封窈："……倒也不必连坐啦。"

蒋时鸣送来的大多是封窈喜欢吃的小零食，还有一堆止吐养胃的辅食，另外还有一些营养补剂。

钱姝拿起夹杂其间的一盒叶酸，啧啧道："心机。"

叶酸是孕早期必备的维生素，防止孕期贫血，预防胎儿畸形。

夹带这个，心思不要太昭然若揭哦。

楼下，宗衍的目光穿过鹅毛般纷飞的雪花，望着七楼的那扇亮着灯的窗户。

他没有自己送上去，只是怕她不想见到他，或者万一说错话，又惹怒她，让事情更糟。

雪花落在脸上，凉凉的。良久，宗衍转身上了车，垂着眼吩咐道："让人仔细留意着，如果……如果她要去医院，无论如何，先拦下来。"

蒋时鸣应是。

· 109 ·

翌日，雪终于停了。

路面上结了冰，不时有行人滑倒，摔得四仰八叉。

蒋时鸣一早便又来封窈门口候着了，说是奉命护送她去上学。

道德绑架这种事情，能成功第一次就能成功第二次。封窈也没想到蒋时鸣一个浓眉大眼的，心眼儿还不少，几句话说得仿佛她不坐他的车，他分分钟就要冰天雪地沿街乞讨了似的。

有辆黑色迈巴赫在后面尾随了一路，封窈只当不知道那是宗衍的车，神色如常地进了学校。

上完了课，她刚到图书馆摆开阵势，就收到钱姝的信息："你妈上热搜了！"

……苏冉上热搜很稀奇吗？

钱富贵："不是，今天是邹家涉黑涉恶贪污渎职案的公开庭审，你妈突然现身了，惊动了一堆媒体。"

封窈倒吸了一口气。

她赶紧上网去看，一看时间，原来庭审还在进行中，她急忙对钱姝道："我要去看看，你去吗？"

钱姝："我陪你！"

庭审在庆城法院公开进行，原本不相干的人不会关注，然而当苏冉这个大明星毫无预兆地出现在现场，一切都不一样了。

媒体闻风而动，法官不得不限制入场人数，法院的门口围了一群长枪短炮，不知道的还以为出了什么大事。

从出租车上下来，钱姝小心地扶着封窈，叮嘱："小心脚下……小心人……小心……哎呀，别挤别挤！"

拥挤的人群里忽然有人注意到封窈，指着她大嚷："哎，苏冉在这儿！"

封窈整张脸上最肖似苏冉的部分无疑是眼睛，眼梢微挑，如水潋滟，几乎一模一样。

天寒地冻，她戴着帽子，围巾遮住了大半张脸，只露出一双眼睛，竟然有人把她误认成了苏冉。

这一嗓子可不得了，本来就围在门口的媒体和粉丝，瞬时全朝这边蜂拥而来。

· 110 ·

"苏冉,请问你和受审人是什么关系?为什么会关注这场庭审?"

"冉姐!冉姐我爱你!"

……

门口的执勤人员赶忙维护秩序,钱姝吓得脸都白了,张开手臂护着封窈,一边喊:"她不是苏冉!你们认错人了!她不是苏冉!"

封窈也拉下了围巾:"我不是……"

然而一点用都没有,即便前面有人看清楚她不是了,后面的人还在朝前挤。

骚动混乱中,封窈脚滑了一下,钱姝慌忙去拉她,却一下子没拉住,情急之下试图用自己的身体给她垫着,嘴里还在喊:"别挤了别挤了,救命……"

宗衍接到苏冉突然现身庭审现场的消息,又得知蒋时鸣接人扑了个空,心里总觉得不安。

直觉令他立刻赶往城北法院。抵达时看到的这一幕,让他的心都差点停跳了。

"窈窈!"宗衍大力地推开人群,蒋时鸣等人在旁边硬生生地挤开一条路,他长腿快步冲上前,将倒在地上的人抱了起来,"窈窈,你怎么样?有没有事?"

封窈惊魂未定,一句话都说不出来。钱姝被蒋时鸣拽了起来,也是吓得不轻。

有蒋时鸣等人护着,终于没人能靠近了,执勤人员也在努力维持秩序。混乱不过一瞬间,造成的威胁却是实打实的。

"宝贝,有没有哪儿不舒服?"宗衍捧着封窈的脸,黑眸紧张地上下审视她,"哪里摔伤了吗?"

封窈总算回过神来:"没……没有,钱姝一直护着我。"

钱姝这才总算得到了宗少爷的一个眼神:"谢谢。"

"谢什么谢,我护着我闺蜜不是应该的吗?关你屁事!"钱姝拍着身上沾的雪水,心情很差,语气很冲,"我认识她比你久多了,少在这儿装大头蒜!"

一旁蒋时鸣不着痕迹地打量钱姝。

敢这么怼宗少爷,真豪杰啊。

这场公开庭审同时在网上直播,原本观看人数只有几百。而当苏冉现身的消息传出后，观看人数开始急速飙升，庭审网站甚至一度因流量过载而崩溃。

女明星和涉黑涉恶贪污渎职案的受审人，这引人联想的地方就太多了。

"该不会是老情人吧？也算有情有义，不过这姐这么高调合适吗？塌房预警。"

"天啊，她的团队就没人劝劝她吗？她看着不像没脑子的人啊，难道是被对家下咒了？"

"不要张口就来，冉姐做事必有原因，坐等打脸反转。"

各种猜测纷纭，媒体闻风而动，更有不少粉丝赶往现场，还有人索性举着手机在法院外面开起了直播。

刚才封窈被误认引起的骚动，很是让看直播的吃瓜群众捏了把汗，而当宗衍出现，眼尖的人立马认了出来：

"刚才英雄救美的大帅哥是宗家那位美男少爷吧？我没看错吧？从天而降帅一脸啊！"

"求求主播手机拿稳点不要晃成帕金森好吗！求拉近特写啊啊啊！"

"有一说一，被认错的妹子好漂亮，确实挺像冉姐，我想起了之前那个小鱼缩缩……呃，少爷不会就喜欢这款吧？"

"如果是真的话就真的很……不过这个妹子的脸自然多了，天然的还是医生水平更高超？"

"快看快看捧脸杀！！啊啊啊！"

……

庭审正在进行中，苏冉坐在中部靠后的位置，一身 Valentino 经典红裙，乌发雪肤妆容精致，明艳得亮眼夺目。

大美人即使只是静静地坐着，存在感也太过强烈，就连法官和书记员都忍不住眼神往那边飘。当宗衍和封窈进来时，庭内众人更是神色各异——

今天这场是什么情况，美丽人类聚会，神仙颜值打架？

苏冉的目光落在封窈身上，眉头微蹙了蹙。这场合不方便打招呼，封窈在增设的座位上落座，视线环顾了一周。

坐在另一侧的有几个邹家的亲属，没看到封家人。

毕竟封家人很讲体面，受审这种事可没有什么体面可言。

邹世勇父子坐在被告席上，罪名包括滥用职权、贪污、渎职、为黑恶势力提供保护伞、妨碍司法等长长一串。公诉人用了近两个小时，将事实和证据详细地陈述完毕，现在是被告的辩护律师在进行质证。

网上已经是群情激愤了：

"这也太黑了！别审了直接枪毙吧！"

"仗着有权就无法无天呗。搞工程的都知道有些材料是被邹家的势力垄断的，中间有多少利益你们自行想象，有不合作的全家被逼得走投无路，都被压下去了。呵呵，天网恢恢，可算看到这王八蛋的报应了！"

"话说检方的证据好翔实啊，居然能追溯到二三十年前，我刚听到还有二十多年前妨碍司法，指使人毁灭他女儿交通肇事逃逸致人死亡的证据……这一家子全是恶人啊！话说他不抓女儿吗？"

"应该是先审这个，这边认罪也可以作为证据？不过是不是过了追诉期限了啊？"

"这些跟我冉姐有什么关系？总不能真的是送老情人一程吧……不要啊，我不想塌房！"

……

审判庭内暖气开得很足，庭审的过程枯燥而冗长。

辩护律师还在质疑证据瑕疵，邹建安不服气地插嘴，被审判长敲槌子警告："请被告不要喧哗。"

宗衍的手机不时地振动，他用单手回复着邮件和信息，另一只手握着封窈的手，一直没有放开。

封窈试图将手抽出来："你有事就去忙吧。"

她听到消息就下意识地赶过来，可是仔细想想，苏冉行事一向清晰明确，既然决定在庭审上现身，那肯定有自己的目的，似乎也不需要她多事操心。

可是，哪怕她帮不上什么忙，起码她不想让妈妈一个人，孤立无援。不管再如何伤心失望，却无法不挂心，大概这就是母女吧……

"我的事就是陪你。"宗衍抓着封窈的手不放，"你陪岳母，我陪你。"

钱姝龇牙做了个鬼脸，感觉有点点酸。

封窈："……"

"坐久了会不舒服吗？"宗衍没留意钱姝的小动作，只看见封窈表情微妙，心提了起来，"是不是刚才摔到哪儿了？"

"没那么脆弱。"冬天衣服穿得很厚，钱姝又护得紧，封窈其实没怎么摔到，主要还是惊吓多一点，"……手放开。"

· 113 ·

宗衍黑眸定定地注视着她，薄唇微抿，须臾垂下眼，缓缓地松开了手。

尽管下定了决心不会再被他卖惨骗到了，他流露出来的那股失落，还是让封窈的心狠狠地动摇了一下。

……动摇什么动摇，想想他那副可恶的样子吧！

封窈硬下心肠，不再看他，专注看庭审。

这个时候，网络上已经扒起了被宗少英雄救美的女主角——

"我总觉得这个小姐姐有点眼熟欸！不知道还有没有人记得宗家三少那个甜甜校园恋的视频？现在全网已经删干净了，但是我记得那个女主角……好像跟这个小姐姐很像！"

"什么视频？我缺课了，求补课。"

"我有一点点印象！不过不确定是不是一个人，有谁存了视频吗？对比看看？"

有人手快存下了视频，很快有人贴了截图："感觉就是一个人？！"

当时出面扛"锅"的是宗澜——虽然是被宗衍安排着被迫扛下的，封窈便顺势隐匿了。网络热点变化快，热度很快消退，就像一朵小小的浪花隐没入大海里，无人注意了。

然而互联网不是没有记忆，这会儿又被翻出来，就有人想起了当初的那个爆料——

"我记得那时候有人爆料说，这妹子是苏冉的女儿？？"

"是谁最先想起那个视频的，这是干大事的人啊！苏冉今天出现在法院，然后这妹子也去了，我觉得八九不离十了。"

"当初的爆料是不是还说，冉姐的女儿是跟已婚富豪生的，是私生女？"

"千万不要告诉我已婚富豪是被告席上的那个……"

"啊，这……母女俩去旁听庭审，因为被告是孩儿她爹，这就说得通了……呜呜，我的房子塌得好彻底。"

……

网络名侦探们拼凑出的"真相"，引来一片哀号。

实在让人难以接受，红了这么多年、国民度超高的女明星，居然给被告席上的那罪大恶极的玩意儿当小三，还生了私生女，而且还毫不避讳地去庭审上陪他受审……

这太挑战底线了！

"不是，等等，没人注意爆料说妹子叫封窈吗？又不姓'邹'啊，怎么个个都这么确定了？弄错了怎么办？"

有人提出了质疑，只是淹没在声浪中，应和的人寥寥无几。

"私生女肯定不能光明正大随父姓，有什么好奇怪的？苏冉退圈吧，太嚣张太恶劣了，我支持封杀她。"

……

吃瓜群众听得五味杂陈，审判庭里，传唤过证人，控辩双方你来我往，在量刑上又是好一番争执。

最终法官做出了判决，邹世勇父子贪污渎职涉黑涉恶罪名成立，数罪并罚，分别判了二十年和无期。

两人当场提出要上诉，邹家亲属抗议判决不公，喧哗中法警正要将邹世勇父子带走，邹建安忽然指着苏冉和封窈："贱人！等着瞧，我非弄死你们！"

话没说完，被法警推了一把："老实点！法庭上还敢威胁人？"

邹世勇父子很快被带走，一审到此结束。网上因为邹建安那句威胁又是哗然一片——这态度，不像情人倒像仇人啊！

难道有什么内幕？污点证人之类的？

无论网上如何猜测，这边庭审已经结束，记者纷纷朝苏冉身边挤："苏冉，你是以什么身份来旁听这场庭审呢？我们大家都很好奇，你和被告人是什么关系？"

"身份啊……"苏冉一边朝外走，一边笑了笑，"当然是受害者的家属。"

封窈跟在后面，宗衍手臂护着她，生怕她被别人挤到。

记者听出来这里面有料，大喜过望："能不能详细地说一说？"

大门外依然挤满了人，一身红裙、外面只套了件大衣的苏冉刚一露面，人群便骚动了起来。

媒体的长枪短炮对准了苏冉，记者七嘴八舌追问："可否回答一下问题？"

隔着几步外，宗衍为封窈拢了拢围巾："外面风大，你先到车里去等着……"

封窈忽然"啊"地惊呼一声，看见人群里有个人，在奋力朝里挤。

邹美婷！

苏冉也看到了邹美婷，眸光盯着她，红唇勾起一抹挑衅的笑意："你来晚了，不过，我正要跟人好好讲讲，咱们之间的过节。"

"你闭嘴!"邹美婷现在只有一个念头,不能让她说话,一个字都不许说。

那天这个女人——这个恶鬼,去了疗养院,逼着她想起了那件早就被她忘到脑后的事故。

是那个死人……明明是他的错!谁让他晚上出门?谁让他没躲开的?

爸爸明明都摆平了,还赔钱给他们了,还不够吗?凭什么,凭什么过了这么多年还追着她不放?

邹美婷摸出一把水果刀,扑向苏冉:"都是你!杀了你!我杀了你!"

"有刀!"

"拦住她!快拦住她!"

"妈妈!"

封窈失声大喊,想冲过去,被宗衍抱住:"别怕,有保安——你看。"

邹美婷很快被保安拦住,刀子也被夺走了。

苏冉神色不变,捋了捋被风吹起的头发:"刚才庭上不是说了吗?邹世勇动用权势压下了女儿交通肇事致人死亡的案子,这位就是邹世勇的女儿邹美婷,而我——"

她看着邹美婷,一字一句:"我的本名叫徐景曦,二十四年前被邹美婷酒驾撞死的人叫徐景辰,是我的双生哥哥。"

……

疗养院发现邹美婷不见了,着急忙慌地向封季同报告,此时的网上已经闹翻了天。

"这是什么一波三折惊天大反转!不比电视剧好看?就问刚才信誓旦旦咬死是老情人,叫嚣要封杀苏冉的人打脸疼不疼!"

"不是,刚才是不是有人喊妈妈了?"

"是的是的!美女小姐姐那个急啊,差点冲上去挡刀!宗少爷刚给她系围巾还一直抱着她,这碗狗粮你们干不干我不管,反正我先干了。"

"只有我关注这个邹美婷到底抓不抓吗?疯了吧她,撞死了人逍遥法外这么多年,还敢当众持刀行凶?不去坐牢天理难容!"

……

才接到疗养院的电话,封季同又看到了网上的风波。

这事闹得实在太大了,从苏冉突然莫名其妙现身一场庭审,网上开始各种猜测,慢慢发酵到庭审结束,当苏冉当众坦诚说出那句话,算是彻底引爆了网络。

这节奏把控得炉火纯青,现在已经不是任何人、任何势力能够压得下去的了。

凛冬的冰雪之中,美人容颜精致,神情清冷,红唇中轻轻吐露出的真相却令所有人都震惊失声。这一幕,宛如电影里的场景,从各个角度拍下来的视频在网上的浏览量都在飞速飙升。

苏冉说完这句话,没有理会记者们七嘴八舌的追问,转身便要离开。

封窈忙跟了上去。

"你这排场,倒是比我还大。"苏冉瞟了眼封窈一左一右的宗衍和钱姝两人,难得开了个玩笑。顿了顿,她低低地说了句,"对不起。我知道我欠你的不止这一句抱歉,我是个自私的差劲的母亲,对不起。"

封窈怔住了。

苏冉今天是自己开车来的,车就停在东侧的停车场里。记者和人群还想跟随,被增派的保安拉起的人墙拦住了。

"你去哪儿?"封窈回过神来问道。

"当然是去封家。既然开始了,就干脆一口气做完,"苏冉拉开车门,"今年只剩两天了,总不能还留到明年吧?"

封窈说:"我也去。"

预料到这是不适合她掺和的场景,钱姝主动说:"我约了我哥吃饭,时间不早,我得过去了。"

"让蒋时鸣送你吧。"宗衍唤来了蒋时鸣。

冰雪天路上拥堵,车不好打,有人送总好过自己打车,钱姝从善如流:"好吧。"

钱姝跟着蒋时鸣走了,封窈看着宗衍:"你也请回吧。刚才多谢你,现在我们要处理家事,就不多耽搁你的时间了。"说完就要去开副驾座的车门。

"窈窈。"宗衍攥住她的手腕,"就你和岳母两个人去封家,我不放心。让我陪你,好不好?"

"首先,请注意你的称呼。我们的婚约已经取消了,你提出的,我同意的,请不要再管我妈妈叫岳母,不合适。"

苏冉挑起眉梢："取消了？"

"没有！"

"嗯。"

两个截然不同的回答，让苏冉的眉梢挑得更高了："到底怎么回……阿嚏！"

话没说完，一阵冷风吹来，她忍不住打了个喷嚏。

这么冷的天气，她只穿了裙子和羊绒大衣，美丽又冻人。

"先上车再说吧。"宗衍打开车门，抱起封窈放在座位上，又拉过安全带给她系上。

紧接着他长腿大步绕到了驾驶侧："岳母坐后面吧，我来开。"

封窈："……"

刺骨的寒风让资深女明星都扛不住，苏冉坐进后座，搓了搓手："到底怎么回事？"

宗衍将座位向后调，一边发动车子，一边把暖气调高："是我不好，说了不该说的话，我很后悔。"他侧过头，漆黑如墨的眼眸望着面无表情的封窈，"我没有逼迫你原谅我的意思，我只是不放心你们两个人去封家，万一场面失控……"

这担心不能说完全没有道理，苏冉虽然不觉得封家人能把她怎么样，然而封窈非要跟着，多一个人照看她，总不是坏事。

封窈犹豫了一下。

她知道苏冉摊了牌，封家人的反应肯定不会太友好。她还没有见过这些家人翻脸起来是什么样子，可从最坏的结果考虑，她也很担心他们会对苏冉不客气。

封窈有点唾弃自己，让宗衍跟着，无非就是借他的势，让封家人忌惮。

只是她口口声声说着跟他没有关系了，却还想着借他的势，实在是有点……

"不要想那么多，"宗衍仿佛是看出了她的想法，"我很乐意。"

借势这一招，苏冉在名利场上摸爬滚打这么多年，早就用得炉火纯青。

她要办的事情很重要，既然有人这么乐意，那么当用则用。

"那就麻烦你了。"

"太客气了。"宗衍的余光里，封窈把头别向了车窗那边，他却是微松了一口气。

不出声就是不再反对了。

封季同从看到新闻就开始不停地联系苏冉,直到接到苏冉的消息,说她正在去封家的路上,一会儿见,他便急急忙忙地赶回了家。

到家的时候,苏冉正坐在客厅里喝茶,姿态悠闲。封窈和宗衍坐在另一侧的沙发上,上首的封老爷子封老太太脸色难看。

"哟,人到齐了。"苏冉放下茶杯,忽然想起来一般,"哦,还差了邹美婷,不过她是寻衅滋事被拘留了对吧?一时半会儿回不来,那就不等她了。"

"你——"

封季同又不是个蠢人,事到如今,他哪里还能想不明白,这些年来,苏冉在他身边都是别有目的?

想到自己被欺瞒了这么多年,封季同禁不住气得浑身发颤,颤抖的手指指着封窈:"她到底……她是不是我的女儿?"

封窈微微一怔。宗衍握住她的手,眸光凌厉地射向封季同。

苏冉轻嗤了一声:"她刚生下来,你就偷偷做过亲子鉴定,是不是你的,你还不清楚?"

她看着封季同,笑了:"怎么,你以为我不知道?我当然知道,不过男人嘛,肚皮不争气,所以永远无法确定孩子到底是不是自己的种,也是怪可怜的。"

"你!"封季同深吸了一口气,告诉自己不能被她牵着鼻子走,"你到底有什么目的。"

"年底了,当然是有冤报冤,有仇报仇啊。"

苏冉瞥了眼在她来时就发过难、现在脸色铁青的封老爷子封老太太:"邹美婷肇事逃逸的事情,你们难道不知道、不清楚吗?明明知道,却还是娶了这个媳妇,因为这在你们眼里,根本不是什么大事。"

她冷笑:"是啊,反正事情已经摆平了,当然就无所谓了。一条无足轻重的人命,哪里比得上跟邹家联姻的好处呢?"

她直视着封季同:"邹美婷有罪,你们这些明知道发生了什么,却默不作声、浑不在意的人,都是帮凶!"

"你怨上我们,实在是很没有道理。"封老爷子开口道,"当年邹家势大,我们又能怎么样呢?话说得难听点,你与我们封家非亲非故,我们也没有义务为你伸冤,对吧?"

姜还是老的辣,一句话就把苏冉打成了无理取闹的迁怒。

"你们当然没有义务为我伸冤,可是你们跟我的仇人同流合污——"苏冉笑笑,"捆绑得这么深,难不成还想独善其身?活到这把年纪,不该这么天真呀。"

"你!"封老爷子气得直哆嗦。

封老太太慌忙给他拍背顺气,气怒之下对着封季同指桑骂槐:"都是你干的好事!没事惹来两个丧门星!简直就是——"

话音未落,只听"砰"的一声响,是宗衍重重地放下了茶杯。

"老太太慎言,当着我的面辱骂我的岳母和未婚妻,是觉得封家太一帆风顺了,想找点挑战?"

"她都给你戴绿帽了!"封老太太难以理解,"我们家没有这种不要脸的孙女!她不是我封家的人,这婚约是封家跟宗家定下的,她没有这个资格!"

"窈窈的品行我比你们清楚,"宗衍眸光阴沉,"上一个在我面前诋毁窈窈的人,现在还在医院里躺着,我劝老太太还是嘴巴放干净点。"

封老太太不可置信地瞪大了眼睛。

"至于婚约——"宗衍捏了捏封窈柔嫩的指腹,"如果窈窈没有资格,那我也没有资格。"

"既然是封家与宗家定下的,当由你们有资格的女儿去履行。而我已经跟窈窈订婚了,自然不在选择之列——这么简单的事情,都想不通吗?"

宗衍眸光淡淡地扫视全场,嘴角轻慢地勾起:"怪不得我觉得窈窈不像你们封家人,幸好。"

封窈:"……"

宗少爷这波群嘲开得有点大,封老爷子封老太太的老脸都挂不住了,封老爷子斥道:"宗衍,你一个小辈,不要太过分了!"

"辱骂我的未婚妻,难道还指望我客客气气的?"宗衍冷笑,"你们未免太不把我放在眼里了。"

"够了!"封季同抹了把脸,不想偏离重点,"苏冉——还是应该叫你徐景曦?"

他的腮帮紧咬,没想到他也有栽的一天,被一个女人骗得团团转,骗了这么多年。

"这件事你想要怎么收场?要邹美婷坐牢?要邹家补偿你?"

他又看了一眼封窈,从今天起,他是无法再毫无芥蒂地接受这个女儿了。

"邹美婷我当然会送她去坐牢，至于邹家，能吞的都被你吞得差不多了，罚没资产都不够罚的，拿什么补偿我呀？"苏冉一脸"你怎么这么天真简直可笑"，语出惊人——

"我要封氏。"

全场寂静了半秒，接着封老爷子封老太太激动地拍桌，封季同更是瞪着苏冉："你疯了！"

"哦，确切来说，不是我要，是我替窈窈要的——她是你的亲生骨肉，她也姓封，把封氏交给她，合情合理合法，不是吗？"

封窈眼眸圆睁，嘴巴刚动了动，手心被宗衍轻轻挠了一下。

痒……

苏冉甩出一个文件夹："不如你先看看，再做决定吧。"

封季同眼神恶狠狠的，对于他这样一个利字为先的人，谋夺封氏，这绝对是触及底线了。

他翻开文件夹扫了一眼，只看一眼，脸色大变——

"你为什么会有这些？！"

苏冉端起茶杯抿了一口，笑意盈盈："当然是从你那里拿到的啊。封氏跟邹家往来的账目流水、合约条据，你不会以为都清理干净了吧？我这里，可原原本本地保存了一份呢。哦，还有你近期吞掉的资产，证据我都保留了哦。"

封季同发了"邹难财"，正是春风得意的时候，又动了跟邹美婷离婚，另娶苏冉的心思，在苏冉面前自然没有什么保留，甚至是带着炫耀般的得意，洋洋洒洒，把证据把柄全都送给她了。

"所以呢，你有两种选择。第一种，就是我把这些交出去，你们封家和邹家是亲家，一块儿殉了，也是佳话。"

苏冉仿佛没看见封季同杀人般的视线，伸出两根指头："第二嘛，就是你把股份都转给窈窈。反正封氏还是姓封，由你的女儿继承，你也没什么损失，不是吗？"

封季同心绪大乱，愤怒、担忧纠结成一团。他定了定神，试图安抚："苏冉，其实没有必要这样。窈窈还小，即便我把封氏交给她，她又不懂得管……"

"她不懂，你懂，我也懂啊。"苏冉理所当然道，"所以我替她要的只是股份嘛，又没有要把你赶出去。你该做什么还是做什么，薪酬方面，

当然不会亏待你。"

"你要我给她打工?"封季同差点气笑了。

"亲爹给女儿打工,有什么不可以的?"苏冉安慰他,"儿女都是债,前二十多年你都没养过她,后半辈子来打工还债,很合理啊。"

封窈已经惊呆了,还……还能这样?

这样的狮子大开口,任谁都一时无法接受。

宗衍却像是浑然没有注意到封家人的激烈反对,对封窈柔声道:"岳父既然给你,你就放心收下。不用担心,我也会尽力帮忙看顾。"

封季同一口老血哽在喉咙口,他还没答应要给她!

他是想要借宗家的势,让封家更上一层楼,事实上,在婚约定下来之后,他作为宗衍的准岳父,已经获得了不少好处。即便这些时日宗家的形势有变,三房掌权的势头明显,让有些墙头草摇摆不定,说一些酸话,不过他观宗衍的态度行事,当是另有底牌,还是把注押在宗衍这边。

可是如果这就把股份都给封窈了,日后即便宗衍上位,封家也的确能更上一层楼,但那跟他,实质上还有关系吗?!

"话不要说得太早,"封季同皮笑肉不笑,没有任何一刻让他这么感受过背叛——无论苏冉还是封窈,还有被他坚定押注的宗衍,"你确定日后还有能力看顾封氏?可不要败给宗家其他人……"

"这就不劳岳父操心了。"宗衍神色淡淡,抬腕看了眼时间,"岳父还是早做选择吧,不管选哪一项,我都可以安排人加急处理。"

这根本就是赤裸裸的威胁。

然而封季同满心冰凉地意识到,其实他根本没有选择。

答应,封氏在外人眼里依然姓封,可他只有面子,没有里子。

不答应,就面子里子都没了——苏冉这个蛇蝎女人,显然是如果无法弄到手,就宁可全毁掉……

直到坐进车里,封窈都还是云里雾里。

"你不要太有压力,很多家族企业都是家族成员掌握股权,由职业经理人来负责管理,再寻常不过了。"宗衍伸手扯过安全带,替她扣上,又将安全带横在她腹部上的部分往上拉了拉,避免勒到她的小腹。

"也没有哪个的职业经理人,是亲爹吧……"

封窈还被天降的股权砸得有点蒙,没有注意到宗衍的小动作,苏冉却留意到了。

再结合方才封窈走在刚铲完雪的地面上,宗衍小心翼翼地护在一旁,生怕她滑倒的模样……

"你怀孕了?"苏冉突然问。

封窈整个人一凛,倒吸了一口气,不小心被口水呛到:"喀喀……你……我……"

这都能看出来?

"没事吧?"宗衍给她拍背顺气。

他早察觉到了封窈还没把怀孕的事情告诉苏冉。她究竟是出于何种考量,他其实不敢去细想。

或许没打算留,索性不说了?

苏冉作为非科班出身的演员,又是凭一部戏爆火,当年没少被嘲是花瓶。为了磨炼演技,她总会观察他人的细微表情和动作,渐渐成了习惯,深入骨髓,大概这辈子都改不掉了。

封窈的反应证实了她的猜测,苏冉蹙起了眉心:"你们怎么这么不小心?窈窈的学业怎么办,不读了吗?"

封窈好不容易止住了咳嗽:"我当然要读!"

"你要挺着肚子读书?你以为孩子生下来不需要花精力照顾?你觉得你能一边生孩子养孩子,一边读书?"

"我……"

封窈想说又不是非要生,却被宗衍打断,接过了话头:"我们可以多请几个保姆,我也会多分担,尽最大的努力,不耽误窈窈的学业。"

男人的嘴,骗人的鬼,现在说得好听,生完就成了甩手掌柜。

苏冉问:"有多久了,产检做了吗?"

"六周了,前两天才查出来的,具体的检查还没有做。"宗衍答道。

"哦。那你们现在的情况,从最坏的角度考虑,如果真的分手了,这孩子还要吗?要的话,归谁养?"

在苏冉看来,这是很现实的问题。她还担心封窈过早怀孕,会被宗家人轻慢。

不过在考虑旁人的态度之前,他们两个人之间得先达成共识才行。

"我不想分手,窈窈和宝宝我都想要。"宗衍赶紧先表明态度。

车里暖气开得很大,暖风吹在脸上,让封窈莫名地有些烦躁:"我不知道,我没有想好……我不知道自己能不能对一个生命负责,我很害怕。"

是的,害怕。在最初的意外和震惊过后,她的内心深处,就压着一份沉甸甸的害怕。

她很害怕,怕自己根本负担不起这个责任,怕自己应对不了身体的变化。更重要的是,成为母亲到底是一种什么样的概念,她根本不知道……

不知道是不是孕激素的作用,才让她产生这么多奇奇怪怪的情绪,此时此刻,她只愤愤造物主的不公:"为什么怀孕光是女人的事?为什么男人这么没用?"

宗衍:"……"

她的恐惧彷徨,让宗衍的心紧揪成一团,不想再给她造成更大的压力:"窈窈,你先不要想太多……"

"这是你不想就能不想的吗!孩子不在你的肚子里,不会吸着你的血肉一天天成长,不会让你早上起床就犯恶心,折腾你来彰显他的存在!"

封窈也知道一味地怪罪宗衍很没有道理,毕竟严格来讲,责任算一人一半。

只是想到他不用承担什么,就能轻轻松松地这也想要那也想要,她就气不打一处来:"我管你想要什么!想要就去寺里许愿啊,我又不是菩萨,没有义务满足你的愿望!"

宗衍不敢说话了。

在一起这么久,她虽然偶尔会有不悦的时候,却从来不像这样,火药包似的一点就炸。

然而他却不能有委屈恼怒的情绪,因为她说得对,身体的变化没有发生在他身上,他没有直接体会到那种压力,无论说什么,都很难安抚她,反而会让她更难受。

他已经后悔了无数次,可是此刻他更是后悔得无以复加——如果那天他没有言不由衷,如果他不是非要死守着那点面子尊严,如果他没有说出那句令他痛彻心扉的话……

"好了,你们两个人之间的事情,你们好好解决,慎重做决定,我就不多插嘴了。"苏冉只觉得头疼,"你外婆呢,知道了吗?"

连日降雪冰冻,路况不好,封窈一早便劝阻了外婆,让她先留在鹤镇,尽量少外出,免得老人家滑倒跌跤,造成严重的后果。

这件事自然也还没有告诉她。

"我回头会跟你外婆通话,说说今天的事情。至于你们俩的事情,你们自己决定说不说、什么时候说,我就不越俎代庖了。"

封窈低低地"嗯"了一声。

苏冉顿了一下,忽然道:"你那天不是说,希望我能放下,开始过自己的人生吗?原本我没打算给邹美婷这么痛快的。我打算一天天地拖下去,让她日复一日地猜疑惶恐,像在油锅里一样受煎熬,越久越好……"

"不过煎熬她,又何尝不是煎熬我自己呢?"苏冉长长地呼出一口气,"罢了,不值得。她去受她该受的惩罚,我可以过我的人生了。"

"妈妈……"

"行了,我的事用不着你管,你管好你自己。封氏那边也不用你操心,需要你签字的时候,你出个手就行了。"

说话间,苏河花园已经到了。

封窈跟宗衍被撵下了车,白色的大G绝尘而去。

小区的路面上,雪铲得干干净净,花园里草坪上还罩着厚厚的雪,松松软软的,像奶油一样。

……好想吃奶油蛋糕啊。

封窈咽了咽口水,恋恋不舍地收回视线,进了公寓楼。

她当然知道宗衍亦步亦趋,默默地跟在她身后,只是今天发生的事情太多,她实在没有精力再跟他争执了。

这个男人,从以前到现在,似乎都不知道什么叫放弃。明明做的每一件事,都是离不开她的样子,却嘴硬得打死都不愿意承认,身段高得不得了。

别别扭扭的样子,以往在她看来,也是他的可爱之处。可是别扭得有话不好好说,有问题不直接问,非要猜疑发脾气——她就活该被他伤害吗?

再次踏入这间不大的公寓,宗衍竟然有种恍如隔世的感觉。

那天在这里发生的事情,那种心如刀绞的感觉,他不愿再回想。

目光落在桌上开了盒的梅子羹,宗衍轻轻开口:"这个有用吗?我问过生过孩子的堂姐,她怀孕时吐得厉害,吃这个能缓解一下反胃。"

"没什么用,但是挺好吃的。"

封窈原本没想动这些东西,可是昨晚半夜实在馋了,不知道怎的,看到这个包装上画的沾着露水的梅子,馋得口水都流出来了。

真是太没出息了……

"你喜欢,我回头再多送点过来。"

"我不要……"

拒绝的话还没说完,只见宗衍卷起了袖子,进了厨房,开始忙活着烧热水了。

……好歹学会了一个有用的技能,已经很熟练了。

男人将水壶放好,按下按钮,手腕动作间,小臂的肌肉线条特别流畅。

封窈移开视线,不想再理会他,正要转身回房,却听见他的声音低低地传来。

"窈窈,能不能再给我一点时间,不要这么快做决定?"

她抬起眼,直直地撞进他寒潭般的黑眸中。

"我的愿望就是你,寺里的菩萨实现不了,只有你能。"

封窈抱起手臂,脸上的笑容有点冷:"我能,我就该吗?还是像你说的,我应该有这个自觉?"

他那天说过的话,她原原本本地奉还给他:"我可不敢太把自己当回事——我怎么敢高估自己的魅力和对你的影响力呢?不就是对我稍微特别一点嘛,要是我真信了,真以为你非我不可、以为你离不开我了,那可怎么了得?"

"窈窈……"

"怎么,你自己站在这里说过的话,你不记得了?"封窈不给他机会,连珠炮一般,"你不是不喜欢别人碰你的东西吗?虽然我不是一件东西,更不是属于你的,不过有挺多人看见我被宗澜碰过了吧?连我的爷爷奶奶都知道呢。你不介意了?还是打算跟我爸一样,等孩子生下来,再偷偷去做亲子鉴定?"

"怎么可能!我连想都不可能那样想——"

水壶开始发出"咝咝"响声,渐渐地,越来越响。宗衍的心也仿佛被浸在热水中翻滚灼烫。

他走到封窈的身前,低声地道:"窈窈,我知道是我做错了,我不该言不由衷。你对我很重要,我就是离不开你,就是非你不可,除了你,我谁都不要。"

事到如今,什么尊严面子,已经通通不重要了。承认这件事,其实没有他想象的那么困难。

"我就是吃醋,就是嫉妒,我怕你只是拒绝不掉婚约,怕你不像我在意你一样那么在意我,我怕……我怕只是我在强求,怕我在你眼里跟宗澜、跟别的男人没有多少不同,怕你不够认真,怕你哪天会离开我。"

他的睫毛颤了颤，垂下了眼眸："你说得对，我的脾气我自己很清楚，我也清楚，从一开始，你其实就不喜欢我的脾性。你只是没放在心上，能哄就哄，能糊弄就糊弄，偶尔故意惹我生气，以看我的反应为乐。"

封窈微微一怔。

原来他知道啊。

"我会发火，吃醋只是一方面，更重要的是我很难受，你遇到那种事情，宗澜冒犯了你，你却瞒着我，只是想糊弄过去。"

连续的"嘭嘭"的响声从厨房里传来，是水快要烧开了。

"宗澜跟你说的话，司机都告诉我了。他说我不带你去见宗家人，是没有对你认真，说你没有得到宗家的承认，说我是留有余地，想随时反悔。"

"你听了这些话，哪怕只是有一点在意，总会想要问我一句是不是这样，想要我解释，让你安心吧？"宗衍的嗓音有些沙哑，"我想告诉自己，你不问，是因为你相信我。可是，如果你只是根本不在乎呢？不在乎婚约，无所谓能不能跟我结婚，所以不在意我带不带你见宗家人，是不是认真，会不会反悔。"

封窈从来没想过，这件事从宗衍的角度来看，竟然是这样的。

直到这时，她才终于真正想明白，宗澜说那一通话的用意——

如果她听进去了，心里肯定会有疙瘩，会各种联想猜疑。怀疑的种子一旦种下，人就会自动地找各种蛛丝马迹的证据来佐证，然后她大概会去质问宗衍，两个人一言不合，很可能便是一场争吵。

即便她没有听进去，不去问宗衍——就像这样，可是在宗衍看来，这反倒是她丝毫不在乎他，所以才无动于衷的表现。

宗澜这个人，太懂得人心的脆弱之处了。

"王八蛋。"封窈咬牙切齿。

宗衍："……"

"不是说你。"封窈顿了顿，忽然抬手使劲推了宗衍一把，柳眉倒竖，"你也是个浑蛋！混账！"

宗衍冷不防被推得朝后退了半步，手臂却反射性地虚扶住封窈："你小心一点……"

"小心什么，怕我把你的宝贝胚胎摔掉了？"封窈更是直冒火，"说了半天，就是为了保住我肚子里的这个吧？"

她这一脚没有留力，正好踢在宗衍的胫骨上，宗衍倒吸了一口气，却顾不上呼痛："不是的宝贝,不管有没有宝宝,我都愿意做任何事,只要你能原谅我……"

"谁信你!"

封窈憋在心口的那股气不出不快,索性一脚踩在他的脚背上："大少爷不是高高在上,最爱论资格吗?没记错的话,我连当你女朋友的资格都不够,是这么说的吧?"

她冷笑着,叹了口气:"唉,都怪我,掂量不清楚自己的斤两,像我这种身份,走了狗屎运被宗大少爷看上,成了你的未婚妻,怎么能不欢天喜地,不二十四小时围着你打转,惶惶不安,生怕被甩了呢?听说你留了余地可能反悔,我居然觉得这是无稽之谈,问都不问——也太把自己当根葱了吧!"

事实证明,女人不翻旧账只是因为不想,不是因为心里的小本本上没记着。

真想翻的话,多久以前说过的混账话,她都记得一清二楚。

宗衍急道:"没有什么资格不资格,那时只是因为……因为我没有遇到过让我动心的女人,不知道该如何处理,只想着无论如何,要先把你留在身边。"

他捏住封窈的手:"窈窈,不要再说这种气话好吗?是我想错了,你能信任我,我应该高兴才对。"

水烧开了,"咕噜咕噜"的翻滚声渐渐趋于平静。

宗衍低头看着封窈:"我来找你,就是想告诉你这些话。后来发现我们有宝宝了,我真的很高兴,从来没有任何一刻有那么高兴,让我感受到自己是如此地受上天眷顾。"

"宝贝对不起,是我太以自我为中心,没有考虑到你会不安,会害怕……"他的声音渐渐低了下来,"我想要你全心全意地爱我,却没有照顾好你的感受,如果一定要论资格,是我没有资格才对。做错事的人是我,你气我恨我都是应该的,我只请求你,可不可以不要打掉我们的宝宝?给我个机会,让我好好照顾你们,好吗?"

这怕是宗少爷这辈子最低声下气的一次了吧。

他性格中的缺陷,封窈不是不清楚。她自己也不是什么完美小姐,缺点一大堆。

两个人之间出了问题,任何一方都不是全无过错的。

不管谁错得多一点、谁错得少一点,重要的是,这个问题是一次说开了，就能解决的吗？还是说，它会反复地出现，直到把感情消磨干净，最后变成相看两相厌，甚至反目成仇？

封窈抿了抿唇，抬眸望进宗衍的眼眸中。

"我很讨厌麻烦。所以那时候我跟朱婶说，我们只是玩玩而已，彼此都是见色起意，不会认真，以后跟你绝对不会有任何瓜葛，虽然有故意拿话堵她的成分，但我心里也确实是那么想的。"

宗衍的俊脸一下子褪去了血色，苍白如纸，嘴唇动了动，却被封窈抬手止住。

"你闭嘴，听我说。

"原本我以为，反正你也不打算作为男女朋友正式交往，不承诺不负责，两个人开心一段时间，该结束自然就结束了。"

封窈站得腿有点酸了，朝后退了退，倚在沙发靠背上，仰起脸看着宗衍："可是慢慢地我发现，你比我想象的认真，我也比我想象的认真。明知道陷下去会是麻烦，可是想到要结束，我舍不得了。"

她笑了笑："不过后面发生了什么，不用我提醒你吧？"

宗衍垂在身侧的手紧了紧："我……"

"都说了让你闭嘴听我说了。"封窈不给他机会插嘴，"我这辈子都没有受过那么大的羞辱，按理说那时候就该真正地结束了。可是我还是选择了放过。因为我觉得，既然我还喜欢你，既然舍不得把你彻底驱逐出去，那么与其纠结过去，不如往前看。

"但是现在我在想，我是不是太过轻易地原谅你了？让你觉得我是个没有感情没有感觉的人，什么都不在意，什么都不在乎，什么都能接受？所以你才会东想西想，想这个女人的接受度这么高，底线这么低，就算不是你，换成谁都能得手？"

"不是，"宗衍忍不住道，"不是你的问题。一切只是因为，我知道，除开身份、抛开金钱、地位这些你不在意的外在的东西，我本身没有什么值得你喜欢的。"

宗衍薄唇微抿："你不是一直觉得宗澜又有才华又有趣吗？他随便说说话，就能逗得你开心……"

"他哪有你有趣？"封窈认真道，"惹你生气不比跟他说话开心？"

宗衍："……"

封窈撇撇嘴："才华就算了吧，毕加索有才华吧？顾城有才华吧？宗澜的才华在这两人面前不值一提，也就心理变态程度可能还有一拼。

"况且什么叫才华？你很会经商，连你祖父都认可，不是才华吗？你每次都能在我想到之前，把事情都安排好，从来不让我操心，不是才华吗？更何况，你会无条件地维护我，会一直坚定地选择我，这在我看来，比什么才华都要闪闪发光。"

外面的天色已经暗下来了，星星点点的灯光亮了起来，光线映在积雪上，将白色的雪映得昏黄，有种暖暖的感觉，透着静谧的温馨。

宗衍恍然如在梦中，他从来没有想过，原来她是这么想的。

"我放低了底线，是因为你，我愿意包容你。"

不待宗衍靠近，封窈又摇了摇头："可是让我放低底线的机会只有一次，你已经用掉了。"

宗衍心头刚升起的一丝欣悦又沉了下去，心直直地朝下坠："什么意思？"

"意思就是，我没法再像上次那样，直接当作什么都没有发生过。"封窈下了逐客令，"既然话都已经说清楚了，时间也不早了，你该回去了。"

"窈窈！"

宗衍本来就不愿放手，现在终于明白了她的心，要他放弃就更不可能了。

他想再说点什么，可是到了这个地步，语言是苍白的，他总不可能逼迫她立刻原谅他。

宗衍缓缓地松开紧握着的手，无论如何，他是绝对不会放弃的。

他从桌上蒋时鸣送来的箱子里找到一个包装花花绿绿的盒子，转身进了厨房。

一番杯盏的响动之后，封窈看着他端着一个马克杯出来。

白雾袅袅从杯中升腾起来，一股覆盆子的香味飘了过来，闻起来酸酸甜甜的，好像很可口。

"这个果茶是我舅妈和表姐推荐的。"宗衍把杯子放在沙发旁边的小几上，"你犯恶心的时候可以泡一杯，试试看有没有用。"

封窈："……"

他该不会把生育过的女性亲属都骚扰了一遍，搜集止吐秘方吧？

"我没有带你去——见过宗家人，是因为我知道你连封家人都不喜欢理，宗家这种人心复杂的大家族，你只会更嫌麻烦。"宗衍认真道，"我不需要你去讨好谁，祖父也逼迫不了我，我更不会像我父亲那样，一次次带着黎韶华去见祖父，却把她单独撇在门口，受他人的目光羞辱。"

"哦……"

封窈一向很清楚自己做人的水平不怎么样，也没想过要嫁入水深的豪门。那天罗老头儿嫌弃她不是个合格的大家闺秀，成不了宗衍的助力，她在不以为然的同时，其实也还是有那么一点小介意的。

谁会喜欢被当成拖伴侣后腿的人呢？

"如果你把我撇在门口，我肯定会转身走掉。可是如果你为了我，自己也不去见他……"封窈轻轻地道，"我又怎么可能不明白你的心意，不能陪你一起面对呢？"

宗衍的手指动了动，终究是忍不住，捉住她纤细的手腕轻轻一带，双臂将她拥住。

"抱歉宝贝，是我没能早点明白你的心。"

封窈让他抱了一会儿，再次逐客："好了，注意你戴罪之人的身份，不要得寸进尺。你该走了，我还有一堆功课要做。"

"……"宗衍恋恋不舍地松开手臂，忽然将掌心覆在她的小腹上。

男人的大掌温热，隔着衣服也能感受到热热的温度。封窈感到了一种奇异的悸动，仿佛冥冥之中，血脉之间隐隐有呼应似的。

"乖一点，不要折腾妈妈。"宗衍认真地低声交代了一句，抬眸看着封窈，"我明天再来看你们。"

封窈："……"

若论得寸进尺顺杆上的功夫，怕是没有谁能赢得过这个男人了吧。

封窈面无表情地拿开宗衍的手，说："'戴罪之人'几个字不知道怎么写吗？"

蒋时鸣送完钱姝就返回苏河花园，坐在车中等待。

她倒希望等不到，那说明少爷被容留了。可惜，华灯初上时分，男人高大的身影从公寓楼里出来了。

蒋时鸣的脸皱了皱，唉，看来是没有成功。

宗衍坐进车里，不待蒋时鸣仔细观察他的神色，冷声问道："宗澜还躲在祖父身边吗？"

展览

Chapter 10

凛冬时节,宗老爷子从瑞士迁移去了温暖的法国南部。就在前几日,宗澜也到了法国南部的庄园。

最直接的原因自然是为了避开宗衍——他又不是不了解这个堂弟的脾气,怒火滔天之下拆了他都不奇怪,他当然不会乖乖留在庆城。

另一部分原因嘛,则是躲避他父亲宗启山的诘问。

对于突然勒令宗衍卸权的原因,宗老爷子一直讳莫如深。属意的继承人被女人迷昏了头这种不入流的原因太上不得台面,宣扬无益。另一方面他也是给宗衍留了台阶,只要宗衍及时地迷途知返,这一切他可以当作没有发生过,大度地揭过。

外人不清楚内情,猜测纷纭,甚至有猜是因为老爷子忌惮孟家,可宗启山却是隐约知道实情的。

尝过了掌权的滋味,宗启山又哪里愿意再将权柄交出去?他可巴不得宗衍在那女人的身边醉生梦死,跟他爹一样,为了个女人把一手好牌生生作成死局!

而这个时候宗澜居然去勾搭那个女人——这哪里是挖宗衍的墙脚,根本就是在挖自家的墙脚!

事实上,就连自认见惯了豪门争权的罗君毅也看不明白,宗澜到底图什么。

"争权夺利有什么意思?"长廊上,宗澜慢步走在宗老爷子的身后,对于罗君毅旁敲侧击的发问,他微微一笑,"每个人生来就带着不同的意义,有人是支配者,有人是掠夺者,有人是奉献者……而我嘛,我认为我是一个旁观者。"

……神神道道的。

罗君毅记得曾经听小儿子提过一种说法,以道德的善良、邪恶或中立,以及对社会和秩序的态度——守序、混乱或中立,将人性划分为九种阵营,什么守序善良、混乱中立、守序邪恶,等等。

像宗澜这种,应该就是混乱邪恶吧,全凭兴趣喜好行事,视秩序为无物,以破坏为乐……

罗君毅在思量些什么,宗澜不甚关心,他只是随手做了些小事,就像扔在墙角的那副眼镜,至于后续的走向如何,正如他所说的,他只是一个旁观者。

替老爷子做事只是顺带的,更重要的是他想看看,即便宗衍明白一切,却依然不可避免地走向既定的结局……

这难道,不是很有趣吗?

宗宏深取下廊下的鸟笼,笼中两只画眉鸟振了振翅膀,鸣声婉转清脆。

他一手教出来的阿衍,本事可是不小,不到一个月的时间,从老三手里截和了好几个项目,让他又是恨得牙痒痒,又是惜才,更加不想放弃阿衍了。

宗宏深轻叩了叩鸟笼,沉吟半晌,吩咐道:"安排一下,回一趟庆城。"

宗澜躲在宗老爷子的身边,在蒋时鸣看来,这事委实有些难办。

总不能派人冲到庄园里,把宗澜绑回来吧?且不说这样操作的可行性,如果这么干了,传了出去……甚至都不需要传出去,就是在宗家内部,宗少也要被唾沫星子淹死,很难立足了吧。

蒋时鸣还真的担心宗衍冲动之下,会下这样的命令,不过好在并没有。宗衍只是冷笑道:"他最好能躲一辈子。汤自成的展览重新布置完,马上可以重开了,你去教育一下汤自成,让他知道该怎么说。"

"是。"蒋时鸣应道。

苏冉和那场庭审的舆论热度一直居高不下,热闹纷呈。大众关注的重点各种各样——有谴责邹氏家族的,有顺着苏冉的本名试图挖掘点背后的故事的,有要求重查邹美婷酒驾肇事逃逸一案的……当然也免不了有浑水摸鱼的,借机下场造谣。

总之,八卦论坛上,只要是跟苏冉相关的帖子,眨眼工夫就能盖起

一座高楼。

封窃的身份这下是彻底曝光了。自从苏冉承认自己育有一女，大众的好奇心就一直没有消减过，各种冒认"小狐狸"蹭热度的时不时就冒出来一个，真真假假把人遛了好多回了。

这下正主终于露出了真面容，可不让人津津乐道嘛。

封窃一到学校，就遭遇了强势围观。

被围观这种事情，封窃不是没有经历过。自小因为模样出挑，从小学到中学直到大学，总会有慕名来"参观"她的人——不过一般都是远观，顶多是指指点点，窸窸窣窣八卦几句，她当没看见就完了。

不过这回就不光是远观了，不停有人拿着手机对着她拍照。

还好蒋时鸣一早得了宗衍的吩咐，不光是要将她送到学校，还要寸步不离左右。封窃虽然也不习惯被人这么跟着，可是眼下这个情况，如果不是有蒋时鸣挡着，她怕是连去教室上个课，都能被各种偷拍。

没办法，事情刚爆出来，大家的好奇心正是高涨的时候，等过段时间习惯了，消退下去，应该就好了，只是目前的这波关注，还是得先挺过去。

封窃静下心来赶完了论文，放在一旁的手机振动了几下。

钱富贵："我刚到家，拉开窗帘，就看到露台上多了这么个丑东西？"

钱富贵："[图片]"

钱富贵："啥玩意儿这是？你堆的？"

封窃点开图片看了一眼，嘴角抽了抽。

"丑东西"是用雪堆成的，圆圆滚滚，身上插着许多小飞翼。

封窃："如果我没有认错的话，这个玩意应该是个飞飞鱼。至于它是怎么跑到七楼露台上来的……"

封窃："当然是因为它是飞飞鱼，会飞啊。"

钱富贵："[黑人问号.jpg]"

钱富贵："这'鱼'肚子里有东西。"

钱富贵："我猜是张字条，写着'大楚兴，陈胜王'。"

封窃："朕的大秦都亡了几千年了。"

这鱼是谁的杰作，不做第二人之想。大概又是用什么奇奇怪怪的黑科技，运到她的露台上的。

封窃倒还真的有点好奇"鱼"肚子里是什么东西。

总不会真的载了一群花园宝宝吧？

钱富贵："哈哈哈哈哈，一群丑娃。"

钱富贵："[图片]"

封窈："……"

还真的是花园宝宝啊。

钱富贵："哇，丑娃娃是翻糖做的欸！"

钱富贵："完蛋，我把蓝色那个的头碰掉了。"

封窈："……那是依古比古。"

钱富贵："这小东西长得还挺别致。"

封窈没忍住"扑哧"笑了出来。

钱富贵："啧啧，想哄你开心是吧？这波操作我给他2分。"

封窈："满分100吗？"

钱富贵："当然是高考标准，750分！"

……高考卷子上但凡写个名字，多少也能得2分吧？

钱富贵："我放着了啊，不敢动了，你自己回来看吧。"

看什么看，丑娃……不是，翻糖花园宝宝们肯定不是某人亲手做的，他就算是连夜拜师，也不可能练出这个技术。

不过那个雪堆的飞飞鱼，看起来像是他堆的。

封窈伸了个懒腰，这时有人来敲门，说是虞校长叫她得空去一趟校长办公室。

封窈有些疑惑，转念一想，或许是校园暴力受害者基金的事情？

"好的，我马上就过去。"

封窈跟宋叶薇打了声招呼，戴上帽子、口罩、围巾，捂得严严实实，去了行政楼。

校长办公室就在一楼，左手第一间就是。封窈敲了敲门，听见里面传来一声"进来"，便推门进去了。

一进门，她就愣了一下。

办公室里不见虞校长，坐在桌后的，是一个满头银发的老人，手边倚着一根拐杖，高抬着下巴，眼神精锐。

如果单从相貌还不足以判断他的身份的话，那么立在他的身后，与封窈有过一面之缘的罗君毅，则足够她明白这位老人是谁了。

说起来，这个高高在上的姿态，看人的睥睨眼神，一看就是一脉相承呢。

宗宏深眯着眼，精利的目光上下打量过封窈，倏然笑了笑。

"倒是个挺标致的小姑娘。"

"……谢谢。"封窈礼貌道,"您也是个挺帅的……老大爷。"

罗君毅的面皮微不可察地抽了抽。

宗老爷子地位崇高,各种社会头衔、荣誉头衔列出来一眼望不到头,还在好几个国家被授过爵位,称呼时得冠上相应的尊称。

而她一句"老大爷",仿佛一下子把老爷子从高高在上的云端拉了下来,放在了田间地头、街头巷尾——跟隔壁收发室里抱着茶杯的老大爷没什么两样。

封窈倒没有别的意思,她还是稍微斟酌了一下的。对于初次见面的年长男性,叫"老头儿"显然不礼貌,叫"爷爷"又过于亲近,还有攀亲道故的嫌疑,"老大爷"这个对年长男性的尊称,她认为是比较合适的。

况且若要问她的话,眼前这位老大爷,和隔壁收发室里的老大爷,在她看来也没什么太大的区别,不都是两只眼睛一个鼻子一张嘴吗?无非是帅一点,有权有势一点……好吧,有权有势得多。

但是本质上,还不都是老大爷嘛。

宗宏深的养气功夫极其到位,对封窈这句回夸不置可否,抬手指了指墙边的沙发:"坐吧。"

封窈将羽绒外套和帽子围巾搭在沙发扶手上,然后坐了下来。

宗老爷子轻叩着椅子扶手,目光压迫感十足,通常小辈们在他面前都会自觉地夹紧了尾巴,当他像这样沉着脸不开口时,更是大气都不敢多喘一下。

封窈却浑然不觉,而且还发现了有趣的地方——宗衍跟他的这位祖父,从神态到眼神再到气势,乃至小动作,都特别像。

不过想想也正常,毕竟宗衍才五岁就被宗老爷子接了过去,最权威的男性长辈通常是男孩子学习和模仿的对象,耳濡目染成长起来,做派难免相像。

再想一想,又有点忧心。她肚子里的这个小东西,如果生下来的话,万一是个男孩儿,长得像宗衍倒还好,起码是好看的,可是性格脾气如果也像他……

那可真是完蛋了……

正胡思乱想间,只听宗老爷子开口了,语气不辨喜怒。

"我叫你过来,是想见一见,能让阿衍这么痴迷的女人,究竟是个什么模样。"

"不敢当。"封窈态度谦逊,"希望您对看到的还满意。"

一旁的罗君毅:"……"这女孩子到底知不知道她在跟谁说话?

宗宏深半眯着眼睛:"你觉得,我应该满意吗?"

言下之意,你觉得你能配得上宗衍、配得上宗家吗?

这种看不起人的态度,着实令人不爽。封窈笑了笑:"您要问我应不应该,那我当然觉得应该。不过如果您觉得不应该,那我……也还是觉得应该。"

宗老爷子依然是喜怒难辨:"你对自己,倒是很有自信。"

封窈再次谦逊:"应该的,应该的。"

罗君毅简直想揉一揉额角。上一回见这女孩子,他只觉得她突遭变故,反应倒挺镇定从容。现在看来,她当时可能还是有点慌了,竟然没有这么故意气人……

封窈可不觉得自己故意气人——她这不都是在顺着宗老爷子的话说吗?

"你的胆子不小。"宗宏深盯着封窈,下耷的眼皮掩不住眼中的利芒,"是因为仗着肚子里怀了阿衍的孩子吗?"

封窈愣了一下。

他怎么知道?

宗衍告诉他的?

封窈心头涌上一股怒火,他急匆匆地告诉宗老爷子是什么意思?难不成指望着宗老爷子看在她肚皮争气的份儿上,能允许她进门?

"我的胆子不需要任何倚仗。"封窈怒火当胸,可不管什么礼貌不礼貌了,"实不相瞒,我跟宗衍已经分手了,所谓婚约已经作罢。至于孩子,自然没有必要留着。如果您叫我来的意思是担心我缠着宗衍不放,那么大可不必。"她直视着宗宏深,"请您搞清楚一点,是他求着我,不是我求着他。"

宗宏深沉下了脸。

"你的意思是,孩子你会打掉?"

"打不打掉是我的事,我不需要给谁交代。"

封窈的态度与宗宏深意想到的并不相同,他还没见过区区一个小女孩子敢在他面前如此嚣张:"你想拿孩子要挟阿衍?"

人与人之间的脑回路果然差别很大,封窈理解不了宗老爷子是怎么得出这个结论的,索性也放弃去理解了。

"可能是落后的思想限制了您的想象力吧,没有谁在要挟谁。孩子是一个独立的生命,不是大人拿来算计博弈、相互要挟的筹码。"

"不如打开天窗说亮话吧,我知道您看不上我,我又何尝看得上宗家呢?"封窈笑笑,"你我会有今天的会面,唯一的原因是宗衍。我之前愿意跟宗家扯上关系,唯一的原因也是宗衍。"

她站起身:"您大可不必大老远屈尊来羞辱我,我也没有义务坐在这里任您羞辱。我知道您因为自身经历的缘故,十分厌憎私生子女这种存在,不过我不知道有没有人愿意提醒您这么一个事实——私生子女之所以会存在,不是因为他们想要被生下来,根本原因是男人不守男德,随便播种。

"所以您真正应该厌憎的,是您的父亲。如果不是他不修男德,管不住裤腰带,那些女人上哪儿去生出那么多的私生子女,以至于给您造成困扰?"

"你——"

"您这么睿智的人,当然不可能不明白问题的根源在于您的父亲。可是您选择放过这个根源,去厌憎他造成的产物。是因为这样比较容易一些吗?"

"封小姐!"罗君毅忍不住出声呵斥,"你逾越了!"

"抱歉。"封窈耸耸肩,"实在是老爷子太过慈和亲切,一不小心就交浅言深了。当然我说的只是我的看法,您不一定要同意,"她扬唇一笑,"虽然您一定知道,我说的是对的。"

宗宏深已经多少年没有被人气得说不出话来过了。

简直是反了天了……一个小辈,居然敢指着他的鼻子教训他……

罗君毅更是急怒:"封小姐,你会为你今天的态度后悔的。"

"不把话都说出来,我才会后悔。"封窈拿起外套围巾,"真搞不懂你们有什么好牛的。"

所谓不吐不快,人有时候还是不能太糊弄,把该说的都说个清楚明白,才叫痛快。

"如果您没有别的事情要指教的话,我还有功课要做,有论文要交,就不耽误您的时间了。"说完,她转身便要离开。

"站住。"宗宏深阴沉着脸,"你刚才说,你跟阿衍已经分手,婚约作罢了?"

"是。为什么会这样,您不是最清楚的吗?"

宗宏深无视她话中的刺,拇指轻抚着拐杖顶端镶着翡翠的兽首:"很好。阿衍的另一半,我心中已有人选。至于你肚子里的孩子,是去是留,你自己决定。宗家是不会承认这个孩子的。你愿意孩子像你一样,做一个见不得光的私生子,尽可以把他留下。"

"……您不会觉得这就能伤害到我吧?"封窈差点笑了,"要不怎么说您思想落后呢?我简直怀疑人类文明跨入新世纪的时候,是不是漏掉了一部分人忘记通知了?

"如果我选择生孩子,那叫单亲妈妈。二十一世纪了,女人单身生育很正常,不用靠男人的。法律规定非婚生子女享有与婚生子女同等的权利,没有什么见不得光的。如果我不生,也是因为我不想,跟您的意见没有半毛钱关系。

"至于宗家承不承认——既然罗先生说我逾越了,那我索性就再逾越一下好了——"

封窈直视着宗老爷子的眼睛:"你们老宗家那几条染色体,是镶了金吗?得到承认是夜里会发光,还是能出场自带 BGM 啊?如果连一点酷炫的特效加持都没有,我要你这承认有何用?"

宗老爷子这次回来得突然,行程又刻意隐秘,当宗衍收到消息,得知他抵达后便去了庆大,他立刻推掉了接下来的会面,直奔庆大。

封窈只觉得今天是倒霉透了,遇到一个思想腐朽又顽固的倒霉老头子不说,好不容易脱了身,刚到校门,又被不知所谓的人拦住了。

是一个放过话要追求她的男生——她原本以为,她跟宗衍在法院门口被拍到,别人怎么着也该放弃了。

然而显然不是,世上就有这么一种人,自说自话,说什么要一个公平竞争的机会。

"没有机会,我再说最后一遍。"封窈简直无力,"不管你是贫穷还是富有,都没有机会,因为我不喜欢你,I don't like you, je ne t'aime pas, ты мне не нравишься, no me gusta……还需要再用别的你能听懂的语言吗?"

"那只是因为你没有给我机会,让你了解我!"男生压根儿不听,"是因为我没有他有钱吗?除了出身,我不觉得我有哪里比他差……"

"我不要你觉得,我——"

封窈的话还没说完,只见一辆黑色迈巴赫疾驰而来,然后猛地一个

刹车,停在了路边。

虽然心里还在生气,然而此刻看见男人高大的身形下了车,寒风卷起他的衣摆,他长腿大步朝这边走来,她还是下意识地有种"得救了"的感觉。

这种依赖感,仿佛深入骨髓,是她对任何人都没有过的。封窈一时间有些怔忪。

臆想中的情敌到场,迫人的气势仿佛夹带着冰雪,男生瑟缩了一下,还不待他鼓起勇气,只听一声:"滚开!"

宗衍远远地便看见有人在纠缠封窈,他看也没看,直接一脚将男生踹开,拉起封窈的手:"祖父来找你了?跟你说什么了?"

"说什么?!"不问还好,一问封窈就柳眉倒竖,"难道不是你告诉他的?"

"我告诉他什么……"宗衍先是不解,须臾了悟,"不是我!我没有问过你的意见,怎么可能告诉他?"

封窈眯起了眼眸:"真不是你?"

"窈窈,祖父有多顽固,我比你更清楚。我不会指望用这件事改变他的想法,更不会拿我们的宝宝当作筹码。他接不接受,都不会改变我的心意。"

宗衍想到宗老爷子可能会说些什么,薄唇微抿:"你……没有答应他什么吧?"

封窈余怒未消,没好气道:"我需要答应他什么?我告诉他我们本来就已经分手了,不劳他老人家操心了。哦,对了,他已经帮你选好了老婆,恭喜啊,正好医学院就有附属医院,我这就过去把孩子打了,免得碍你们的事。"

"我们没有分手!"

宗衍攥着封窈手腕的手指收紧,眼睛一下子红了。

"窈窈,你再哄我也好,糊弄我也好,惹我生气也好……如果你不想要孩子,那就不要。"他的嗓音嘶哑,仿佛气流难以穿过干涩的喉咙,"我只求你,好好待在我身边,不要分手。"

封窈定定地看着宗衍,她能感觉到他说出"那就不要"时的艰难与难过。

这个孩子来得太突然,他们俩都没有心理准备,之前更没有讨论过生养孩子的问题。封窈不禁有些疑惑:"你很喜欢小孩子吗?"

平常外出的时候,有小孩子跑来跑去,也没见他多看一眼啊?

"我们的孩子,我有什么理由不喜欢?"宗衍乌密的睫毛颤了颤,低沉的声音被风吹得有些模糊。

"我从小就知道,我的父亲并不期待我的出生。

"在这之前,我没有考虑过做父亲,一个好父亲是什么样的,我完全没有概念。只是,在得知我们有了宝宝的瞬间,我才突然觉得,原来成为父亲是一件这么值得期待的事情。"

封窈还记得那天在医院里,医生宣布检查结果的时候,他惊喜得无法自持的模样。

他努力想让她更改主意,原本她以为只是男人站着说话不腰疼,却没有想过,这或许还是一种补偿的心理——

因为自己是一个不被父亲期待的孩子,所以无论如何,也想让这个宝宝知道,他是被他的父亲期待着,想要保护他的吧……

"这件事,由你来决定。如果你觉得以后也不想要孩子,只有我们两个就好,我可以去结扎。"宗衍抓住封窈的手,修长的手指滑入她的指缝中,十指交扣住。

"我只要你,不要离开我。"

天边一抹殷红的夕阳,穿透寒冷冰封的冬日,余晖洒落在高墙院角的积雪上,折射出一片灿烂的金黄。

封窈垂下眼眸,目光落在被宗衍紧扣着的手上。男人的手比她的手大了好多,手指清瘦修长,手掌很暖,将她的手完全地包裹在掌心里。

从紧贴的手心传来的温度,仿佛沿着胳膊,一路流向心脏。

这个男人真是矛盾极了,明明总是一副不可一世的样子,可是偶尔间流露出一丝脆弱,又总能让她心软,让她想好好地保护他。

唉,她可能真的是前世欠了他很多钱吧?

"……讨债鬼。"

宗衍怔了一下:"什么?"

"说你是个讨债鬼!"封窈气呼呼地白了他一眼,又咕哝了句,"还送了个小讨债的来。"

甩又甩不掉,舍又舍不得。

感情这回事,果然半点由不得人。就像是强力胶,一旦黏上,再想分开,除非连皮带肉撕下一块来,鲜血淋漓。

宗衍虽然不明白为什么是讨债鬼,只是夕阳渐沉,寒气逐渐攀升,他担心封窈受凉,捏了捏她的手道:"先上车吧,我送你回家。"

美术馆事发的时候,基本上所有人都认定,这个本来就不被看好的婚约绝对是完了。

以宗衍的脾气,绿帽子戴得尽人皆知,迁怒整个封家都不奇怪。

有人还试图开过赌局,赌这婚约会不会破裂,结果下注过于一边倒,都赌破裂定了,导致赌局没开成。

就在这个鸡飞狗跳的时候,赶在今年的最后一天,被中止的摄影家汤自成个展又重新开放了。

展览经过重新布置,一部分作品被替换掉了。

中间C位那张照片早就被宗衍拿走,取代的是另一张令人震惊的照片。

照片的名字没有变,依然是《恋人》。依然是抓拍——或者说是抓拍的自拍,摄影师汤自成亲自掌镜亲自出镜。

主题依然是一个吻。

凌乱的房间,阳光的光束打在正中间,微尘飞舞。镜子里映照出微微敞开的衣柜和两张模糊的侧脸,一张是宗澜,另一张什么也看不清。

"是的。"个展重开,汤自成接受记者采访,硬着头皮答道,"在此我要向一位无辜的女士道歉,之前因为我与宗澜在艺术创作上产生了一些矛盾,我用电脑处理了一张照片,把宗澜和那位女性的脸换了上去……原照片是这样的。"

汤自成向记者展示了照片,依然是雪花漫天如繁星,路灯下的男女,只是脸根本不是宗澜和封窈。

"您的意思是,之前那张照片是PS的?"记者震惊。

"是的,这张才是我拍下来的原片。"

承认自己在个展中用了处理修改过的照片——还不是一般的修改,直接把人脸给换了——这对一个以抓拍成名的摄影师来说,与职业自杀无异。

是以记者毫不怀疑汤自成的自白:"您应该知道,这样做的后果吧?"

"是的……我很羞愧。"汤自成努力维持着表情,该说什么不该说什么,有人已经给他安排得明明白白,他不敢偏离,"我想以我的错误警示摄影界的后辈,以镜头捕捉瞬间的真实,是一门神圣的艺术,我因为私人恩怨而玷污了真实，我很抱歉……"

记者在心里啧啧感叹，真是行差踏错啊。

回去便添油加醋，将汤自成造假的心路历程大写特写，附上了被 PS 换脸前的原版照片，抢着黄金时间发布了出去。

"……退、退圈？"

封窈进了家门，刚把外套放下，就被炸得不轻。

钱姝看见宗衍进门，看在他送来的东西止吐还算有效的份儿上，忍住没有冲他翻白眼。

"你的丑鱼和丑娃娃们还在外面。"钱姝指了指露台，又问，"谁退圈了？"

封窈接过宗衍的手机，放大了仔细观察号称是"原版照片"的那一张："这这，这真的不是真的？毫无 PS 痕迹啊！"

没错，这张照片才是 P 的——是谓，假作真时真亦假，真作假时假亦真，真真假假分不清。

谁能想到，声称是 P 的那张照片才是真的，拿出来的"原片"才是 P 的呢……

"什么？这是 P 的？"钱姝也凑过来看，"哇，这就是百万修图师的水平吗？"

宗衍淡淡地"嗯"了一声，把手机拿了回来。

澄清这种传闻，最麻烦的点在于你即便否认，旁人不想相信，依然不会信。

宗衍当然不可能容忍让封窈去徒劳地解释，受这种委屈。

不需要去解释，索性把水搅浑，把根基掀了。

"你放心，不会再有人抓着那张照片说事了。"

虽说年底是非多，年底这些日子也的确够跌宕起伏，令人应接不暇，可是没人想到，竞争竟然如此激烈。

仿佛火线冲刺一般，临到今年的最后一天了，居然还有当红摄影师造假退圈这么劲爆的事情！

至于为什么跟宗澜闹矛盾，要用封窈的脸，自然是之前有过那个视频，现成的灵感和素材——她是宗衍的未婚妻，想着能借宗衍的手教训一下宗澜呗！

环环相扣，十分合情合理，哪儿哪儿都说得通。

不少人恍然大悟——就说嘛，以宗衍的性子，怎么可能对被戴绿帽子无动于衷？

原来是知道有人在搞鬼啊……

今晚是跨年夜，少不了大大小小的跨年 party。宴会上闲聊间，话题免不了都会转向这次的展览事件。

封窈终于能洗清勾搭宗衍堂兄的"罪名"——不得不承认，这种方式，比她磨破嘴皮子、否认一千遍、一万遍都有效。

钱姝难得说了一句宗衍的好话："其实狗少爷还是挺可靠，挺能给人安全感的。"

封窈正趴在窗边，就着灯光看露台上那个雪堆的飞飞鱼，闻言回头瞟了她一眼："你叛变了？"

"得了吧！"钱姝做了个鬼脸，"不知道是谁先叛变了。啧，好哄的女人。"

"也没有很好哄吧？"封窈小脸一红，"我又没有原谅他。"

钱姝撇着嘴"啧啧"："你嘴上没有原谅他，你的身体却出卖了你。刚才他走的时候抱你，你不是没推开他吗？"

封窈："……"

宗少爷的本事不少，不过要论顺杆上的本事，大概无人能出其右，稍微给了他一点好脸色，他就敢抱着她，半天不放手了。

要不是他还有事在身，她敢打赌，他肯定会想方设法地赖下来。

虽然是跨年夜，不过封窈本来就懒，身体又有特殊情况，完全没有打算出去浪。钱姝倒是向来夜生活丰富，但既然封窈宅家不出，她也索性待在家里了。

城市的另一端，别墅里因为宗老爷子突然回到庆城，用人们已经忙碌了大半日。

庭院前的喷泉雕塑亮着灯，水柱折射着灯光，在暗夜里如水晶般剔透莹亮。

车在弧形的石板道上停下，宗衍下了车，步入前厅。

用人们恭敬地行礼："少爷。"

宗衍点了点头，问："祖父呢？"

"老爷子刚刚睡下了。"用人答道。

这时罗君毅从楼上下来,目光落在宗衍身上,脸色有几分难看,张嘴想说什么,又忍住了。

宗衍见状道:"罗叔,有话不妨直说。"

"我当然有话想说!"罗君毅快步下了楼,走到宗衍身前,盯着这个高大俊美的青年人。

"你的女人,毫无规矩,口无遮拦!老爷子的心脏本来就不好,被她满口胡言气得差点晕倒!老爷子马不停蹄地赶回来,无非是关心你,可是你都干了些什么?还先去安抚完她,才过来看老爷子?我看老爷子真是白养你了!"

罗君毅跟随宗老爷子多年,忠心耿耿。今日老爷子被气坏,他难免不满。

"那罗叔希望窈窈怎么做呢?安静地接受祖父的羞辱,谢谢祖父赏脸来羞辱她、羞辱我们的孩子,然后乖乖离开?"

宗衍看着罗君毅:"窈窈不是其他人,她对祖父无所求,所以有什么话就说什么。但是她说错什么了吗?

"祖父赶回来,到底是关心我,还是关心事情有没有按照他的想法发展?"

"罗叔对我很失望?实不相瞒,今天我对祖父也很失望。"宗衍的嗓音平静,"虽然我从来没有指望过,窈窈有了孩子,能够让祖父的想法改变半分。可是我没有想过,他连我的这点期待都要剥夺。"

宗衍根本不敢想,如果今天他收到消息晚了一点,迟到一步,封窈会不会一气之下真的去了附属医院?

他可以理解她的愤怒,因为他的愤怒更甚于她。

"祖父对我有庇护养育之恩,无论他怎么对我,我依然敬重他。可是他不该再三欺侮窈窈——朝一个女人身上泼脏水,让她无端背上污名,这难道就是祖父心目中的体统?"

宗澜的做法,罗君毅其实是不赞同的,在这一点上,他无话可说。

"我知道,这于你的颜面有损……"

"不是我的面子,我的面子不如窈窈的一根头发丝重要。"宗衍摇了摇头,"你们根本不了解,她是一个多么好、多么可爱的人。我犯了那么多错,她还是愿意给我机会,愿意包容我。

"如果一定要以出身论,我不过是一管脐带血的产物,又有什么可高贵的？我出生的时候，医生说存活的概率不高，如果当年没能养活，现在大概早就没有人记得了吧。"

"阿衍，不可妄自菲薄……"

"不是妄自菲薄，是事实如此。"宗衍笑了笑，"虽然不知道祖父是通过什么途径，得知窈窈怀孕了。罗叔，如果她愿意的话，明年我就要做父亲了。"

罗君毅张了张嘴，不知道怎的，眼睛有点酸。

良久，他叹了口气，拍了拍宗衍的肩膀。

"抱歉，罗叔应该先道一声恭喜。"

"谢谢。"宗衍勾唇露出一抹浅笑，然后道，"既然祖父睡下了，那我先走了，回头再来看望他。"

看着年轻人高大挺拔的身影消失在门口，罗君毅伫立良久，才转身上楼。

一抬头，却看见宗老爷子拄着拐杖，立在拐角处的阴影中。

"11" Chapter 11

夜渐渐深了,外面的人还在狂欢,封窈却已经是呵欠连天。

"撑不住就去睡吧,你一个孕妇,就别学人家倒计时跨年了。去吧去吧。"钱姝见状催促她,又揶揄了一句,"该不会,是在等谁吧?"

封窈睨了她一眼:"等谁?三更半夜的,等鬼敲门吗?"

话音刚落,门上忽然传来"咚咚咚"的敲响声。

"……"

钱姝抱住封窈,瑟瑟发抖:"宝啊,你的嘴是开过光吗?"

"富强民主文明和谐,牢记唯物主义思想。"封窈用手肘顶了顶钱姝,"富贵儿,你去看看。"

"你怎么不去?"

"我是孕妇。"

"……"

"咚咚咚!"敲门声再次响起。

钱姝:"石头剪刀布?"

封窈不想理这个大尻包,因为她忽然想起来,门口明明有摄像头,可以用手机查看的。

"喊,原来是讨债鬼啊。"钱姝撇了撇嘴,起身去开门。

见开门的是钱姝,宗衍明显怔了一下:"窈窈睡了吗?"

钱姝翻了个白眼,让开身子,露出抱着电脑歪在沙发上的封窈。

"哎哟,我怎么突然这么困?"钱姝一边夸张地打了一个大呵欠,一边往客房走,"困死了困死了!我去睡觉了,一秒入睡,连气都不会

喘的那种。你们请便,当我不存在就好。"说完她眼疾手快,不待封窈说话,就"砰"地关上了房门。

……这个戏精。

封窈懒洋洋地靠在沙发上,没有起身,抬眸瞟了宗衍一眼:"你又来干吗?"

宗衍没有说话,只是走过去,手臂捞起她的膝弯,另一条手臂穿过她的肋下,将她抱起放在膝头上。

他抱着她温热柔软的身体,将脸埋在她的肩窝里:"窈窈。"

"……干什么啊?"

"没什么。"宗衍摇了摇头。

男人温热的呼吸扑洒在她颈侧,头发丝蹭着她的耳朵,痒得封窈颤了一下:"你……这么大人了撒什么娇?"

宗衍收紧了手臂,没有出声,只是将她抱得更紧。

挂墙的电视上还在播着跨年晚会,高科技舞台效果美轮美奂,两个五音不全的演员正在投入地制造车祸现场。

"你说你有点难追,想让我知难而退,礼物不需挑最贵,只要香榭的落叶……"

歌声没有一个字在调上,实在太折磨耳朵,封窈一只手摸索着,想找遥控器,把音量关了。

"……不害怕搞砸一切,拥有你就拥有全世界……亲爱的爱上你,从那天起,甜蜜得很轻易……你的眼睛在说我愿意……"

遥控器不知道被钱妹塞在哪儿了,封窈没摸到,只好放弃。

"这是什么歌?"宗衍突然问。

"《车祸气球》。"

"……"

"就是像车祸现场一样,惨不忍睹。"

"哦,"宗衍理解了,"是很难听。不过,歌词写得还行。"

他太明白歌词里所说的,拥有她,就拥有全世界。只是,甜蜜得很轻易,他却还是搞砸了……

家里暖气开得很足,封窈窝在熟悉的怀抱里,身上暖融融的,忍不住又开始犯困。

歌曲结束,主持人接着上场,开始做跨年倒数前的暖场。

就在这时,窗外忽然"嘭"的一声巨响,烟花腾空而起,在天空中绽开。

"嘭！嘭！"烟火接二连三地升腾绽放，五彩缤纷，璀璨闪烁的花火照亮夜空，倒映在河面上，流光溢彩，美不胜收。

"好漂亮！"封窈目不转睛地凝视着烟花起起落落，忽明忽暗，"这才叫火树银花不夜天……我家这个观景位好正啊。"

绚烂的烟火映在她清亮的眼眸中，宗衍看着她，只觉得漫天烟火，都不如她一个欣喜的表情更美好。

电视里，主持人开始带着观众倒数："十，九，八……"

夜空中，又一朵烟花升腾而起，绽开成一个心形。几乎同一时间，又有烟花接连升空，呈现出两个"1"字。

"欸？"封窈疑惑，"今年不是2011年吧，是不是搞错了？"

"……三，二，一！"

"铛！"

就在此刻，新年的钟声敲响，欢呼声顿时迸发，电视里烟火与爆竹齐鸣。与此同时，落地窗外又有数不清的烟花飞向空中，一簇簇"砰砰"爆开。

整个夜空顿时开满了姹紫嫣红的玫瑰，间杂着小小的满天星，金色的蒲公英，五彩纷呈，仿佛是谁献上了一捧巨大的花束，布满天空，照亮了整座城市，绚烂夺目。

刹那芳华，这一瞬的灿烂无与伦比。花瓣如雨，纷纷坠落，触手可及一般。

"东风夜放花千树，更吹落、星如雨……"封窈看得如痴如醉，瞬间将几秒前的疑惑抛到了脑后。

她蓦然一回头，便直直地撞进一双深不见底的黑眸中。

那双眼眸如夜空般璀璨，一眨不眨地凝视着她，里面流动着灼亮的光彩，那样认真，那样专注，就像是无论何时，她都占据着他全部的视线。

灯火阑珊，给男人俊美深邃的眉眼蒙上了一层别样的温柔。封窈的心间仿佛有电流窜过，心跳"怦怦"地加速。

"不是2011年。"烟火"嘭嘭"的爆响声中，宗衍嗓音轻柔，"直接写名字，我怕太高调，你会不喜欢。"

"啊？"

她还坐在他的腿上，脸靠得很近，她几乎能感觉到他轻柔的鼻息。

封窈的精神难以集中，花了好几秒才反应过来。

11……么么，既是她的名字里包含的部首，又谐音相仿，她上网懒

得想ID，就拿"咸鱼11号"做昵称。

"是你啊……"

封窈看向窗外，烟火持续不断地升空，炸裂，绽放成一颗颗爱心的形状，从爱心中又绽放出"11"这个数字来。

紧接着是各色的心形接连不断，将夜空点缀成了一片心的海洋，流光溢彩倒映在江面上，整个世界绚丽得如同一场梦境。

这场绚烂的烟火，全庆城都能看到，想必此刻还在被许许多多的人欣赏着。

原来，是送给她的呀……

"新年快乐。"宗衍抬手抚上封窈的脸颊，望进她的眼眸中，"今年不是2011年，但是，是我的2011年。我希望明年也是，往后余生，年年都是。"

四目相对，烟火的炸响声，电视里吵闹的歌声，仿佛都在这一瞬间远去。

跳跃的火光映照在男人的脸上，忽明忽暗的光影将他俊美的侧脸勾勒得轮廓分明。夜色与焰火中，他的肤色更显得白皙如玉，精雕细琢般的五官，令他有种雕塑般的美感，却又比冷冰冰的雕塑多了几许柔情。

只给她的柔情……

封窈心中的小鹿都快要把胸腔撞成粉碎性骨折了，心动得难以自持。

她只不过是一个凡妇俗女，怎么可能不喜欢漫天烟火的浪漫，不爱听甜言蜜语呢？

宗衍的指腹轻轻地摩挲过她的嘴角，低低沉沉的嗓音，似祈求，又像是蛊惑一般："我的新年愿望，可以帮我实现吗？"

……

太犯规了吧……

封窈的心狠狠地动摇了一下……两下，很多下。

她看见烟火在他漆黑的眼瞳里绽放，瑰丽如梦。让她忽然想起，曾经在米兰大教堂里，看见阳光透过彩色的玻璃花窗，一束束斑斓而绚烂，梦幻般令人目眩神迷。

"好……"

封窈还没反应过来自己答应了什么，只见男人的眼神一下子亮得惊人，似惊喜又似不可置信。

"真的？"下一瞬，一个重重的吻落在她的唇瓣上。宗衍收紧手臂将封窈抱紧,细细密密的吻落在她的额头脸颊上,怕她反悔一般,"我不管……我听到了,你说好。"

"……"

大意了。

封窈想修改一下答案,然而,当她望进他黑亮深邃的眼眸里,看见自己清晰的倒影氤氲在一片流光溢彩中,这一刹那,她像是窥见了他的内心世界——

那里烟火盛放,满满的都是她。

唉,爱情真是个麻烦的东西,任谁也做不到收放自如。她最生气伤心的,无非是他有话不好好说,非要端着架子发脾气。她又不会读心术,哪知道他大少爷心里在想什么?

怒火上头的时候,她是真的想和他一刀两断,谁爱伺候谁伺候去,她不奉陪了。

只是,当他站在她面前,承认自己的不安乃至不自信,看他在冰天雪地里可怜兮兮地道歉求饶,她还是会忍不住心软……

所以说感情这种东西,最最麻烦了!

"……你少得意。"封窈忽然伸手捏住宗衍的耳朵,目露凶光,"别以为万事大吉。你再敢不分青红皂白,冲我发一回火试试。我会让你知道,鸡飞蛋打的滋味。"

宗衍:"……"

鸡飞蛋打,不是他想的那个意思吧?

"宝贝……"不管是不是那个意思,好不容易局面有了扭转的希望,宗衍当然不会傻到放弃眼前的曙光,"我真的知道错了,再也不会了,我发誓!"

他已经明白了,在心爱之人的面前,脸面这种东西一文不值。

一旦抛开了没用的自尊心,撒娇卖乖无师自通,他抱着封窈轻轻摇晃:"宝贝,你说话算话,我真的不能没有你……这几天我吃不好也睡不着,每时每刻都在想你,怕你真的不要我了,我该怎么办……"

"……"

封窈被他晃得头晕,没好气道:"把你拍扁了凉拌,醋都不用加。"

"宝贝想怎么样就怎么样,反正我是你的,随你处置。"

"……"

看惯了大少爷端着架子颐指气使,突然换了画风,还真是让人不习惯。

封窈又好笑又无奈，美眸含嗔睨着他："肉麻兮兮，差评。"

宗衍立刻道："差评可以，不许退货。"

"……还是霸王条款啊？"

就在这时，烟火进入了尾声的高潮。随着一连串"嘭嘭嘭"的爆响，百花齐放，将夜空映得如同白昼一般。

这一幕热烈而又灿烂，美丽到了极点。河畔隐隐有欢呼声传来，直到焰火燃尽，黑夜再次恢复了过来。

高潮落幕以后，总是显得特别寂静。

安静下来的客厅里，仿佛只能听到彼此略带急促的呼吸声和心跳声。

不知道是谁先动的，又或者是同时情不自禁地向彼此靠近。

两唇相贴，两个人的呼吸纠缠在一起，分不清你我。封窈的脑子里，刚刚沉寂下来的烟花，好像又再次盛放。

他的气息令她沉迷，她仿佛本能般向他靠近，模模糊糊间，忽然想起在书中看到过的一句话。

——你和我就好像在天堂里学会了亲吻，然后我们被送入凡间，来试探我们是否还记得天堂里的那个吻。

客房的门悄悄地打开了一条缝，钱姝探出脑袋来，目光落在落地窗前拥吻的两个人身上，她皱皱鼻子做了个鬼脸，又缩了回去。

本来是好奇想问一下，彼"11"是否是此"11"，不过看来也不用问了。

啧啧，有钱，会烧。

新年的第一天，天公作美，是个大晴天。

昨夜那场盛大的跨年烟火，在庆城人的朋友圈里刷屏了。#庆城跨年心形烟火#还一度挤进了热门话题。惊艳赞叹之余，很多人都在猜测，那个"11"是怎么回事。

今年显然不是2011年，那么是失误搞错了？庆典公司未免太粗心了吧，犯这种低级错误？

不过不久，就有烟花行业内部人士在庆城超话底下澄清："并非失误，烟火方案是应私人客户要求定制的，由客户指定。"

这条澄清很快被疯狂转发，所有人都沸腾了——

"我……我没看错吧，私人客户？！"

"怪不得又是玫瑰又是爱心的……这是告白没错吧？好大的阵仗！"

"所以爱心后面的'11'，就是告白对象？！新年的第一碗狗粮，来得如此突然。"

"我不管,我也叫依依,我就当这烟花是为我放的了!谢谢暗恋我的金主爸爸。"

……

不仅是大众在热议,上流圈子里也免不了彼此询问,这一出是哪家搞出来的。

不同于平平无奇的普通圆形烟花,这种造型的烟花花费颇高,按秒烧钱。当然对于他们这样的人家来说,这钱也不是烧不起,但是……没必要不是?

不知道是哪家的败家子,追个女人搞出这么大的动静……

此时此刻,搞出了大动静的败家子正在洗手间里,给女人拍背。

"呕——"封窈撑着洗脸池,皱着眉头干呕。

宗衍一只手轻抚着她的后背,一边给她递水,满是心疼和担忧:"怎么这么严重?"

封窈摆了摆手,又呕了两下,呼出一口气,接过水漱了漱口。

她只是早上犯恶心,干呕几下,比起那些不定时大吐特吐甚至半夜都会吐的,已经算轻的了。

"我叫医生过来看看吧。"宗衍说着就要打电话安排。

"看什么看,就是正常的生理现象。"封窈拿毛巾擦了擦脸,没好气,"行了,今天的结束了,散了吧。"

元旦佳节,天公作美,今天是个大晴天。

阳光照在露台上,雪堆成的飞飞鱼开始融化了,里面的翻糖花园宝宝们浸了雪水,一个个萎靡不振的模样。

封窈走进厨房,见宗衍跟了过来,她奇怪地看了他一眼:"你今天没事做吗?"

宗衍拿起杯子给她泡覆盆子果茶,黑眸望着她:"我们什么时候去登记?还有,我问了医生,你现在六周半,可以做彩超检查了。"

"不是,先等等,"封窈眨了眨眼睛,"什么登记?"

"登记结婚啊。"宗衍理所当然道。

封窈从宗衍手中接过茶杯,抿了一口,果茶酸酸甜甜,十分可口。

"你们家那个老大爷……老爷子,不是不同意?"她撇了撇嘴,"人家帮你挑好了老婆呢,不先去见见吗?"

宗衍走过去，揽住她的腰，低头在她的唇上啄了一下："我老婆不就在这儿吗？"

她刚喝过果茶，嫣红饱满的唇瓣上有覆盆子酸酸甜甜的味道，宗衍忍不住再次吻上去，抵着她柔软的唇呢喃："我们早点结婚，好不好？我不想等了……"

冬日难得的阳光，透过窗户倾斜进来，温煦而明媚，洒落在中岛台的黑色大理石台面上，大理石中的鎏金纹理在阳光下闪着星星点点的光芒。

给点阳光就灿烂了。

封窈伸出一根嫩生生的手指，抵在男人的脸颊上，将他的脸推开。她眸光流转，轻睨着他："急什么？我今年二十二岁……哦，跨了年就算二十三岁吧，那就是离六十岁退休只有三十七年了。这点时间都等不了？"

宗衍："……"

三十七年，还"只有""这点时间"？

"看来你对我的心意也就只有这种程度嘛，是不确定等到我六十岁，你还想娶我吧？唉，也对，"封窈装模作样地叹了口气，"男人嘛，永远喜欢年轻鲜嫩的，等你六十多岁，估计还是会喜欢别的二十几岁的小姑娘，不想要六十岁的老太婆……嗯！"

小嘴叭叭越说越离谱，宗衍索性俯首堵住了她的唇，顺手拿走她手中的茶杯，放在中岛台上，揽在她纤腰上的手臂收紧，将她拥入怀中。

一只小麻雀落在窗棂上，叽叽喳喳地蹦跶了两下，偏着头看向里面如鸳鸯交颈般亲密的两个人，过了一会儿，拍了拍翅膀，又扑棱棱飞走了。

封窈靠在中岛台上，纤细的手臂环着男人的腰，手指无意识地紧攥着他的衬衣。

宗衍在她的唇上轻咬了一下，含糊着不满："你就折磨我吧……坏心眼。"

封窈忍不住轻笑。

"我要是你，比起老婆，更应该担心外婆，会不会把你的狗头打歪。"

宗衍："……"

宗衍俊脸微僵："外婆她老人家……很生气吗？"

封窈睨他："你说呢？"

前两天通视频的时候，外婆还问起了宗衍。

当时封窈怒意未消，脸色不怎么好看，当即就被看出了问题，追问她是怎么回事。

她可不想给外婆复述宗衍说的那些混账话，让外婆白白惹一肚子气，只说她跟宗衍两个人，目前是分手状态。至于怀孕的事情……她自己心里都还乱着，索性就没提。

"怎么突然分手了？上回不是还好好的吗？我看他明明对你……"外婆的脸色也难看了起来，"他是不是光在我面前装样，背着我就欺负你，对你不好？"

可不是嘛，宗大少爷在外婆面前可会装乖了。

"算了吧，外婆。"封窈只道，"我跟他成长环境、家世背景、脾气性格都差异太大，其实本来就不怎么合适。得之我命，不得我幸。"

当时外婆气得脸都青了，懊悔自责不已，后悔只看着她挺喜欢宗衍的，就没有反对两人的交往。

封窈生怕外婆放心不下，会冒着大雪赶过来，赶忙安抚了一番，连连保证自己能够处理好，就差发誓了。

不过那之后外婆就没有再提过宗衍，想来是已经在心里把他列进黑名单了……

想到这里，封窈似笑非笑地睨了宗衍一眼："你还是好好想想，怎么跟外婆说我怀孕的事情吧。哼，一边闹分手，一边把我的肚子搞大了，"她摇了摇头，"情节这么恶劣，不打断一条腿都说不过去，就这还想娶我？"

宗衍的一颗心顿时沉到了海底，抱着封窈轻蹭她的脸颊："宝贝，你可要帮我！"

"不帮，不是说我坏心眼吗？"

"谁说的？我的宝贝老婆最好最疼我了，肯定不舍得我挨揍……"

"你少来。"一米八几的大男人撒娇耍无赖，还真的让人很难招架，封窈没忍住笑了。

"反正你又不是没有坐过轮椅，看在你长得……沉鱼落雁的份儿上，"她的眸光闪动着笑意，"大不了外婆揍你的时候，我喊加油的声音小一点。"

"……"坏心眼！

上流人士有地位有人脉，打听个事情比大众容易。反正新年假期，闲着也是闲着，关于那场跨年烟火，很快就有人打听到了消息——

这"败家子"，好像不是别人，正是宗家那位……前，太子爷？

"那这个'侬侬'是谁？宗衍搞上新妞儿了？"富少名媛群里，有人还没反应过来。

"你蠢啊！'丨'不是也念'幺'？封家那谁不是叫封窈？"

"！"

"！+1"

封嘉月的小号也在群里，不过自从宗衍跟封窈订婚，她就没有再冒过头了，时间久了，以至于很多人都忘了列表里这个不熟的号是谁，言谈间肆无忌惮。

那场烟火声势浩大，只要不是在十里八乡的荒郊野外，肯定都能看到，封嘉月自然也看到了。

只是她没想到，那么美那么绚丽的烟火，竟然是宗衍，为了那个贱人……

她凭什么？！

"明明应该是我的……"封嘉月攥着手机的手指发白，不甘与怨毒吞噬着她的心，她紧咬着嘴唇，几乎将嘴唇咬出血来。

这些本来都应该是她的！

"姐？"封嘉文推了推封嘉月，"到了。"

眼前是近郊的广源寺。

家里出了这么多大事，不可能再瞒住封嘉文了。他冲回国来，听封嘉月不经意间提起今日元旦宗老爷子会来这里敬香，就坚持拖着封嘉月过来了。

封嘉月之所以提起这个，本来是想让封嘉文出头，可他非要拖上她，她实在没办法，只能一同来了。

有人告诉她，宗老爷子最厌憎私生子女，尤其是野心勃勃抢夺正妻子女财产的私生子女，他更是深恶痛绝。

宗老爷子一定是不了解状况，才会允许宗衍跟那个贱人订婚。如果老爷子知道那个贱人母女将她的家搅得天翻地覆，把她们姐弟逼得无路可走，他绝对不可能容忍她嫁进宗家！

封窈吃过早饭，就被拉着去了医院。

虽然是元旦佳节，可是宗少爷一声吩咐，自然有主任医师待命，给她做产检。

封窈躺在检查床上，宗衍立在一旁，握着她的手，紧张地盯着屏幕。

屏幕上黑黑白白的，还有不少光点在闪动。封窈看了半天，也没看出什么所以然来，反而被闪得眼晕。

主任医师是一个圆脸的阿姨，留着齐耳短发，姓方。方医生盯着屏幕，聚精会神地看了好一会儿，一回头，察觉到这对年轻的准父母的紧张，不禁莞尔。

"宝宝很健康，已经有胎芽胎心了。"方医生指着屏幕上一小块黑色的椭圆形，"这个就是胎囊，现在的大小，跟一颗蓝莓差不多大。"又指着一个不停闪动的小白点，说，"这个就是宝宝的胎心管搏动，很有力，频率在正常范围。"

"现在就已经长出心脏了吗？"封窈有些惊奇。那个活泼闪动着的小白点，让她第一次直观地感受到，她的肚子里，确确实实地孕育着一个小生命。

她下意识地转头看向宗衍，只见他举着一只修长的手，拇指和食指围拢成一个小圈，比画着，那张轮廓分明的俊脸上流露一种似惊叹似激动的表情，口中喃喃感叹："才这么大点儿……真好，真可爱。"

封窈是不太看得出一颗黑乎乎的蓝莓能有多可爱，不过第一次看见宝宝的模样，激动是难免的。

"会一天天长大的。"方医生笑眯眯地道，"现在太早，还看不见器官，只能检测到血流信号，等到三四个月的时候，就能听到胎心了。到了孕晚期，爸爸耳朵贴着肚皮，有时就能听到宝宝的心跳声呢。"

宗衍的喉结微微滚动，一种奇妙的感觉在胸腔中升腾涌动，幸福又喜悦，满得仿佛要溢出来。

他和窈窈的宝宝，正在一天天地长大，长出像他也像她的眉眼，长出小手小脚丫……

方医生受过院长的嘱咐，知道这个俊美出色的青年身份很不一般。她扫了一眼两个人从进门就牵着没有放开过的手，心下不由得感慨，这对小夫妻的感情可真是好啊。

"要拍个视频，留作纪念吗？"方医生提醒道。

宗衍这才反应过来，连忙拿出手机，对着屏幕拍摄。

检查结束，方医生收起探头，一边道："不用过度紧张，胎儿的发育是一个自然的过程，健康的胚胎生命力是很强的，最重要的是保持母体健康。妈妈的身体健康、心情愉快，宝宝才会好。"

"听到没有？不许再惹我生气。"封窈哼哼着，斜睨了宗衍一眼。

"我哪里敢？"宗衍将封窈扶起来，替她整理好衣服，倏然低头在她的额头上亲了一下，"宝贝，谢谢你。"

小夫妻爱доход情浓，方医生却不得不尽义务提醒："现在是孕早期，两位还是要注意，尽量减少夫妻生活，不宜太频繁太激烈。"

"……"

封窈却是想起圣诞夜，宗衍刚从亚城回来那晚，算算时间，当时肯定已经有了宝宝了，只是他们不知道……

"之前有过的话，会有什么不良影响吗？"宗衍显然也想到了同一处。

方医生道："不用担心，目前胎儿状况良好，往后注意一些就行了。"

从耐心的方医生那里获取了一大堆孕期知识，离开医院时，已经是中午了。

后座里，封窈靠在宗衍的肩头上，和他一起一遍一遍地看着刚才拍的视频。冬日明媚的暖阳透过车窗，男人的侧脸笼着一层柔和的光晕，眼眸中泛着温柔的愉悦光芒，嘴角的那抹微笑，比从车窗滑进来的阳光还要温暖。

封窈的心像汽水一样，"咕噜噜"冒着喜悦的泡泡。

"要是我的母亲，还有大哥大姐还在，知道我要当爸爸了，一定会很开心的。"宗衍偏头，薄唇轻蹭了蹭封窈的发顶，"他们肯定会很喜欢你。"

年幼的时候突然失去至亲，遗憾是终生的。封窈的心里酸酸的，展臂抱住他："他们肯定已经知道啦，正在为你开心呢。"

宗衍把脸埋在她的肩窝里，静静地抱了一会儿，问道："可以告诉朱婶吗？"

朱婶照顾宗衍长大，对宗衍的关爱毋庸置疑。封窈点点头："当然，朱婶那么疼你，告诉她是应该的。"

她迟疑了一下："你想叫她回来，帮忙照顾宝宝吗？"

宗衍摇了摇头："朱婶年纪大了，我希望她能安享晚年，多点时间陪伴启航。照顾宝宝的事情，我会另择人手。"

宝宝现在还是颗小蓝莓，要说需要人照顾，为时尚早。封窈放过了这个话题，转而道："现在差不多，可以告诉外婆了吧？"

宗衍："……"

伸头是一刀，缩头也是一刀，择日不如撞日，封窈决定现在就打电话给外婆。

视频接通,封窈先是愣了一下:"外婆,你在哪儿?"

"莱城,我回来看看你外公,还有你舅舅。"苏湘云的目光扫到一旁的宗衍,眉毛竖了起来,"他还在纠缠你?"

宗衍恭恭敬敬地开口:"外婆……"

"可不敢当!"苏湘云面色冰冷,"我们家窈窈虽然从小跟着我这个老太婆,可是除了父母不在身边,别的孩子该有的她都有,一点委屈都没有受过。你凭什么给她委屈受?"

"抱歉外婆,是我错了。"挨打要立正,宗衍恭敬认错,"我会好好反省,以后不会再惹窈窈生气了。"

苏湘云没有理会他,而是问封窈:"不是说成长环境、家世背景、脾气性格都差异太大,本来就不合适吗?不合适还要继续吗?非得往火坑里跳?"

封窈:"……"外婆这记性,可真好。

"也不是火坑吧……"封窈咬着唇,"外婆,我们已经好好谈过了。相爱不难,但是相处却是一件很难很难的事情,一不小心就会有冲突,会受伤。可是即便如此,跟他在一起,比不跟他在一起,要快乐得多。"

宗衍面色怔忪,望着封窈,胸腔中充溢着一股难以言喻的感觉,欢喜得甚至心有些隐隐作痛。

"外婆,是我做得不好,您打我骂我都是应该的。我知道我的所作所为配不上窈窈的宽容,往后我会改正……"宗衍表情诚恳,"我是真心爱窈窈的,我请求您给我机会,让我用余生来证明。"

苏湘云沉着脸,一时没有开口。半晌,她捂住脸,叹了一口气。

"你们一个两个的都有主见极了,想干什么就干什么,你妈妈是,你也是,我再操心担心都是多余的……"

"外婆!"封窈急道,"怎么可能是多余的呢?我知道外婆是为我好,是我不好,这么大了还让您担心。"

她抬手捶了宗衍几下:"都怪你!惹外婆伤心!"

宗衍乖乖挨捶,还要担心她:"小心手……"

"哼!"

封窈横了他一眼,冲外婆撒娇:"外婆,你什么时候回来啊?莱城冷吗?怎么不告诉我一声呢,我可以陪你一起去啊。"

面对最疼爱的外孙女,苏湘云很难一直绷着脸。

待到哄得她老人家脸色稍霁,封窈冲宗衍使了个眼色。

宗衍正襟危坐，整肃了一下表情。当初还不到二十岁的他第一次主持董事会议，面对一群千年老狐狸的时候，都没有这么紧张过。

"外婆，其实今天，还有一个好消息。"宗衍想做出一个完美的微笑，奈何太过紧张，笑得有点僵硬，"窈窈怀孕了，我们刚刚在医院检查过，宝宝很健康，现在是六周半，等到夏天，您就能当曾外婆了。"

"……"

对面长时间的沉默，让封窈怀疑网络是不是卡住了。

"外婆？"

苏湘云闭了闭眼，深吸了一口气："我马上就回去。"说完直接挂了电话。

封窈和宗衍面面相觑。

半晌，宗衍艰难道："外婆她……这属于是，什么态度呢？"

封窈实话实说："我也不知道，我也没见过……"

不管两人如何面面相觑，天要下雨，娘要嫁人，外婆要来，谁也拦不住。不仅不能拦，宗衍赶忙安排好了航班，派了人去接机。

……

从莱城飞到庆城不过两个多小时的时间，还不到日落的时候，苏湘云就已经到了。

另一边，壁炉火光跳跃。

宗宏深靠在铺着厚毛毯的躺椅上，终于听罗君毅汇报完了封家、邹家和苏冉这一番恩怨的来龙去脉，拇指摩挲着拐杖顶端兽首的翡翠眼睛，沉吟不语。

区区一个私生女，他只要宗衍回头是岸，女人无足轻重。宗宏深精力有限，不屑多给她一个眼神，昨日破例见了她，都已经是高抬她了。

宗家也不是没有出过不肖子孙，护短是人的本性。只是事情如果做下了，回头被人找上门来寻仇，那就是各凭本事的事情，输了也是对方技高一筹，该愿赌服输。

"果然如两姐弟所说，封季同把股权全都给了私生女吗？"宗宏深问，"封季同很偏爱那个野丫头？"

"这……旁人的家务事，很难了解得确切。"罗君毅一贯严谨，"不过据我掌握的信息，封嘉月小姐一直有在封氏任职，反倒是封窈小姐，认回封家之后，跟封家人的走动也不多，关系似乎不是特别亲近。"

封季同又不是个傻子，明明知道自己被女人摆了一道，还心甘情愿

160

地把股权都拱手送给她很可能是居心叵测生下的女儿?

"那就是有把柄在对方手上了。"宗宏深嗤笑了一声,"蠢货。"

这话罗君毅就不好接了。

事实上,苏冉的行事作风,倒是时不时令他想起一个人——宗衍的母亲,已经过世多年的孟子怡。

两个女人,都是一样的狠角色。

若是孟子怡还活着,如今的宗家,又不知道是什么样的光景……

罗君毅很清楚,老爷子在很大程度上是个社会达尔文主义者,信奉的是弱肉强食,优胜劣汰,强者生存。封季同被人拿捏住把柄,那是他不够强,输了便是输了。

然而在苏冉母女抢夺股权一事上,却是戳中了老爷子最忌讳的地方。

不得不说,封家姐弟俩这一状是告到了点子上,直中要害。

壁炉里燃烧的木柴"噼啪"作响,不时爆出一个小小的火花。罗君毅神思恍惚间,忽然听宗宏深问:"野丫头肚子里的孩子,确定是阿衍的吗?"

罗君毅先是愣了一下,旋即脸色大变:"老爷子不可!

"老爷子,阿衍这些年,事事都能做到最好,从来没有违逆过您的心意。就连车祸那件事,他也闭口没有追究过……您了解他的脾性,他能够忍让到这个地步,还不是因为,他知道您想保庆山吗?"

罗君毅劝道:"昨晚您也听见了,他真的很期待这个孩子。您要是拿孩子做文章,恐怕就真的没有挽回的余地了……"

宗宏深低垂着眼皮,跳跃的火光映在他布满沟壑的脸上,像是一尊雕塑。

"这几天,我总是梦见宏耀。"他苍老的声音响起,"梦见接到他死讯的那一天,他们说他是失足坠亡……呵。"

罗君毅在心里叹了一口气。宏耀是老爷子唯一的同母胞弟,当年那段腥风血雨的时间早已过去,该报复的都已经报复过了,然而老爷子的心里,却还是放不下。

"行了,我累了,你先下去吧。"宗宏深抬手挥了挥,按铃叫用人进来,服侍他吃药歇息。

罗君毅走在走廊上,步伐有些沉重。

老爷子年纪越大,性格中执拗的一面仿佛也被放大了,只想要一切按照他的心意进行。

或许这件事从一开始，就是无解的……正因为清楚老爷子对封窈身份的偏见，宗衍才会选择瞒天过海，先斩后奏。随后而来的老爷子的怒火，大概也在他的预计之中，所以他毫无反抗地交了权。

问题是，宗衍并不是离了宗家就一无所有，他手中还有孟子怡留下的产业，他又是个有能力的。失去太子爷的位置固然可惜，然而事实是，这一招其实没能拿捏住他。

反而是老爷子，把自己置入了尴尬的位置，一方面依然想要宗衍回来接班，另一方面却又放不下偏见。

罗君毅怕只怕，老爷子骑虎难下，万一真的激怒了宗衍……

不，以宗衍的性格，在宗澜搞出的那件事后，他很可能，已经被激怒了。

窗外天色漆黑，仿佛在暗夜中潜伏着一头择人欲噬的野兽。寒风呼啸，罗君毅望着窗边摇曳的枝叶，有种山雨欲来的危机感。

良久，他一咬牙，转身快步回了房间。

大戏

Chapter 12

　　傍晚时分，从机场入城的路上很堵，苏湘云回到苏河花园时，天已经全黑了。
　　钱姝今天一早就去了钱昊那边，听说苏外婆正在火速杀回来的路上，给封窈接连发了好几个自求多福的表情包。
　　听见门响，封窈忙放下书，起身迎上前："外婆！您回来啦。"
　　苏湘云环顾四周，眉头深锁："他呢？"
　　看一个人不顺眼的时候，他连呼吸都是错的。没在这里呼吸，更是错的。
　　不过还好宗衍不是不在，高大的男人很快从厨房里出来，手里端着刚洗好的车厘子和草莓。
　　"外婆。"总是不可一世的宗少爷，难得有几分拘谨。
　　苏湘云的目光扫过宗衍手里的水果盘子，封窈喜欢吃什么水果，她这个做外婆的当然清楚，只是想到酸酸的水果也是孕妇的口味，她的脸不免又黑沉了几分。
　　"当不起。"
　　封窈在心里吐了吐舌头，给宗衍使了个眼色，笑嘻嘻地挽起苏湘云的胳膊，拉着她朝饭桌走："外婆肯定饿了吧？来来来，先吃饭先吃饭。"
　　饭桌上摆满了菜肴，一个个用银质的盖子罩着。
　　苏湘云被封窈按着在桌边坐下，宗衍默默地拉开旁边的椅子，等到封窈坐好，他才在另一边落座。
　　盖子揭开，精美的菜肴香气扑鼻。

苏湘云现在哪有什么胃口,一双眼睛看着封窈:"我叮嘱过你,要保护好自己,在学业完成之前不要怀孕,生育的付出太大了。你说你知道,我也一直觉得你是个清醒的孩子,对你很放心。"

苏湘云满眼失望:"你满口的明白,转头被人哄一下就昏头了?你现在去生孩子,荒废了学业,以后是打算依附于他?他哪天要是不要你了,你还有什么价值?他要抢走孩子,你抢得过他吗?到时候你还剩下什么?"

"外婆,不是的!"封窈用眼神止住想要开口的宗衍,"您说的话我当然很认真地听进去了,我也是那么想的。可这真的是个意外,我们有做措施的……万事都有意外,我们真的不是故意的。"

"你确定?你不是故意的,那他呢?"苏湘云尽量保持语气平静,"让你生个孩子就能绑住你,让你回心转意、让你死心塌地,这么划算的买卖,他不会算吗?"

"外婆,您误会了,我不会那样算计窈窈。"宗衍能理解苏湘云的出发点,换作是他,也会有此一问。

不,换作是他——宗衍设身处地地想了一下,如果窈窈肚子里的是个女孩儿,待到她长大,要是哪天她突然打电话来,她身边的小子一脸喜悦地说她怀孕了……

宗衍捏紧了拳头。他追杀到天涯海角,也非得把那家伙千刀万剐不可!

理解归理解,可宗衍确实冤枉:"我没有想过用孩子绑住窈窈,因为我知道那不会成功。如果窈窈不愿意跟我在一起,即便有了孩子,她还是会离开我。

"外婆,我确实很期待这个宝宝,但那只是因为,这是窈窈和我的宝宝。我不会拿孩子当作工具,不管是绑架还是要挟,还是别的目的,永远不会。"

苏湘云的嘴角动了动。

他的身世,她听封窈说起时,还颇让她心疼怜惜,很是唏嘘了一番。

"外婆——"封窈凑过去,抱住苏湘云的胳膊,"我肯原谅他,绝对不是因为怀孕了。如果我不能确定我们是彼此相爱,想要一起走下去的,我是不会愿意留下这个孩子的。"

"至于学业,我打算这两天假期结束,就去跟导师谈一谈。我不是理工科要跟团队泡实验室,我们比较文学这种学科,比较……独立,灵活一点。跟导师商量一下，请几个月假就可以了，顶多延迟一个学期毕业。您放心，我一定会好好把博士读下来的。"

苏湘云杵着封窈的额角："你想得轻松！你以为孩子生下来就万事大吉，不需要照顾吗？"

"我已经着手在挑选育儿嫂和保姆了，"宗衍道，"我也会照顾窈窈和宝宝，这是我的责任，我会承担起来。"

说到这里，他起身去了客厅，拿起茶几上的平板电脑，回到餐桌前。

"这是我做的团队人员配备的初步计划，包括营养师、厨师、产前产后的健康管理专家、心理咨询师，另外保姆至少六人，两两轮班，具体人手我已经在挑选了，到时还需要外婆您帮忙把把关。"

苏湘云："……"

这是生孩子还是开公司？

封窈瞟了一眼计划书，嘴角直抽。各阶段的管理计划都列出来了，后面还有一大堆待审阅的简历呢……

第一次看见有人把生孩子的计划当上市项目来做的，苏湘云有些无语："你不会以为把孩子丢给这些人就行了吧？"

"当然不是。"宗衍道，"这些只是辅助，我会承担起责任，亲力亲为。"

现在话说得好听，到时候会是个什么光景，又有谁能预料呢？

苏湘云还是绷着脸，封窈又给宗衍打了个眼色，抱着苏湘云的胳膊轻晃："我们今天去做彩超，看到宝宝的心跳了。外婆要不要看？"

宗衍适时递上手机，指着那个跳动的小白点："这个就是宝宝的胎心搏动。医生说，他很健康。"

胎儿的心跳比成人要快上许多，小白点一闪一闪的，像个调皮又活泼的小朋友，在欢快地打招呼。

苏湘云的面色柔和了一瞬，旋即又绷了起来："你们俩一唱一和，倒是我在枉做恶人了。"

"哪有！我最爱外婆了！"封窈靠在苏湘云的肩头上，小女孩似的撒娇，"我知道外婆都是为了我，担心我。其实我也很害怕，不知道自己能不能当好妈妈的角色，可是我还是想试一试。"

苏湘云叹了一口气，摸了摸封窈柔嫩的脸颊："你远不如他的心眼儿多，我怕你会吃亏。"

能被宗家视为继承人，要论玩心眼儿，恐怕没几个人是他的对手。

苏湘云看向宗衍："你们宗家的长辈呢？订婚以来，我还没有见过

你们宗家的长辈。我知道你的母亲早逝,父亲不成样子,养大你的是你的祖父。他人呢?"

宗衍薄唇微抿,正要作答,这时手机忽然响了。

他扫了一眼屏幕,看见来电显示是"罗叔",眉心微不可察地蹙了一下,拿起手机对苏湘云道:"不好意思外婆,我先接个电话。"说完便起身去了露台。

露台上还铺着一层积雪,白日里的阳光把飞飞鱼晒化了一层,本来堆的人技术就不怎么样,现在看起来就更惨不忍睹了。

灯光勾勒出男人修长挺拔的身形,从宽厚的肩膀到细窄的腰身,再到修长笔直的双腿,宛如大师精雕细刻的希腊神祇雕塑。

说话间他微微侧过头,光影描摹出他饱满的额头、高挺的鼻梁,从下巴到脖颈,拉出一条清瘦漂亮的线条。

眼神倏然隔空对视上,封窈忍不住冲他弯起了嘴角。

这个男人,从头发丝到骨节修长的手指,都是她喜欢的模样。

"外婆,"封窈小声跟苏湘云说,"其实他因为我,跟他祖父闹翻了。他的祖父我见过了,是个很不怎么样的老大爷,你要看了那老头子鼻孔朝天的样子就知道,宗衍能长成这样,已经是歹竹出好笋了。"

……这是夸人呢,还是骂人呢?

苏湘云没好气:"你当我想不到?订婚这么久都不露面不表态,能是什么好相处的吗?我本来就打算找机会问过,结果你说分手了,那也就罢了,咱们不稀罕。可是你又还舍不得他……"

苏湘云又杵了杵她的脑门:"真是不让人省心!"

这时宗衍接完了电话,进来在门边的暖风下站了一会儿,散掉身上的寒气,才迈着长腿走了过来。

他伸出一只手,覆上封窈搭在椅子扶手上的玉手,十指紧扣住。

"怎么了?"封窈敏感地察觉到他情绪中的阴霾,询问道,"罗叔有什么事情吗?"

"没什么。"宗衍冲她安抚地笑了笑,笑意却不达眼底。

他转头对苏湘云道:"祖父那边您不用担心,他年纪大了,该退下去静养了。窈窈不需要看他的脸色——不需要看任何人的脸色。"

"宗衍……"封窈总觉得他的情绪不对,指尖在他的手心里挠了挠,仰头望着他,"到底怎么了?"

"公司里有点突发状况,你不用担心。"宗衍俯身亲了亲她的额头,

"我得出去一下,晚上可能不回来,我会给你打电话。"

他又对苏湘云道:"不好意思外婆,事情有点急,拜托您先照看一下窈窈。她晨间会恶心干呕,柠檬气味的香薰和覆盆子果茶可以缓解一点。还有她现在闻不得酒味和鱼腥味……"

苏湘云看了一眼餐桌,满桌菜肴里,果然没有鱼虾。

宗衍交代完就要走,封窈起身拽住他:"你还没吃饭呢!一忙起来又要忘记,晚上是不是还想熬通宵?身体要不要了?等着。"

她说着,去厨房拿了个食盒,挑了些还热着的饭菜装进去,塞给他:"你就在车上吃,我要看光盘照,别想糊弄我。"

宗衍一只手拿着食盒,揽过封窈抱了抱:"谢谢宝贝。"大手覆上她平坦的小腹,"爸爸出去办点事,你乖乖的,不许折腾妈妈,好好跟曾外婆相处。"

出了门,宗衍俊脸上的柔和一扫而空,取而代之的是化不开的阴沉冷戾。

蒋时鸣已经在楼下等着了,目光只略微扫到宗衍,便被他周身散发着的阴寒戾气摄住了。

"安排好了吗?"

冰冷的嗓音不带一丝温度,比夜间零下的空气还冷,蒋时鸣禁不住打了个寒战。

"好了,那边……已经控制起来了。"

罗君毅把担忧透露给宗衍,就预料到他会有所行动,却没有想到,宗衍的动作如此迅速。

整幢别墅当夜就被管控了起来,除了宗老爷子的私人医生之外,其余人等,包括护工、帮佣、厨师、安保……全部被替换掉了。

逼宫的架势,完全不加掩饰。

行动之迅速果决,让罗君毅根本来不及反应。就连他本人,也被礼貌地要求待在别墅内不要外出。

"你们少爷他人呢?老爷子的心脏不好,受不得惊动,他这样做,考虑过后果没有?!"

凌晨四点多,窗外一片漆黑,罗君毅披着睡袍,站在门口质问守在门外的保镖。

保镖的态度很恭敬:"少爷另有要事,他请您放心,他晚些时候,会亲自来向老爷子说明情况。"

"他以为控制住老爷子就万事大吉了吗?公司里有庆山——"

罗君毅的话头戛然止住。

他本来想说的是,公司里现在是三房宗庆山做主,宗衍像这样控制住宗老爷子,一来名不正言不顺,势必面临宗家上下的千夫所指;二来惹恼了老爷子,万一他直接指定将宗氏交给宗庆山,宗衍便会陷入绝境,无法收场,甚至难以立足。

然而他很快意识到,之前在把宗玉山的势力拔起驱逐出去之时,宗衍曾经铁腕清洗过宗氏上下。

各层的管理都换过一场血,只是因为宗衍的手腕利落,掌控力强,将各方势力平衡得当,公司里并没有如外界所料的那样发生大的震荡,而是顺利地完成了交接,一切业务如常。

后来宗衍因为订婚的事情触怒老爷子,被老爷子责罚,他很顺从地退出,不再插手宗氏的事务,任由着三房接过权柄,没有试图做任何反抗的举动。

顺从得连罗君毅都忽略了——那场清洗,固然是在老爷子坐镇下展开的,然而主导的人,是宗衍。

宗庆山接过权柄之后,虽然安插了一些他的人手,然而他既没有魄力,也没有能力再将宗氏上下清洗一番——老爷子也不会允许短时间内接连地震,引起不必要的乱子。

换句话说,明面上宗衍虽然利索地交了权,毫不恋战,然而在看似平静的水面之下,宗氏却可能依然在他的掌控之中⋯⋯

老爷子未必想不到这一点,只是他不可能将人事再次全盘打乱,更何况他责罚宗衍的目的并不是真的想把宗衍驱逐,而是希望宗衍低头,回头是岸⋯⋯

"我明白了。"想通了这一节,罗君毅忽然平静了下来。事实证明他的担忧完全是正确的,宗衍的动作来得如此迅猛,说明他早已做好了撕破脸的最坏准备。

只是——罗君毅不无自嘲地想,他将老爷子可能抱有的想法透露给宗衍,原意是不希望祖孙俩走到这一步,然而似乎恰恰是他的举动,成了那一根导火索⋯⋯

"老爷子的习惯是六点半起床,"罗君毅道,"我希望,先由我去向他说明情况。"

"请您放心,少爷吩咐过不得阻碍您到老爷子跟前。"保镖恭恭敬敬,"时间还早,罗老还是再歇息一会儿吧。"

罗君毅关上房门,望了一眼窗外。

今夜无月无星,夜色漆黑如墨,天际隐隐有浓云翻滚,犹如茫茫大海的暗涛。

要变天了。

宗衍晚间果然没有回来,封窈抱着枕头蹭去了客房,撒娇着非要跟外婆睡。

苏湘云再生气,那也是针对宗衍。对于一手拉扯大的外孙女,她只有浓浓的担心。

"外人本来就觉得是咱们高攀了宗家,你又这么早怀了孩子,那些碎嘴的知道了,肯定更得说三道四。"苏湘云摸了摸她头,叹了口气,"这种事儿啊,怎么着都是女人吃亏。"

"可是我做什么外人不会说三道四呢?就算我什么都不做,外人还不是照样会没事找事嘛。"封窈笑嘻嘻,"反正不管怎样都会被说,那我不如想做什么就做什么。"

"你啊!就会诡辩。"苏湘云无奈,这孩子心这么大,也不知道是随了谁。

"哪有?您看妈妈,从她二十岁成名到现在,挨了多少骂、受了多少诋毁?可是越骂她越红,骂她的人都不知道气死多少拨了。"

这边祖孙俩头挨着头说体己话,另一边,宗衍如封窈所料,忙得整宿未眠。

翌日依然是个晴天。

天空碧蓝如洗,冬日的阳光穿透干冷的空气,带来不少暖意。眼下仍是在元旦假期中,宗氏的董事们召开了一场临时董事会会议。

待到宗启山接到消息,匆匆赶到时,会议已经结束了。

"你好大的胆子!"宗启山难以置信,"谁给你的权力私自召开董事会会议?"

宗衍笑了笑:"自然是由半数以上的董事共同推举。祖父因身体原因,无法履行职务,方才董事会成员投票表决,由我临危受命,担任宗氏新

的董事长。"

"这不可能！"宗启山瞪着眼睛，"老爷子昨天还好好地去广源寺上过香，哪里就不能视事了？连我都没有出席，凭什么投票表决？"

"三叔一定是没有仔细看过公司章程，选举新董事只要持股超过50%的股东就够了，少了三叔你，根本无关紧要。"

宗衍身子挺拔，立在窗边，修长的手指慢条斯理地整理着袖口："至于凭什么——大概是凭三叔不到半个月就丢了三个大项目，有多大的舞台，丢多大的脸！"

"你——你简直是放肆！"

宗启山气得满面通红，手指点着宗衍："我要去见老爷子，你这样胡作非为，真是反了天了！"

宗衍抬眸扫了他一眼，倏然轻笑了一下，长腿迈步不紧不慢的，走到宗启山的身前。

"三叔还是不要去打扰祖父为好。说起来，若不是三叔不堪大用，气坏了祖父，祖父又怎么会突然身体抱恙，需要静养呢？"

他低低的嗓音低不可闻："三叔该不会以为，你这段时间能在宗氏站稳脚跟，是因为你自己的能耐吧？"

居高临下的姿态，矜傲轻慢的神情，无不令宗启山想到宗老爷子。

以至于他恍惚了一瞬，才回过神来："你以为你把老爷子软禁起来，就可以为所欲为了吗？！大逆不道的东西，你给我等着！"

说完，宗启山怒气冲冲地转头就走。

宗衍拿起外套，边走边吩咐蒋时鸣："放出消息去，昨日封嘉月封嘉文姐弟冲撞了祖父，祖父回来就病倒了。"

蒋时鸣："……"好大一盆脏水。

泼人脏水，宗衍毫无愧疚："另外去警告封季同，叫他管好儿女。把邹建安的供述给他带一份，让他好好看清楚，出谋划策、挑唆煽动邹建安对窈窈出手的人，不是别人，正是他的好女儿。"

"是。"

既然动手了，就得做得彻底。下午，宗氏便发布了更换董事长的公告。

犹如平地一声惊雷，整个商界震动了。

就在年前，众人还在猜测，依照宗氏眼下这个形势，三房的位置越坐越稳，宗衍却越来越被边缘化，长此以往，大势怕是要归三房了。

有人唏嘘感叹,谁能想到一度如日中天的太子爷成了弃子呢?

感情最复杂的莫过于封季同。一方面他隐隐有几分快意,谁让宗衍一意为苏冉母女撑腰,令他颜面扫地!活该这小子输个一败涂地。

可是另一方面,理智上他又很清楚,宗衍赢比输对他更有好处。封窈到底是他的女儿,里子如何只有他自己清楚,可成为宗氏家主的老丈人,外人至少都得敬他三分。

种种复杂的情绪,在看到宗氏更换董事长的公告时,全都一扫而空。

"……公司审议通过了改选公司董事长的议案。公司董事长宗宏深因身体原因,辞去董事长职务,改选宗衍为新任董事长。"

封季同一时震惊得不知道该说什么好。

这就,换人了?

封季同还在怔愣之中,与他同行的人先反应了过来,纷纷满脸堆笑地恭喜他。

"不得了了,这可是宗氏掌门人的岳丈,往后还得多多提携咱们啊。"

"是啊是啊,有机会可得引荐一下你那位贤婿啊……"

封季同呵呵笑着应付了过去,匆匆回到家中,正要跟封老爷子和封老太太说这件事,这时替宗衍传话的人过来了。

封季同还在消化宗衍上位掌权这件事对他利好利空孰多孰少,听了宗衍递来的话,又看了邹建安的供述,一股勃发的怒意直冲脑门,令他几乎眼前发黑。

送走了来人,他转头沉着脸问用人:"嘉月嘉文呢?叫他们立刻滚过来见我!"

过完元旦,钱姝就得回去上班了,闺蜜二人在安检口久久地拥抱。

"我到时候请年假回来,看我的干儿子或者干女儿。"钱姝扁着嘴,"真是便宜那男人了……还不让我管你叫老婆,我就要叫,老婆老婆老婆,哼!"

封窈忍俊不禁:"你随便叫,反正他也听不到。"

钱姝"喊"了一声,又问:"你们有计划什么时候结婚呢?要不还是早点办吧,免得嘴贱的人回头知道你怀孕了,又要乱说恶心人。"

封窈忍不住失笑:"你怎么跟我外婆一样?"

见钱姝瞪眼,她连忙说道:"好了,我知道了,回头我会跟宗衍商量的。"

依依不舍地送别，封窈在从机场回来的路上，才看到了那则公告。

原来他昨夜匆匆忙忙地干这个去了啊……

封窈回忆起几天前见到宗宏深时他的模样，很难相信那个傲慢的老大爷这么快就身体垮掉了。不想也知道，背后必有文章。

封窈吩咐司机绕了个道，买完点心之后，又吩咐司机："去宗氏。"

宗氏在庆城的总部是一座高耸入云的写字楼，是CBD的地标性建筑之一。封窈步入大厅，向前台说明了来意。

公司今天有大事发生，前台的电话响个不停。前台接待匆匆一眼扫过封窈宽松休闲的穿着，首先排除是商业伙伴。再看长相，乌发雪肤，红唇丰润，一双眼眸水润潋滟，妩媚风情撩人心扉。

咦，美女长得有点眼熟？

"啊！"前台接待蓦然恍悟，"你是苏冉的……"

"对。"封窈点点头，礼貌地微笑，"你好，我找宗衍。"

前台上网冲浪吃过瓜，既然她是苏冉的女儿，那就是宗少……董事长的未婚妻了。

"您稍等，我马上通报。"

"不用了，我自己给他打电话。"封窈拿出手机，一边问，"电梯在哪边？"

电话只响了一声就接通了。听筒中传出男人低沉磁性的嗓音："宝贝？"

封窈循着前台指的方向进了电梯，摸了摸倏然发热的耳朵："你的宝贝想你了。"

她都没有注意到自己的声音有多软多柔，仿佛带着无数柔软的小钩子，透过电波传到另一端，勾得人心发痒："……还有你的小宝贝，也想爸爸了。"

刚才还在向宗衍做汇报的高管，在目睹他接起电话，脸上的神情迅速柔和下来，用难以想象的温柔声调唤"宝贝"的时候，就已经惊得眼珠子差点掉出来了。

好不容易收拾好表情，又听这位惯来矜冷的大少爷嗓音含笑，低声地道："我也想你们。"

高管默默地退了出去。

宗衍走到落地窗前，向下俯瞰底下川流不息的街景。

他的身形高大挺拔，衬衫笔挺合身，衣料下隐隐可见流畅的肌肉线条，背影散发出一股冷然的气势,令人不敢轻易亲近。脸上的表情却柔和得不可思议:"宝宝今天早上又闹你没有?"

"还好,还是老样子。"封窈问,"你晚上回来吃饭吗?"

宗衍抬腕看了眼时间,他要办的事情还很多,需要弹压的人也有不少:"晚上可能会很晚,太晚我就不回去了,免得吵到你。"

"哦,你回家的BGM(背景音乐)震天响吗?"

"……"

宗衍的意思是他太晚回去,进门洗漱上床都难免有动静,怕影响她睡眠,哪里就成自带BGM了?

"知道了,"宗衍勾唇轻笑,"无论多晚,我都会回去的。"

就在这时,门上响起了"咚咚"的轻敲声。

"进来。"

他以为是秘书送文件过来,头也没回地道了句:"放桌上吧。"正要继续跟封窈说话,身后熟悉的脚步声却令他怔了一下,旋即蓦地一转头。

女人温软的身体扑进怀中,宗衍反射性地接住她,黑眸中迸发出惊喜的光芒:"你怎么来了?"

"想你,就来了。"封窈仰着小脸,笑意盈盈地看着他,"惊不惊喜?开不开心?"

宗衍低头亲吻她,用热切的吻回答她。

来送文件的秘书推开门,一眼看见落地窗前亲热的两人,瞬间面红耳赤,慌忙地退了出去。天哦,这女的是谁啊,宗少居然也有对女人这么热情的时候……

封窈靠在宗衍的胸膛上,微微有些喘息,目光好奇地打量这间宽敞得过分的办公室。

"这就是董事长办公室了?"

宗衍"嗯"了一声:"之前就是我在用,祖父近些年已经很少待在公司办公了。"

"哦……"

封窈察觉到他在提到祖父时,情绪中透着一抹复杂。她没有继续这个话题,转而指了指桌上的纸袋:"我带了下午茶过来——你中午是不是又忙得忘记吃饭了?"

宗衍:"……"

"我就知道!"封窈脸色不豫地瞪了他一眼,走到桌边,一边打开

纸袋，一边咕哝，"吃饭不积极，脑袋有问题。"

"不是思想有问题吗？"

"哪儿哪儿都有问题！"封窈拿起一个松露火腿帕尼尼，递给宗衍，"这家现烤的帕尼尼超好吃，还是热的，快点吃。"

宗衍没接："要喂。"

"……"

宗衍在椅子上坐下，一双长腿伸展。他拍了拍大腿，眼睛看着封窈："坐这儿喂。"

……

秘书再次过来提醒宗衍开会时，小心翼翼地敲了敲门。

"……好了，快放开啦！"封窈水眸含嗔瞪着宗衍，声气有几分不稳。

刚刚饱餐了一顿的男人手臂环着她的腰，另一只手攥着她纤细的手腕，抬眸看她一眼，又继续细细地舔舐着她指尖上沾染的一点点松露酱和面包碎屑。

……赤裸裸的勾引。

她自认是个坦荡大胆的厚脸皮，然而宗少爷的脸皮厚起来，比她有过之而无不及！

门又"咚咚"地轻响了两下。

宗衍不逗她了，轻笑着在她的手心亲了亲，抱着她站起身，替她整理一下领口，遮挡住白嫩的脖颈上他刚才留下的痕迹。

"我这几天都会很忙，可能没有时间陪你。你放心，过了这段时间，一切都会好的，我保证。"他迟疑了一下，"我昨晚走得匆忙，外婆她会生气吗？"

"外婆又不是不讲道理的人，你有正事要忙，她能理解的。"封窈钩着宗衍修长的手指，有点舍不得放他走。

她从来都不知道自己居然是个这么黏黏糊糊的人——难道是孕激素在作祟？

"对了，你什么时候去见你祖父？"封窈问。

宗衍沉默了下："今天先不去了，等我把事情处得差不多了，再过去见他。"

"哦……"封窈张开手臂抱住他，轻抚着他的后背，"你去的时候，我想跟你一起。"

宗衍本能地想拒绝，祖父的性子他很清楚，场面必然不会好看，说不定会说些不好听的话。

然而视线对上她澄澈的眼眸,在她的眼底看到满满的关切,他沉默了一下,道:"好。"

宗氏掌权人易主,毫无疑问是今年一开年最爆炸的大事件。

那则公告发出来后,不仅商界震动,网络上也沸腾了——

没办法,谁让宗少爷的盛世美颜太出圈,以至于网上一度掀起了对宗氏旧闻新料的八卦热潮呢!可谓是热闹非凡。

而就在大众还在热烈地讨论宗氏这位年轻的新一代家主时,公告发出的次日,三房的宗启山通过律师发表声明,不承认董事会的选举结果,更直指宗衍大逆不道,胁迫宗老爷子。

这下可就更热闹了——

"开撕了开撕了,传说中的豪门争家产大戏果然来了!前排售卖瓜子饮料小马扎。"

"我看不懂但是我站帅哥,颜值就是正义。"

"就知道没那么简单!打起来打起来!"

……

大众忙着吃瓜看戏,媒体闻风而动,虽然宗衍依旧如往常一样,谢绝了一切采访,但是他们还可以采访其他的宗家人、无论相干的不相干的甲乙丙丁嘛。

舆论一时间纷纷扬扬,有料的爆料,没料的编点料也要蹭上这个热点。

不仅大众热议,上流圈子里更是众说纷纭。有种说法甚嚣尘上,据说是宗老爷子身边的人传出来的——老爷子之所以会突然病倒,是因为新年在广源寺里上香的时候,被封嘉月封嘉文姐弟无礼冲撞,气病的。

这说法可就让人品出了些微妙的意思。

众所周知,苏冉与邹美婷是有深仇大恨的。不管是截和跟宗家的婚约,还是邹家的垮台,乃至封氏的股权落入封窈的手中,在外人眼里,都无外乎是她对邹家、对邹美婷的报复。

对于可以说是失去了一切的封嘉月封嘉文姐弟来说,恨上做了苏冉母女的靠山的宗衍,跑到宗老爷子的面前——不管是为了发泄还是什么别的目的,冲撞气着了老爷子……似乎也不是不可能的事情?

圈子里几乎所有人都在好奇,这姐弟俩到底干了什么,能把宗老爷子气得一病不起?

如果是个普通的老头子,气病了也就病了。可宗老爷子这一病,让宗衍抓住机会上了位,搭上了宗衍的苏冉母女往后岂不是更水涨船高,这姐弟俩不是搬起石头砸了自己的脚吗?而且,他们姐弟这么做,是私自的行为,还是出于封季同的授意?

风声传到封季同的耳朵里,封季同的脑血管都要爆了。

自从看了邹建安的供述,得知在背后出主意、挑唆怂恿邹家屡屡对封窈出手的,是他处处妥帖、温柔得体的女儿,他简直不敢相信。

他当即把封嘉月叫了回来,劈头盖脸地质问她。

封嘉月当然不是没想过自己会被供出来,对此她早已想好了对策,只是委屈含泪道:"我是什么样的人,对窈窈怎么样,爸爸难道不清楚吗?我不知道舅舅是在什么情境下说出这些话的,这种欲加之罪,如果爸爸一定要相信,那我也无话可说。"

早前封嘉月就一直对封窈热情有加,邀这个异母姐姐参加活动,想带封窈融入千金圈子,还帮着劝说邹美婷,这些封季同都看在眼里。就算是寿宴上那一出之后,她也没有说过封窈的半句不是。封季同打从心底不想相信她才是那个恶意挑唆的人。

所谓的供述,确实不是没有屈打成招的可能性……

封季同的犹豫动摇,在听到是封嘉月、封嘉文姐弟把宗老爷子气病的传言时,彻底转为怒火。

"这怎么可能!"封嘉月只觉得冤枉,"我们只是拜会了宗老爷子,他的精神很好,就算病倒,也不可能是我们导致的啊!"

封嘉文也道:"就是!我们才说了几句话而已。"

"不管是不是你们的原因,外人都这么说!三人成虎的道理,还用我教你们吗?!"

封季同大为光火:"你们都说了些什么?"

"能有什么,还不都是实话实说罢了!"封嘉文梗着脖子,"这个家都没有我们的立足之地了,我们光脚不怕穿鞋的——"

"啪!"

一声清脆的耳光响起,封嘉月捂着脸,彻底蒙住了。

"你打姐姐干什么?!"封嘉文跳了起来,"是我要去的,话也都是我说的,姐姐一直拦着我,拦不住才会陪我去的。你要打就打我,打死我算了,反正你眼里只有那个野……"

"你真是个没有脑子的蠢货!"封季同气得手直哆嗦。

如果不是看过邹建安的供述,他可能还不那么确定。可是眼下的状况,和之前的何其相似!

"嘉月,不要总把别人当傻子。"封季同看着捂着脸的封嘉月,满眼失望,"你觉得只有你是个聪明人?你觉得你永远可以让别人冲锋陷阵,你在背后清清白白的吗?你妈、你舅舅、你弟弟,都是你的工具。你倒是干干净净地唱红脸。"

封嘉月心中大为慌乱:"我没有——"

"不用再说了。"

封季同不是个彻头彻尾的傻子,在苏冉的手里狠狠地栽过之后,更加不会小觑任何一个人——哪怕是曾经备受他信任的女儿。

"之前的事情,如果窈窈真的想要追究,你以为那个姓刘的能判诽谤罪,你就能躲过去吗?这种事情拿到法庭上,人人都会知道你用心恶毒,你还有脸面可言吗?窈窈已经给你留足颜面了。"

封季同眼中再无一丝对女儿的慈爱温情,冷漠地对着她。

"你小姑姑的餐饮生意刚做到澳洲,正缺人手。你准备准备,过去给她帮忙吧。"

"还有你,"封季同转而对封嘉文厉声道,"你现在就给我滚回学校去,不读完书不许再回来!"

封季同火速把一双儿女送走,连去见邹美婷的机会都没给他们留,也算是雷厉风行了。

而此举无疑更是坐实了坊间的传言——

看来这姐弟俩确实是闯了大祸,从封季同的处理方式来看,是他们俩私自的行为。

一时间众人私下感叹,邹美婷的脑子不灵光,生的一双儿女也是蠢货,看不清形势。

只能说时也命也,气病了宗老爷子,倒白白送了机会给宗衍。

不过要说到宗家这一茬,那可就真是热闹了——

三房宗启山质疑更换董事长的决议,宗衍的父亲宗庆山、二叔四叔以及两个姑姑也都带着儿女,以最快的速度赶到了庆城。

"我还没有死呢,听到我不行了,都赶着回来分家产吗?"近郊的别墅里,宗宏深站在窗边,给挂在窗边的鸟笼里的画眉鸟添食。

罗君毅立在一旁,他从一早上便寸步不离地伴在宗宏深的身侧。在他看来,宗氏发生的这一切,他都难辞其咎。

"老爷子……"

"行了,不怪你。"宗宏深放下鸟食,擦了擦手,"连我也没想到,他能做到这个地步。"

宗宏深活到这个岁数,什么大风大浪都见过。然而骤然察觉到身边的变化,发现自己等同于被软禁了起来,他免不了十二万分的震怒。

他被以养病为由隔绝了起来,但是消息没有隔绝。

他知道宗衍一夜之间召开董事会临时会议,当日便发布了公告,迅速果决。

而老三就逊色太多,不仅消息不灵通,晚来一步,后来通过律师发了个声明,跑过来闹着要见他——有这上蹿下跳的时间,宗衍已经一刻也不停歇,把公司上下都收拢得差不多了!

至于后面拖儿带女赶过来的这几个,他连见都不想见。

"你说,阿衍的性子随谁?"宗宏深转过身,拿起拐杖,沿着长廊慢慢踱步,"是像子怡吗?"

孟子怡也是个杀伐果决的性子,凡事只要做了,就要做个彻底。罗君毅恍惚了一瞬,说道:"我倒觉得,少爷更像您。"

一样的倔强。

宗宏深哼了一声,不置可否。

我爱他

Chapter 13

宗氏的争家产大戏闹的动静不小,宗启山扬言要对簿公堂,宗庆山接受了媒体采访,话里话外暗示宗衍这个儿子不孝,其他人更是日日要求见老爷子。

只是对于宗衍来说,控制住公司,比应付这些人要重要多了。

正如宗衍预计的那样,接连几天他都忙得不见人影。有时夜里两三点才回来,天不亮便又离开了。

封窈每回都是睡得迷迷糊糊间,感觉到一具温暖的身躯靠过来,将她揽入怀里。她会无意识地摸索着,抓住他覆在她小腹上的手,接着继续陷入沉睡。

早上醒来时身边已经空了,如果不是床单上的皱褶,她都要以为是做梦梦见他回来了。

管公司的事情,封窈不怎么懂,虽然她名下有封氏的绝大部分股权,不过就像苏冉说的,她就是个签字用的。然而看到宗庆山在媒体上暗示宗衍不孝,封窈却是怒不可遏。

"简直是岂有此理!"她"咚咚"戳着平板电脑的屏幕,对苏湘云道,"外婆,您知道吗?我听朱婶说过,宗衍小时候,那会儿才刚学会走路,走得还不稳,看见宗庆山,跑过去抱着他的腿喊爸爸。你猜怎么着?宗庆山一脚把他踹开了!"

封窈气得想打人:"哪来的脸提这个'孝'字?真是笑死人了!"

"你先消消气。"苏湘云拍了拍她的背,"怀着孩子呢,气大伤身。"

"不行,我不能容忍!太欺负人了!他是以为宗衍只有一个人,就

没人帮他说话了吗？"

欺负她可以，欺负宗衍绝对不行！

封窈作为苏冉的女儿，想采访她的媒体一直不少。有好几回在学校里，她都差点被堵住，只是她表示自己就是个普通人，不希望太多的曝光，加上热心的同学帮忙解围，才每每躲了过去。

当她主动联系媒体时，对方差点高兴疯了。

"我可以给你独家，不光是采访我，还可以采访从小带大宗衍，最了解他的保姆阿姨。我只有一个条件——你必须如实地写，不能抹黑宗衍。"

"可以可以！"记者赶忙应下，有了这篇独家专访，她这个月——这个季度的KPI（考核），都不用愁了！"封小姐，您看您什么时候方便，我这边什么时候都可以的！"

朱婶还在英国，从宗衍口中得知封窈怀孕的时候，她本想立刻回来帮忙照顾封窈，只是被宗衍拒绝了。

因为之前发生的种种，朱婶在接到封窈的联系时，颇有些拘谨。

封窈知道朱婶不是坏人，虽然对方的观念和做事方式让她不能认同，但对方是一心为了宗衍好，这一点是毋庸置疑的。

当听说宗庆山有脸跟媒体暗示宗衍不孝，朱婶也气炸了："我有话要说！叫记者来问我！我不怕他宗庆山！"

封窈联系的是一家老牌杂志社，从传统媒体向新媒体转化得非常成功，口碑与流量都是一流。

好不容易搞到了一个大新闻，记者的效率很高，敲定时间、完成采访一气呵成。采访后的次日一早，便将显然是通宵完成的初稿连同采访视频发给了封窈过目。

封窈不禁有些汗颜——要是她写论文有人家这速度，何愁不能提前交稿？

其实她主要是想让对方采访朱婶，对于往事朱婶知道得更多，而她只不过是个添头，可她这个添头又是必不可少的——毕竟比起朱婶，她的身份更能吸引眼球。

她是喜欢默默无闻，喜欢低调，可是这一回，她不愿意默不作声了。

封窈动动手指，把稿子发给了宗衍，问他："可以发吗？"

桌上的手机振动了两下，宗衍垂眸扫了一眼。

"……开盘后股价上涨了三个百分点,目前市场总体看好。另外我们在南亚的业务略微受了一些影响……"

资本市场最能反映信心,尽管有争家产风波未平,股价却不跌反涨,说明市场对宗衍这个年轻的新任掌门人是看好的。

当然,这背后估计也少不了孟家的支持——业务部门的徐总经理心里想着,正要继续汇报,却听宗衍道:"稍等一下。"

徐经理及一干高管觑着宗衍的脸色,神色像是有几分意外,又像是动容。还在猜测是有什么大事发生,却见他点开了一个视频。

一道清软的女声响起。

"……他是我见过的最出色的男人,自律、坚韧、执着,重视感情,重视家人……我可以用很多赞美的词来形容他,不过用最简单的话语就是,我爱他。"

这段大概是前导语,几秒的过场音乐后,是一问一答的访谈。短短两三分钟的视频,很快就播完了。

宗衍倏然站起身,丢下一会议室的高管们,迈着大腿大步出了门。蒋时鸣快步跟上,侧头看着他白皙修长的手指划过屏幕,把进度条拖到了最开始。

"他是我见过的最出色的男人,自律、坚韧……我爱他。"

"他是我见过的最出色的男人……我爱他。"

"我爱他……"

……

蒋时鸣默默地放缓了脚步,把空间留给年轻英俊的男人和他的手动复读机。

"她在哪儿?"宗衍忽然问。

"她"是谁,蒋时鸣连问都不用问:"封小姐下课后,代您去附属医院探望过曲助理,现在应该在去超市的路上。"

逛超市真是一件令人快乐的事情,哪怕因为最近的风波,身边不得不时刻跟着保镖,也不能影响封窈一头扎进零食架的幸福感。

临近春节,超市里已经年味十足了,到处红红火火。

一口气扫了大半车的零食,封窈在货架之间闲逛,路过母婴区时,忍不住顿住了脚步。

眼前的几个货架上,摆满了宝宝穿的小衣服小裤子小鞋子。封窈拿

起一件连体衣,小小的,比巴掌大不了多少,毛茸茸的帽子带着圆圆的小熊耳朵,萌得人的心都化了。

"真可爱。"

"就是……啊。"封窈猛然回头。

高大俊美的男人立在她身后不远处,气质优雅,身形修长,双手抄裤兜里,那双深邃的黑眸望着她,嘴角带着一抹浅笑。

封窈眼眸晶亮:"今天怎么这么早?"

宗衍走过去,伸手揽住她,低头在她嫣红的唇瓣上啄了一下:"想你了。"

封窈弯起了嘴角。

不知道是不是心有灵犀,他今天穿的是一件浅灰色的羊绒衫,搭黑色的西裤。而封窈穿了一件同色系的羊绒连衣裙,配黑色的连裤袜和长靴。

"二位需要帮助挑选宝宝的用品吗?"一个导购员迎了过来,打量两人亲密的姿态和这一身情侣装,在心中赞叹真是一对俊男美女,神仙颜值太般配了。

宗衍看向封窈:"听太太的。"

导购员想捂心口。这么帅的男人,还这么温柔!

"……我就随便看看。"封窈有点不好意思。她的预产期在八月,现在准备东西也太早了些。

"没关系的,您随意浏览,有什么问题可以随时叫我。"导购员说完,礼貌地退开了。

封窈正要把手里的小熊连体衣放回去,却被宗衍拿了过去,放进推车里:"可爱,买了。"

"……"行吧。

逛超市是一件幸福的事情,跟心爱的人一起逛超市,幸福感翻倍。封窈挽着宗衍的胳膊,牵在一起的手十指紧扣,漫无目地地在货架间人流中穿行。

"那个采访,我没听你发表什么意见,就默认你没有意见,叫她可以发了。"

宗衍垂眸看着她:"你可以不用做这个的。"

他知道她很不喜欢被媒体曝光,总是能躲就躲,先前就算被问到头上,她都不承认自己是苏冉的女儿,生怕引来关注会很麻烦。

可是她却愿意为了他，站到镜头前。

一种难以言喻的柔软将宗衍的心包裹住，他知道她为什么会做这个采访——宗庆山对媒体说的话，他看到了，只是他既没有空闲，也不觉得有必要回应。

"可能不用吧，但是我想啊。"封窈凑近他，笑眯眯道，"是不是很感动？有没有躲到洗手间里哭鼻子？"

宗衍捏了捏她挺翘的小鼻子："某人大胆地说爱我，我笑还来不及，哭什么？"

封窈："……"

封窈的脸颊一热："是记者让我讲点有爆点的东西嘛！我寻思着，当众示爱，应该算有爆点了吧？"

"唉，"封窈想想，叹了口气，"应该先请教一下妈妈的，太匆忙，失算了。"

"没有，这个就很好。"宗衍揉了揉她的发顶，低醇的嗓音柔得不可思议，"我很开心。"

KPI是第一生产力，当晚八点，黄金时段，行业标杆性的人物访谈杂志通过所有渠道同步推送了一篇独家访谈。

作为苏冉的独女，封窈首度露面接受采访，话题又是关于近期最受瞩目的宗氏新任掌权人。访谈报道一上线，立刻在各个平台登上了热门榜首。

"小狐狸好美！没有辜负冉姐的美女基因。"

"讲话温温柔柔的，听着好舒服！我好喜欢她那句'家人就是彼此真心相待，以真心换真心'——明显就是在说宗少他爸吧？之前那个报道我看了就不舒服，有种家人背刺的感觉。"

"想被她爱。"

"不是，你们都只看视频不看文章吗？文里处处是亮点好吗！绝了！"

其实朱婶只不过是回忆了宗衍出生后的两三件事。

譬如他早产孱弱，不得不待在保温箱，宗庆山跟人说病秧子反正养不活，还不如剖出来就扔了。

譬如宗庆山跟姘头在国外代孕了一对龙凤胎——所谓龙凤胎，是找了两个孕母，算好了良辰吉日，让两个孕母同时剖腹产。

譬如他屡屡纵容那两个代孕的宝贝欺负年幼的宗衍……

访谈里爆出来的事情,简直一桩桩一件件,都踩在大众的"毒点"上跳舞。

一整篇访谈看下来,看得人血压飙升,怒气值爆表。

"人性限制了我的想象力,这都是人干的事?!"

"世上竟有如此厚颜无耻之人。"

一开始,舆论基本上是一边倒地指责痛骂宗庆山。

然而一夜之间,忽然开始有一些人冒出来,或是充当理中客,或是把矛头引向封窈:

"这一手带节奏玩得真是'6',不愧是明星的女儿。不过别光说别人啊,敢说说自己的妈是怎么介入别人的家庭,逼疯了原配,赶走了原配子女,自己一个私生女抢了原配女儿的未婚夫,还侵吞了封家的家产吗?"

"搞了半天是贼喊捉贼?怪不得要煽动网友辱骂人家私生子争家产,原来都是她自己做过的事情,以己度人,觉得别人跟她一样啊。大家小心,别被当枪使了。"

"这个保姆不也只是一面之词吗?真相还不一定是怎样呢,搞不好有反转,还是让子弹飞一会儿吧。"

……

这显然是宗庆山一方的反击。

进攻是最有效的防守,把矛头指向封窈,放出这种料来,不失为一种转移重点的好方法——只要封窈的身份人品有问题,她的话自然就失去了大众的信任,甚至还会被反噬。

自从庭审那日,苏冉自陈身份之后,各路媒体疯了似的挖掘背后的故事,各种真真假假的爆料满天飞。包括她与封季同的事情,在网上也有小范围的流传。苏冉对此未做回应,只是压下了所有会牵扯到封窈的讨论。

此前已经隐隐约约有过的传闻,这个时候又被爆出来,还有鼻子有眼儿的,免不了有人动摇了:

"苏冉的瓜我全程吃过,就算是跟邹什么的有大仇,可是勾引人家老公也很……而且私生女……如果是真的,还出来带这个节奏,就太白莲花了吧。"

"不是，只有我关注的重点是'抢了原配女儿的未婚夫'吗？宗少劈腿？"

"啊这，我刚刚还在舔这对的颜……史上最快塌房？全员恶人吗？"

……

有人动摇，自然也有苏冉的粉丝和好感路人在反驳。

舆论是一把双刃剑，封窈既然站出来，当然没指望过对方会乖乖挨打不还手。会拿她的出身做文章，也在她的意料之中。

既然对方要扯这些，那么有些事情，也正好是时候做个了结了。

不久，在一片激烈的争议声中，有人注意到，庆城警方发布了一则蓝底白字的公告：

【经过重启对二十四年前北城区一起交通肇事逃逸致人死亡案件的调查，基于新的线索和证据，现认定邹某婷（女，45岁）有重大作案嫌疑，现已依法实施刑事拘捕。

【案发当晚，邹某婷在酒吧聚会饮酒后，驾车经过延兴路与建设路路口，将行人徐某晨（男，时年18岁）撞倒后逃逸，致徐某晨死亡。次日邹某婷在其父的安排下出国躲避，由谢某强顶包。

【另对曾协助邹某婷篡改毁灭证据的时任所长刘坤、警务人员蔡志远、张奇等，已作开除公职处理，并移交司法部门进一步审理。】

……

公告一出，明眼人马上明白，这说的显然是苏冉哥哥的那桩旧案了。

"十八岁……无法想象如果是我的家人遇到这种事，我会做出什么事情来……会提刀跟仇人同归于尽吧。"

"冉姐那时候也才十八岁啊……而且公告里没提哥哥出车祸之后，她的父亲悲伤过度，不久也去世了。未经他人苦，莫劝他人善，不管她怎么报复姓邹的，我觉得都能理解。"

"妲己娘娘真的很不容易，而且最没有选择的难道不是孩子吗？谁也不想作为私生女出生的吧。"

……

亲人遇害，求告无门这种事情，最能引起大众的共情——这事今天发生在别人身上，明天就可能发生在自己身上，为别人发声，也是为自己发声。

这是最朴素的正义感。

况且苏冉又不是没有粉丝——身为一代国民女演员，多年的经营积

累,她的粉丝不仅基础庞大,而且相当忠实。

更何况是这种隐忍多年、为亲人报仇的事情,路人看了都不忍,粉丝只会更心疼姐姐,并且爱屋及乌,怜爱封窈。

而且粉丝们还老早就整理好了时间线,证实苏冉与封季同的交往,包括怀上封窈,是在封季同跟邹美婷结婚之前。也就是说,不存在所谓的介入别人的家庭,也算不上什么私生女。

宗庆山一方拿这个做文章,显然根本没考虑到这番恩怨背景,更不懂得大众对权势欺压的同仇敌忾。

官方盖章的成功翻案,邹美婷终于被绳之以法,无疑是代表正义的胜利。吃瓜群众喜大普奔之后,注意力重新转回到宗家的事情上。这一回,就开始觉得跳出来拿身世攻击封窈的人很不怀好意了。

而封窈既然料到那边会反击,就提早向苏冉借了人,帮忙盯着。

专业的人做专业的事,在玩惯了下水军营销黑人的娱乐圈资深人士面前,水军不难识破。甚至顺藤摸瓜,扒出了宗庆山一方雇佣的水军公司。

本来就有眼尖的吃瓜人注意到有些搅浑水的账号有问题,而雇佣水军的证据甩出来,更是让人感到被当成傻子愚弄,而倍加愤怒——

"好了,宗庆山不用洗了,光从这一件事就能看出你是个什么东西了,希望下次再听到你的消息是在讣告栏里。"

……

舆论风向几经摇摆,终于又回到正途上来了。

这一回,愤怒的吃瓜网友们甚至涌到了宗氏旗下的各公司官微下面,激情辱骂宗庆山。

封窈毫无愧疚——谁让宗庆山想欺负宗衍的!

雪崩来临的时候,她就是最大最闪亮的那一片雪花,专往他脸上砸!

"我算是体会到了我妈的不容易。"她抽空跟钱姝感慨,"像这样三天一小撕,五天一大撕,天天被媒体围追堵截……天啊,这样的日子她是怎么过了二十多年的?"

钱姝道:"有的人天生就是吃这碗饭的。"

封窈想想也对:"这话宗衍也说过。"

"你就三句话不离他。"钱姝受不了地翻了个白眼,"陷入爱情的女人,真是没救了!你那句表白,他得开心得飘起来了吧?"

封窈想起宗衍到超市里去找她,显然是看到她发给他的东西就直接冲过去了,忍不住翘起了嘴角。

"好了,不跟你说了,我还要陪他去看他祖父。"

正要挂掉电话,却又听钱妹嚷嚷了一句:"哇!你去看宗氏官号刚发的微博。"

宗氏规模庞大,在社交媒体上主要由旗下各子公司的品牌分别独立运营,真正的集团官号只偶尔发点行业投资动向、企业财报、慈善活动之类的,特别官方,特别冷漠。

而最新的一条是这样的:

【关于近日的网络谣言,宗衍董事长特此声明:不认识什么"原配女儿",爱人自始至终只有封窈小姐一人,别无他人。】

下面评论区已经很热闹了:

"哈哈哈哈哈,直接一个'不认识'可还行?宗董事长:全网无前任,莫挨老子。"

"真的是初恋吗?太甜了吧!我又可以了。"

"这是给人看的吗?还好我又聋又瞎还不识字,踢翻这碗狗粮。"

"昨天的我:羡慕被大美妞儿表白的宗少。今天的我:我代表民政局同意这门婚事。"

……

下午时分,冬日的太阳低垂在天际,阳光将屋檐上的积雪染成一片金灿。

封窈钻进车里,抓住男人伸过来的手,将他的手臂抬起绕过自己的肩,然后贴过去,熟练地在他怀里找了个舒服的位置,下巴搭在他的肩头上,笑意盈盈地看着他。

宗衍:"……这么开心?"

封窈点点头:"当然开心。"

明明因为站出来而受到了那么恶毒的攻击——宗衍想到网上那些对她恶意的中伤,俊脸上闪过一抹阴霾。

"键盘在别人手里,怎么敲我可管不着。"封窈却是心情很好,胳膊环着男人劲窄的腰,眸光流转着笑意,"我不关心别人,我只关心你。"

宗衍低头去亲吻她,忽然想起什么:"这话你是不是对别人说过?"

他怎么记得,他好像听她对钱妹钱富贵儿说过类似的话?

"怎么可能?"说没说过,封窈不确定,但坚决不承认,"这么肉麻的话,我只对你说。"

"……"

宗衍黑眸微眯,须臾在她的唇瓣上咬了一口,语气沉沉:"不许对别人说。"

封窈趴在他的肩头上,笑得直不起腰。

笑声如银铃般清脆,车在开往近郊的马路上飞驰,白雪皑皑、银装素裹的景色在车窗中飞快地倒退。

一扇气派的黑色铸铁大门缓缓打开,车开了进去,封窈的目光很快被花坛中的雕塑喷泉吸引住了:"这么冷的天,水不结冰吗?"

宗衍随意瞥了一眼:"下面应该有加温装置。"

封窈想起在伴月山庄的时候,庭院里那个锦鲤池子,池水永远澄澈见底。她有回随口感叹了句,结果听园丁解释道:"这池子底下装了三台大型过滤器,日夜不停地工作,就为了保持水质清澈干净呢。"

……只能说有些人为了居处的景观靓丽,真是无所不用其极。

景观靓丽,住在里面的人的心情却未必靓丽。

至少看见手牵着手前来的二人,宗老爷子的脸色就非常不靓丽。看也没看这边一眼,只继续给笼中的画眉鸟添食。

真不愧是亲祖孙俩——封窈心想,她第一次见到宗少爷的时候,他不也是爱搭不理,只管喂鱼嘛。

宗衍不知道这女人的脑袋里又在想什么,八成又在编派他。他警告地捏了捏她柔软的手指头,开口道:"祖父。"

封窈乖乖地跟着打招呼:"老爷子,您好。"

"是怕我老不死,专门把她带过来气我吗?"宗宏深一开口就很不客气。

宗衍平静道:"祖父不必说这种话,您如果愿意了解窈窈,就会知道她一向与人为善,不会无缘无故气人的。"

"……"封窈心道,宗少爷气人的本事也不小。

眼看气氛不好,罗君毅适时过来打了个圆场:"阿衍先坐吧,封小姐也请坐,都坐下说话。"

宗衍拉着封窈在沙发上落座,交握的手没有放开。

"我是来给祖父一个交代的。"

宗宏深冷哼了一声:"你不是胆子很大吗?还用给我交代?"

"自然是要的。祖父对我的养育教导之恩,我从不敢忘。"

不论宗老爷子是出于什么考量,又有多少是迫于孟家的压力,但总归是在他年幼无依的时候,为他提供了庇护,让他不至于依附宗庆山生活。

宗衍看着满头华发,早已不复儿时记忆中那般伟岸挺拔的祖父。小的时候,他以祖父为榜样,甚至处处模仿。

祖父的威严甚重,说一不二,只要他发话,宗庆山也得灰溜溜地放弃打他的主意。年幼的他最大的梦想,莫过于长大后也能像祖父一样。

"事情是我做的,祖父没有给我别的选择,我不后悔。"宗衍收回思绪,"当然我不可能一直把您隔绝在这里,以您的威信,还有手里的股权,如果执意要与我为难,恐怕还是会有不小的麻烦。"

宗宏深当然不是毫无底牌,任人宰割。他老眼微眯,冷冷地看着这个他最器重的孙子:"既然知道,还是不后悔?"

宗衍笑了笑:"我说的大麻烦,不是我,是宗氏。"

"近日宗氏股价上涨了七个点,据我所知,已经有空头盯上了宗氏。祖父不要忘了,孟家除了地产,这些年在金融业也是大展宏图,舅舅但凡有机会,绝不会放过做空宗氏的良机。"

虽然孟子怡的亡故是一场空难事故,然而因为宗庆山的关系,孟子恒一直对宗家相当冷淡。

"如果祖父执意要与我为难,我当然不会束手就擒。若是斗起来,眼下的大好局面不复存在,股价暴跌是必然的。当然,舅舅想必会十分开心。"

宗宏深闭了闭眼,咬着牙,声音从齿缝里挤出来:"你这个吃里爬外的东西。"

股价啊做空什么的,封窈听不明白,但是宗老爷子这句话她可听明白了。她不满道:"老爷子,宗衍一向很尊敬您,对您感恩,把您当亲人。到底是谁非要逼迫他,把他划为'外'那一面?"

宗衍打的什么机锋,封窈云里雾里,罗君毅却是和宗老爷子一样,一下子就懂了。

这些年宗衍与外家、与孟子恒的往来并不多,就连罗君毅都以为,孟子恒因为厌恶宗庆山,连带着对流淌着宗庆山的血脉的宗衍也不亲近。

然而宗衍这话里的意思,他与孟子恒的联系显然比他们以为的更紧密。

如果他们祖孙斗起来,孟氏趁乱入局,宗氏必然会元气大伤。而孟氏做空所用的资本——难道宗衍会放弃这份利益?

换句话说,合则两利,不合,受伤的只有宗氏。

他挟持的不是宗老爷子,他根本是挟持了宗氏,来逼迫宗老爷子……

最坏的情况,宗氏会在祖孙相斗下分崩离析。然而宗衍依然可以通过孟子恒吸收宗氏散落的资产,更不用提他自己手里掌控的产业本就足以自立门户。

届时这个宗氏可能会不复存在,取而代之的是另一个宗氏……

"祖父教导我,任何时候都要做好最坏的准备,永远不要受制于人。您的教导,我不敢忘。"

"……"

宗宏深的面色铁青。即便拿他的儿孙——甚至拿他自己来胁迫他,他都可以不松口。

然而宗衍挟持的是整个宗氏。

是他经营了一生,只想将辉煌长久延续下去的宗氏……

半晌,宗宏深的嘴唇翕动:"滚。"

回程的路上,气氛有几分沉重。

宗宏深虽然让了步,实质上将宗氏交给了宗衍,然而这道裂缝,恐怕一时难以修补。

封窈知道宗衍其实不愿意走到这一步,然而最终却还是只能用利益逼迫宗老爷子妥协,他心里肯定还是很不好受的。

"我没事。"宗衍看出她的担心,薄唇轻蹭了蹭她的额角,"这还是跟你学到的,无欲则刚。"

"……"

"谁在乎得更多,谁就先输了。祖父更在乎宗氏,这是他的软肋。"宗衍轻叹,"而且他年纪大了,不得不妥协。如果他还年轻,结果如何就难说了。"

长江后浪推前浪,前浪死在沙滩上,也是世间的规律。

"这不是你的错。"封窈轻声道。

宗衍沉默了一会儿:"我知道。"

车行驶在宽阔的大道上,车窗外,两边的松柏覆盖着白色的积雪,不断地往后退去。

封窈静静地拥抱着宗衍,这个时候无须言语,他需要的只是她的陪伴。

过了好一会儿,她忽然发现不对:"这不是回城的路吧?"

"嗯。"宗衍修长的手指把玩着她的长发,"带你去个地方。"

宗衍带封窈去的地方,是个老地方。

冬日的伴月山庄银装素裹,与夏日里姹紫嫣红的景色截然不同。房子、树木都覆盖着厚厚的白雪,仿佛童话里的世界一样。

虽然宗衍早已搬离,不过这里一直有人留守,把一切打理得干干净净,井井有条。

"少爷。"

一路上遇到的帮佣赶忙恭敬行礼,其中有封窈夏天打工时候的老熟人,看见她面露惊喜:"封小姐!"

封窈笑着打招呼,宗衍态度随意:"我们自己逛逛。"

偌大的山庄,真要逛起来,那可有得逛了。

逛着逛着,仿佛在不经意间一转弯,眼前出现了一道熟悉的圆形拱门。

透过拱门,隐约可以看见嵌在地面中的池子的一角。

池水一如既往地澄澈见底,一池锦鲤在水中惬意地摆尾游弋。看见岸边有人来,争先恐后地游了过来,挤成一团,嘴巴开开合合露出水面。

"……鱼大叔鱼大婶们,好久不见,还是这么热情啊。"

封窈蹲下来,伸出手指,戳了戳其中一只白底黑红斑纹的胖头锦鲤,打趣:"看您瘦的,起码饿了有五分钟没吃东西了吧?"

锦鲤以为她的手指是什么好吃的东西,抢着咬她的手指头,封窈痒得发笑。

"水凉。"

宗衍把她拉了起来,拿手帕给她擦拭沾湿的手指。

封窈指了指旁边:"我第一次见到你的时候,你就坐在水边,那棵树下。我当时都看呆了,你知道我想到了谁吗?"

八成不会是什么好人,不过宗衍还是很捧场:"谁?"

"Narcissus——纳西瑟斯,希腊神话里最俊美的男人。因为爱上自己的影子,天天在水边看着自己的倒影,自恋得难以自拔,最终化为了水仙花。"

"……"

果然。

封窈轻笑着,踮起脚亲了亲他的唇:"这朵水仙花,被我摘下来了。"

一缕阳光透过树枝照下来,光斑洒落在男人的眼里,他的眼眸如黑曜石般通透明亮,里面满满地映着她的影子,让她心生欢喜。

胖头锦鲤们还挤挤挨挨地凑在池边,尾巴扑打着水面,不时发出轻微的"哗哗"响声。

"窈窈。"宗衍忽然唤她。

封窈扬眉:"嗯?"

下一瞬,她看见宗衍后退了半步,那双漆黑如墨却又闪着星辰的眼眸望着她,缓缓地单膝跪下。

他从大衣的衣兜里拿出一个深蓝色的小盒子,骨节分明的手指轻轻打开盒盖,仰头凝视着她。

"这一池子的鱼,是我母亲小时候养的,到现在都有四十多岁了。据说锦鲤最久能活到两百岁,我想请它们,还有你肚子里的我们的宝宝,做个见证——

"我将用一生来爱你,至死不渝。只求你陪伴我,一起度过余生的每一个朝夕。窈窈,你愿意吗?"

封窈捂着嘴巴,眼眶红了,心中又酸又暖。

她心间的那只小鹿仿佛也哭得稀里哗啦,撞着她撒泼打滚,嚷嚷着,快答应他答应他!

"我愿意。"她吸了吸鼻子,拉着宗衍的手,想拽他起来,"我当然愿意。"

宗衍没有起身,而是拿出盒子里的戒指,郑重其事地戴在她纤细的无名指上,然后俯首,在她的手背上印下一吻。

他站起身,将封窈拥入怀中,指腹轻轻抹去她眼梢的泪花。

见她抬着手打量无名指上的戒指,他解释了句:"上次那个,你嫌太大不方便,不愿意戴,所以我让人做了一个小一点的。"

这个钻其实也不小了,只是比起之前那个小一些。小巧低调,更合她的心意。

"我很喜欢。"她抱紧高大的男人,脸颊贴在他的胸膛上蹭了蹭,感受着他的温度,他的心跳声。

冬日的寒冷仿佛尽数散去,像是又回到了微风徐来,惬意舒心的夏天。

只是那个时候,她还不知道,命运将她引到这个男人的面前,在他们之间的红线上打了个死结。

让她不知不觉间,与他一道,深深沦陷。

- 正文完 -

"1314211"

番外一

大过年的,就在外界还在揣测宗老爷子的身体状况究竟如何,各种阴谋论满天飞的时候,宗老爷子突然召集了儿孙和律师,对宗氏庞大的资产做出了清晰详细的安排。

宗氏的这场争家产大戏,就这样干脆利落地结束了。

过年期间免不了社交应酬,封窈也终于见到了一众宗家人,包括宗衍的父亲宗庆山、三个叔叔、两个姑姑,还有堂表兄弟姐妹……

她研究俄国文学锻炼出来的记人名能力没有浪费,记住这几十号亲戚并不难。其中对她最友好的,数小姑姑宗璇。

"我认识你妈。"宗璇笑言,"本来还想叫她给我的珠宝品牌代言,可惜她身上已经有珠宝代言的合约了。"

"原来小姑姑是设计师啊。"

"是啊,回头来我工作室玩。"宗璇眨了眨眼,目光扫过封窈无名指上亮闪闪的戒指,忽然"扑哧"笑了一声。

她指着那枚戒指:"他是不是送过你一个更大的,还有一条配套的项链?"

见封窈点头,宗璇神秘一笑。

"这几颗钻都是我帮他挑的。你知道他有多龟毛吗?不光挑品质,对石头的重量也有要求,一分都不能错。"

封窈看着自己手上熠熠闪亮的鸽子蛋,想起那颗更大的鸽子蛋,以及项链上那颗还要大的……

封窈的嘴角抽了抽:"他的要求是越大越好吗?"

宗璇"扑哧"笑了出来。

她伸手拉起封窈的手，点了点封窈的无名指："这颗钻石，是 2.11 克拉。"

"你另外的那枚戒指，上面那颗钻是 13.14 克拉。至于那条项链——"宗璇笑道，"吊坠的主钻，是 21.1 克拉。那么大的，重量合适的可不好找，迟了一些，他还很不满意呢。"

封窈一时说不出话来。

"13.14 嘛，一生一世，这个很容易理解。另外那个，我还以为是他执着的什么幸运数字呢。还是听人说了庆城今年的跨年烟火，我才蓦然反应过来——"

宗璇摇了摇头："真是没想到，他还挺有心的。"想想又撇撇嘴，"搞这种暗搓搓的用心有什么用？你又看不出来钻石的重量，难道要等你们都老死了，后世的不肖子孙把珠宝拿出来拍卖，世人才知道还有这么一茬，然后这几件珠宝因为背后的爱情故事，能拍卖出更高的价钱？"

封窈："……"就是，太暗搓搓了。

宗璇姑姑是个大忙人，揭完了宗少爷的老底，就踩着高跟鞋"嗒嗒"地翩然走人了。

回到家里，宗衍先去书房开了个视频会议，走出书房，就见封窈又像没骨头似的歪在沙发里。

他长腿迈步走过去，在她身边坐下，让她靠在他身上："老这么歪歪扭扭地坐着，小心腰疼。"

"站着才腰疼。"

女人蛇身软骨，懒懒地倚靠着他，柔软的身体仿佛在漫不经意间勾勒出一道凹凸有致的曲线。

宗衍的目光轻轻一掠，强按下心头旖念。

"……城南的住宅，我已经让人开始改造了。地板要重新换掉，得有育婴室、儿童房、游戏室……家具不适合的也得换掉。"

封窈打了个呵欠，懒懒地"嗯"了一声："你决定就好。"

"保姆的人选，我初步筛选过一轮，余下的，我想让外婆帮忙掌掌眼。"

"嗯，你决定就好。"

"儿童房的墙漆成浅绿色怎么样？"

"你决定就好。"

"明天我们去把证领了。"

"你决定……"

封窈说到一半察觉到不对，睁开眼睛睨了不动声色的男人一眼。

"小粽子看到了吗？爸爸好奸诈，就想着套路妈妈。"

他眉梢微挑："小粽子？"

"是啊，你不是姓'宗'吗？"封窈摸了摸肚子，"不知道是个小甜粽，还是小咸粽呢？"

次日就是2月11日，正月初七。

一大清早，封窈就被半哄半抱着起了床。

出门前，宗衍又检查了一遍证件是否带齐。虽然就算缺了什么，也可以叫人即刻取来，但是他不希望有任何波折。

事实上，也的确没有什么波折。

一套流程很快走完，工作人员递出两个新鲜出炉的红本本，笑容满面地对这对颜值亮眼又登对的新晋夫妻道了句："恭喜二位，百年好合，白头偕老。"

刚打印出来的证件，仿佛还散发着油墨的清香。红底的照片上，两个人头挨着头，笑容甜蜜。

从这一刻起，他们就是合法的夫妻了……

封窈笑着对工作人员说了句谢谢，牵起盯着本本怔神的男人的手："走吧，老公？"

"……"

宗衍隔了有十几秒，如梦初醒一般："叫我什么？"

"老公？"封窈扬起眉梢，"还是你更喜欢先生？那口子？孩儿他爸？心肝宝贝？"

宗衍搂住她，抵着她的鼻尖，黑眸中闪着愉悦的光芒，比融化的雪折射的阳光还要耀眼夺目。

"宗太太想叫我什么，都可以。"他呢喃着，吻住她的唇。

阳光明媚灿烂，民政局门前人来人往，有人欢喜有人愁。

不时有人朝这边投来目光，男帅女靓的年轻夫妻，甜蜜得仿佛散发着粉红泡泡。这一幕，幸福自然流露，令人忍不住会心一笑，又心生艳羡。

"对了，我有东西要送给我新上岗的老公。"

封窈说着，变戏法似的不知道从哪儿摸出一个小东西，攥在手心里："你闭上眼睛。"

宗衍依言闭上了眼睛。

他的眼皮很薄,在阳光下泛着一抹浅淡的粉色,灿金的光线照在他浓长的睫毛上,睫毛尖上仿佛沾上了些许金粉。

封窈手中拿着一个素圈的戒指,拉起他的手。

宗衍的嘴角在触碰到戒指的时候,便忍不住扬起。可是封窈却没有直接给他戴上,而是牵引着他的指尖,让他感受戒指的内侧。

内侧好像刻着什么纹样,他能触摸到一些线条,有长长的横线,有一小段起伏的折线,却一时分辨不出是什么。

"该不会是一个圈……套,圈套吧?"宗衍开玩笑道。

封窈想起那时候在他背上写字,他认不出来,还气急败坏地指责她竟然敢摸他,忍不住笑出了声:"才不是!"

她正要给他一点提示,却见男人嘴角的笑纹扩大:"我知道了。"

宗衍缓缓地睁开眼睛,深深地望进她澄澈的眼眸中:"是心电图?"

封窈眼眸微张,旋即绽开一朵灿烂的笑容:"老公好聪明!"

白金的素圈戒指设计简约,内侧刻着一条心电图。

"这是我脑子里想着你,心里说我爱你时的心电图,"封窈轻柔地将戒指戴在男人的无名指上,起伏的心电图贴着他的皮肤,"据说无名指上的血管直接连通心脏,我把爱你的心交给你啦,放在离你心脏最近的地方,希望你一直一直都能听得到。"

宗衍轻抚着戒指,有一种心跳瞬间变快的感觉,就像把心脏猝不及防地一下子塞进了过山车,跳跃的节奏仿佛与紧贴着皮肤的曲线发生了共鸣,那种幸福的节奏,让人好似飘在云端,却又有一根无形的线,与她的心紧紧相连。

宗衍忽然伸手将封窈拉进怀里,紧紧地拥抱住:"我听到了,我也爱你。宝贝,我好爱你……"

暖洋洋的阳光洒落在世间,相依偎的年轻夫妇甜甜蜜蜜,空气里仿佛都是幸福的味道。

转眼冬去春来,天气一天天暖和了起来。

封窈不怎么显肚子,直到五个多月的时候,才稍微能看到一丝隆起。

这天在办公室里,宋叶薇忽然盯着她:"宝啊,你是不是胖了?"

之前冬天衣服穿得厚,藏膘很容易。换上了薄薄的春装,她才察觉到封窈好像……有小肚子了?

这小师妹不愧是妲己娘娘的女儿，胸大腰还细，身材凹凸有致，好得简直不像正常人类。原来仙女过了一个冬天，也会偷偷贴膘啊……

宋叶薇"啧啧"："胖了胸也变大了啊。"

"不能完全算胖了吧，"封窈低头看了一眼，"我是怀孕了。"

"哦，是怀……啊？！"宋叶薇差点从椅子上掉下来，眼睛瞪得溜圆。

她知道封窈已经结婚了，只是还没办婚礼。结婚的消息传开时，系里院里乃至学校里的男生们一片哀叹——

呵，好像不结婚就能轮得到他们似的。

"多久了啊？"宋叶薇抱怨，"干吗瞒得这么紧！"

"有五个多月了。"封窈有些不好意思，"我跟韩教授打过招呼，没告诉你们只是不想师兄师姐们太照顾迁就我……"

开始显怀后，封窈的肚子便一日日明显了起来。待到期末的时候，已经不会再有人看不出来她是一个孕妇了。

"唉，遥想去年的这个时候，我还在准备毕业答辩完，回外婆家躺平过暑假呢。"

闷热的晚间，循环空调送来阵阵凉风。封窈侧躺在床上，跟宗衍面对面闲聊："哪知道一年过去，我就要当妈妈了。"

她摇头感叹："真是人生无常啊。"

仿佛是在应和她的感慨，她肚子里的小东西忽然动了一下。

"宝宝醒了？"宗衍将手掌贴在她的肚子上，感受着一下下像是在舒展拳脚的胎动，俊脸上泛着欣喜："小粽子，我是爸爸。你伸懒腰可要小心一点，不许弄疼妈妈。"

进入夏日，他们便搬来了城南这套带泳池的平层。封窈可以每天游游泳，既凉快解暑，又锻炼了身体。

从她进入孕晚期，宗衍肉眼可见地紧张了起来，恨不得寸步不离地守在她身边。

离预产期还有大半个月，这天，宗衍去邻市参加一场会议，预计当天回来。

封窈在家中百无聊赖，决定把衣橱收拾一下。

当然，衣橱其实没有什么可收拾的——用人打理得整整齐齐，她与其说是收拾，不如说是在参观。

宗衍热衷于给她添置东西，生怕她缺了什么似的，偌大的衣橱摆得满满当当。

经过挂宗衍的西装的衣柜旁,封窈忽然顿住脚步,继而往后退了两步。

衣柜下方,衣服遮挡的后面,隐隐露出了一个纸箱子的一角。

藏的什么东西?

封窈起了好奇心,蹲下身,将纸箱子拽了出来。

箱子上贴着一个标签,上面的字迹很眼熟——当然眼熟,因为就是她自己的,写的是苏河花园的地址。

打开箱子,里面果然都是她的东西。

那时候她离开伴月山庄时很匆忙,落了一部分东西。后来本打算拜托朱启航帮她寄回来,只是迟迟没有收到,她想着可能已经被处理掉了,便放下了这一茬。

原来被某人扣押了啊……

她的黑色泳衣,各种衣服,小物件,都在里面。

封窈翻开一件小吊带,发现底下还有一个盒子。看着眼生,她不记得自己还有过这么一件东西,不由得好奇地拿了出来,打开盒盖。

盒子里是几件小玩意儿。

有一条淡蓝色的流苏,好像被人摸多了,已经起了毛边。

有一根断掉的黑色皮筋。

有一个旧手机壳。

还有一张百元纸币……

"傻子……"封窈拿起那条曾经挂在宗衍的扣子上,被硬生生从她的裙子上拽下来的流苏,有点好笑,同时心里又有些酸酸的。

原来都被他好好地收藏着啊……

明明几乎每天都在一起,可是在这一刻,她忽然好想他。

封窈将东西都放了回去,站起身来,打算回房间拿手机,给宗衍打电话。

没走出两步,她忽然觉得有热热的液体顺着腿往下流,低头一看——

封窈努力镇定下来,回忆起认真学习过的分娩知识,一边小心地在沙发上平躺下,拿垫子将身子垫高,一边扬声喊:"外婆!我可能要生了——"

宗衍接到消息,立刻飞奔着赶回了庆城,直奔医院。

"宝贝!你怎么样?"男人脸上神色焦灼,额间沁着一层细汗,漆黑的眼眸不住地仔细检视躺在床上的封窈,"宝贝?"

"我还好,刚才好痛啊……"封窈看见他,委屈一下子全来了,"我在家里,羊水突然破了,我好害怕……"

"对不起宝贝,我今天不该出门的。"宗衍很懊恼,转头厉声问医生,"不是有无痛吗?为什么不用?"

医生的面皮抽了抽:"已经上了。"

"……"

封窈扛过了前面两次宫缩,直到打上了无痛,才感觉活过来了。然而在那之前的疼痛,依然让她心有余悸。

"妈妈生我的时候还没有无痛呢,太可怕了,她怎么忍过去的?还有外婆……女人真了不起。"

"我的宝贝老婆最了不起。"宗衍握着封窈的手,俯首抵着她的额头,"对不起,我分担不了你的痛……"

"好啦,你陪着我就行了。"封窈摸了摸肚子,"希望能生快点。"

生产是一个漫长的过程,根本不像电视里那样,产妇吱哇乱叫喊痛几声,大胖孩子就哇哇大哭着出来了。

待到产房中终于响起了啼哭声,封窈已经累到脱力了。

窗外东方既白,远处的天际显出一缕霞光。

"宝贝辛苦了……你感觉怎么样?"宗衍双眼泛红,根本没顾得上朝孩子看一眼,全副注意力都在封窈身上。

"宝宝呢?是小甜粽,还是小咸粽?"封窈的眼皮很沉重,刚才好像听医生说了什么,但是她没听清。

"是个男宝宝。"护士把宝宝抱过来,轻柔地放在封窈的胸口上,让母子肌肤接触。

跟封窈一样,宗衍这才头一回看清楚宝宝的模样。

"真漂亮……可爱的小咸粽。"宗衍小心翼翼地摸了摸宝宝的小手,"小肉粽。"

漂亮吗?封窈是没看出来——刚出生的孩子,难免有点红,有点皱,这能看出漂亮来,只能说亲爹滤镜起码有几米厚吧。

虽然皱皱的,但是小小的,可爱得不得了。

"真的是小肉粽呢。"封窈戳了戳小肉粽的肉肉脸,轻轻摸着他头上柔软的头发,心里像有一团春水,无限的温柔。

宗衍凑过去啄吻着她的唇,嗓音沙哑:"谢谢宝贝。"

温馨的一家三口,让医生护士们都忍不住感慨,这画面太过美好。

· 200 ·

封窈筋疲力尽，好好地睡了一觉。

醒来时，听见旁边有人在说话。

"对，宝宝的颈椎还没发育好，要托着他的后颈，像这样……"

"宝贝，你醒了？"宗衍第一时间发现了封窈睁着眼睛，只是臂弯里抱着一团软绵绵的小肉粽，他想赶快到她身边去，却又不敢大动作。

好在苏湘云把孩子接了过去，让他能专心关心封窈："饿不饿？还疼吗？"

封窈摇摇头，眼睛看着小肉粽："他有变漂亮一点吗？"

宗衍："……"小宝贝不是一直很漂亮吗？

"有有有，没那么皱了。"苏湘云给她看，"瞧瞧，已经会睁眼了。鼻子眼睛，都像他爸爸，嘴巴像你。"

封窈仔细地观察："……真的欸。"

小肉粽睁着一双黑白分明的大眼睛，睫毛浓黑且长，虽然还很小，已经看得出来鼻梁高挺，肉嘟嘟的脸蛋看起来Q弹十足。

不知道是不是也戴上了亲妈滤镜，封窈只觉得这是世界上最可爱的小宝宝，没有之一。

刚出生的孩子一天一个样，等到一周过去，小肉粽已经是白白嫩嫩，咧着小嘴笑起来，能把人的心都萌化了。

宗衍抱孩子的手法已经很熟练了，小小的婴儿躺在男人的臂弯里，还真像个小粽子，差距的对比，有种奇异的萌感。

小肉粽出生后，苏冉向外界公布了自己升级做外婆的消息。

苏冉的粉丝们纷纷开始怀疑人生：

"这是什么人生效率？我才刚说服自己冉姐有个成年的女儿，转眼她又当外婆了……冉姐，恐怖如斯……"

"你要悄悄地生个女儿，然后悄悄地当上外婆，惊艳所有人……"

入夜，封窈翻着网上的评论，笑得花枝乱颤："噗哈哈哈哈！大家都好震惊啊……别看我们小肉粽还小，已经是崩溃过网络的人了呢。"

小肉粽对世人对他的好奇一无所知，正躺在妈妈的怀里吃奶，紧攥着小拳头，吃得满头大汗。

吃饱之后，宗衍把他抱了起来，一只胳膊托住肉乎乎的小屁股，另一只手托住宝宝的头颈，让他的脑袋侧靠在自己的肩膀上，轻拍宝宝的背部。

拍奶嗝的手法娴熟，小家伙很快张嘴打了个可爱的奶嗝，然后睁着一双圆溜溜的黑眼睛,冲爸爸"啊啊呀呀"地说"婴语"。

宗衍点点头:"不用谢,这是爸爸应该做的。"

"咿呀啊啊……"

"出去玩?现在不行哦,天黑了,花园宝宝都睡觉了,小粽子也该睡觉了。"

"咿呀啊啊……"

"明天吧,明天爸爸妈妈带宝宝去看鱼鱼,好不好?"

"啊啊哦哦……"

男人高大俊美,单手抱着白嫩嫩软绵绵的小团子,仿佛不费任何力气,有种别样的性感。封窈靠在床头,看着父子俩鸡同鸭讲,你一句我一句聊得热闹,嘴角不自觉漾起一抹温柔的笑意。

外人大概很难想象,骄矜傲慢的宗大少爷,还有这样的一面吧……

难怪有人说,男性最帅最男人、最性感的时刻,是他带孩子的时候呢。

宗衍仿佛心有所感,微微转头,对上封窈的目光。她的眼神一如既往,坦坦荡荡,带着不加掩饰的欣赏,不只是迷恋,多了许多更柔软、更深的爱意,直直地触及心灵,柔软得令人想沉溺其中。

"看什么呢?"宗衍抱着小肉粽在床沿上坐下,凑过去亲了亲她的唇。

封窈眼眸含笑:"看我老公好性感。"

宗衍正要开口,怀里的小肉粽挥舞着肉胳膊:"啊啊!"小手朝妈妈伸,拽住了她胸口的衣襟。

丝绸睡袍丝滑,拉扯之下,春光大泄。

"……才刚吃饱饱,你是小猪吗?"封窈捉住小小咸猪手,揉了一把他圆滚滚的肚皮。

小团子软乎乎的,泛着奶香味,让她的心都要化了。

生之前还不觉得,可是生下来之后,一天天地看着这么可爱的小宝贝,她的母爱很难不如潮水般泛滥,抱着都舍不得丢:"妈妈的小宝贝,你比爸爸还可爱……"

"……"

宗衍替封窈将睡袍衣襟拢了拢,丰盈柔软的触感令他的手忍不住流连:"臭小子,我的福利,倒成了你的食堂了。"

父爱如山体滑坡,前一秒还是"小宝贝",后一秒就是"臭小子"了。

"呀呀!"奶乎乎的臭小子露出一个"下次还敢"的"无齿"笑容,有恃无恐。

父子俩又嬉闹了一会儿,很快小肉粽就玩累睡着了。

新手爸妈头挨头看着儿子的睡颜,宗衍轻啄着封窈的额角,嗓音低低:"谢谢你,给我一个这么可爱的家。"

封窈轻笑,纤细的手指滑入他的指缝间,十指紧扣,掌心相贴:"不是我给你,是我们一起,组成了这个可爱的家。"

宗衍抵着她的鼻尖,低低地"嗯"了一声。

"我们一起。"

小粽子百日宴的次日,宗衍和封窈带着小宝贝去了近郊的私人疗养院。

那场车祸后一直昏迷的曲助理,在两个月前宗衍带着刚满月的小粽子去探望时,对外界的刺激有了些许反应。

自那之后,他渐渐恢复了一些意识,虽然后面还有漫长的康复治疗需要继续,但人确实是一步一步地苏醒过来了。

今天来是因为,昨天的百日宴上,发生了一件震惊全城的大事。

宴席散尽后,整个上流圈子都震动了。

"两条人命,外加一桩谋杀未遂啊……丧心病狂有没有?"

"哒,这当初要是让宗庆山得手了,事情岂不是就这么过去了?"

"亏得宗衍命硬啊……差一点,孟子怡的子女就一个不剩了,这是多大仇多大恨啊。"

"那可不是嘛……唉,虎毒还不食子呢,老子杀儿子,真是畜生不如。"

……

"宝宝记不记得曲叔叔?爸爸遇到了很危险很危险的状况时,是林爷爷和曲叔叔保护了爸爸。"宗衍抱着小粽子站在曲助理的病床前,让他向躺在床上微笑的中年人打招呼。

"呀呀!"小粽子挥动手臂。

昨天的百日宴上,宗庆山一家不请自来。

照理说,来者是客,奈何那一家子来者不善。宗庆山仗着老爷子的庇护,还想逞亲爹的威风,宗衍的忍耐耗尽,索性将宗庆山当初雇人对他的座驾动了手脚,导致车辆失控坠崖的证据公之于众。

法网恢恢,不会放过任何一个有罪之人。封窈握紧宗衍的手,唯愿他今后再也不会经历这样的磨难。

百日宴后,宗老爷子病了一场。

天气已经冷了,小粽子穿着一件浅蓝色的连体衣,鼓鼓囊囊的,像个小团子,头上戴着一顶带小熊耳朵的毛线帽子,小脸白白嫩嫩,软萌可爱。

"呀呀……"看见曾祖父,小家伙露出一个软乎乎的笑容,嘴里"呀呀"叫着,热情打招呼。

新生的生命总是令人充满希望,宗老爷子看到小团子,精神明显好了不少,还抱了抱他。

"大名取了吗?"宗宏深问。

"取了,"宗衍捏了捏儿子的小肉脚,"叫霖尧,宗霖尧。"

宗宏深问清是哪两个字,点了点头:"不错,温润高远。"

全程只字未提宗庆山,宗衍当然也不会主动提及。

只是在宗衍抱着小粽子离开的时候,宗宏深嘱咐了一句:"好好教导他。"

"当然。"宗衍应道,"我和他妈妈没有别的希冀,只希望他长大后能做一个正直善良的人。"

封窈回到家中,听宗衍转述了去探望宗老爷子的事情,暗叹道:"以后没事,就多带小粽子去看看他吧。"

是非对错,卸去了金钱权势这些身外之物,那也只是个孤单的老头子罢了。

宗衍轻轻地"嗯"了一声,伸手把小粽子从保姆手里接了过来,放在垫子上。

俗语说"三翻六坐八爬",四个月的小粽子已经学会了第一个移动手段——翻身,并且乐此不疲。把他放在大大的活动垫上,他会自己滚来滚去,玩得开心。

"来,儿子,"宗衍拍拍手,"滚到爸爸这边来。"

拍手声让仰躺着的小粽子乐得"咯咯"笑出声,两条藕节般的小肉腿伸起来,在空中蹬了蹬,一用力,便翻滚了过来。

"真棒!"宗衍捡起旁边的一个镂空球,摇了摇,球发出"哗哗"的响声,"宝贝看这里——"

他把球轻轻朝前一丢,小球骨碌碌地滚了出去,他指着小球:"来,乖宝,跟着球球,滚到那边去。"

"……"

封窈用手肘捅了宗衍一下子，没好气地睨他："你当训练小狗啊？"

"怎么会？小朋友多锻炼，身体长得壮实。"宗衍振振有词。

封窈懒得揭穿他。

宝宝刚生下来的时候，小小的软趴趴的一团，初为人父的宗衍一开始学着抱宝宝，大气都不敢喘一下，手臂的肌肉都是僵的，生怕用力不当，会让小家伙受伤。

几个月过后，宝宝会抬头，会俯卧撑起上半身了，小心翼翼的新手爸爸突然发现——小东西好像很结实。

无良爸爸这下算是打开了新世界的大门，封窈有回还逮到他把儿子放在转盘上玩转圈圈……

虽然小宝贝挥舞着小手"咯咯"笑得响亮，也玩得很开心……

"我是给你生了个玩具吗？"封窈又好气又好笑，"不许欺负我儿子，听到没有！"

"不许吗？"

宗衍凝眸看着她，倏然将她抱了起来，温热的呼吸扑洒在她的耳畔，嗓音低低沉沉："那欺负你好了……"

翌日，天气晴好。

婚礼设计团队一早便将做好的婚纱送了过来，宗衍推掉了上午的会议，留在家中，抱着小粽子在客厅里等待。

"妈妈在试婚纱哦。"他把小粽子举在眼前，"小宝贝知道什么叫'婚纱'吗？"

小粽子被爸爸举高高，乐得四肢挥舞，咧着小嘴发出"嘎嘎"的笑声，开心极了。

宗衍蹭了蹭他柔嫩的小脸蛋："臭小子，就会傻乐……"

这时，只听一声门打开的声响，宗衍转头望去，目光所及之处，一道纯白的身影从走廊里，缓缓地走了出来。

露肩的设计显露出女人纤细修长的肩颈线条，胸前的皱褶仿佛一个蝴蝶结，立体而又带着一丝俏皮，长长的曳地裙摆上缀满了手工刺绣的蔷薇蕾丝，行走间裙摆摇曳，宛如踏着月光而来的神女……

宗衍的目光完全被她吸引，这一刹那，天地间的一切仿佛都如潮水般退去，只余下他，和他的女人。

男人俊美的脸庞上惊艳的表情说明一切，封窈顿时觉得在里面被造型师当成芭比娃娃一样折腾了半天，算是值得了。

"好看吗？"她走到宗衍的面前，牵住他的手。

"呀呀……"小粽子奶声奶气地抢着应答。

"好美。"宗衍低头亲吻她，轻蹭她挺翘的鼻尖，"我真幸运。"

封窈轻笑："现在是不是很庆幸，当初抠门不肯直接付我两个月的薪水？"

当初她跟王秘书签好的暑期工合约，如果她被无故解雇，那么不论干了多久，都得付满她两个月的薪水。她后来才知道，之所以会加上这么一条，就是因为宗少爷脾气太差，赶走了好几个助理，王秘书频频招新人招得头大，为了让大少爷开人前多少三思一下，才加了这一条。

果然某人资本家本性抠门，宁愿把她留下来，也不肯让她不劳而获，白拿着钱拍拍屁股走人呢……

宗衍也笑了："可见我们是命中注定的缘分。"

"呀呀……"

小粽子挥舞着小手，拽住封窈前襟的蕾丝花边，大概是没有见过妈妈这样的装扮，黑白分明的大眼睛里露出好奇的色彩："啊啊……"

一旁的设计师笑道："小少爷也觉得妈妈穿婚纱漂亮呢。"

封窈嘴角扬起："他这么小也懂吗？"

"小婴儿也是有审美的，我的小外甥从小就喜欢漂亮阿姨、姐姐，漂亮姐姐坐旁边，他扭着脖子看得眼睛都不眨一下。"设计师形容得活灵活现，"人啊，从幼崽时期开始，就是视觉动物。"

封窈偏头想了想："嗯，也对，我小时候也喜欢漂亮的小哥哥。"

"谁？"宗衍顿时警觉，"钱昊吗？"

"……"

虽然钱昊的小名叫英俊，长得也算英俊，不过……

封窈笑倒在宗衍的肩头上："你都把人家钱英俊忙得全年无休了，还不满意啊？"

宗衍哼了一声："我好心给他介绍生意，还有错了吗？"

"……"

算了，反正钱昊忙活得挺开心的……

考虑到宗氏的家族名声和宗老爷子的情绪，宗庆山被抓的事情处理得很低调。宗家向各媒体打过招呼,消息控制住没有向大众宣扬。

不过天底下没有不透风的墙,这么大的事情,不可能没有一两句传闻流传到坊间。

晚间,宗衍回到家中,封窈在婴儿房里,正拿着各种会发出不同声响、会四处滚动的玩具,陪着小粽子玩耍。

听到他进来,母子俩几乎同时转过脸来。

一大一小的两张脸,带着灿烂的笑容,像阳光照进心间,柔软而温暖,令宗衍瞬时忘记了一天的疲惫,嘴角不自觉地扬了起来。

"两个宝贝在干什么呢?"

穿着连体衣的小粽子双手撑在垫子上,支撑起上半身,仰着脑袋,像只肉乎乎的小海豹一样,冲宗衍露出一个甜甜的笑容,"咿咿呀呀"地打招呼。

"来,爸爸抱抱——"宗衍朝小粽子伸出手臂,半途却突然改了道,一把抱住了盘腿坐在旁边的封窈,将她扑倒在垫子上。

"……占谁的便宜呢?"封窈轻捶了他一下,"你儿子在那边!"

宗衍埋首在她柔嫩的颈侧,低低沉沉的笑声闷在喉间:"先抱老婆,再抱儿子,顺序不能错。"

小粽子好奇地看着爸爸妈妈,嘴里"啊啊"地叫着,用他目前唯一一会的移动方式——胖腿一蹬,骨碌碌一滚,试着朝这边靠近。

"快点下去,你好重。"封窈推了推压在身上的男人,朝小粽子伸出手,"宝贝再翻一个,到妈妈这儿来……"

宗衍坐起身,长臂一捞,轻松将还在"吭哧吭哧"努力打滚的儿子捞了过来,扛在肩头上。

没有哪个小朋友不喜欢爸爸举高高,小粽子开心得"咯咯"直笑。

封窈顺手拿过一个毛绒趴趴狗放在脑袋下面枕着,笑眼弯弯地看着他一会儿把儿子举起来,一会儿将儿子翻转成俯趴的姿势,大大的手掌托住儿子的小肚皮,托着儿子像飞机一样飞翔……一大一小玩得不亦乐乎。

真的就是给他生了个玩具吧……

她小的时候,父母都不在身边,虽然外婆也把她照顾得很好,可是被父亲陪伴疼宠是什么感觉,她从来没有体会过。

宗衍又何尝不是一样呢……甚至比她更糟,封季同再现实再势利,好歹还不至于想要她的命……

"臭小子,你是空中加油机吗,一边飞一边尿尿……"宗衍放下还在"咯咯"笑的小粽子,摸了摸他屁股上变得沉甸甸的纸尿裤,满脸无奈,"好了,今天不飞了,我们先来换裤子吧。"

封窈"扑哧"笑了出来。

她支着额角,看着宗大少爷动作娴熟地把尿湿的拉拉裤脱了下来,又拿过湿纸巾把小屁屁擦干净,接着给儿子换上干净的拉拉裤,再把他的衣服重新整理好。

"老公真棒!"封窈及时鼓掌夸奖,"我愿封你为'换尿布达人'。"

宗衍:"……"

这种称号要来何用。

宗衍没好气:"你就不能封我为'绝世好老公'?"

封窈笑盈盈地看着他:"那还用我封啊?你本来就是呀。"

一句话把宗少爷哄得眉眼舒展,睨着她轻哼了一声:"你知道就好。"

小粽子玩累了,不一会儿就打着小呵欠,耷拉着眼皮睡着了。

保姆过来把他抱了下去,夫妻俩头挨着头躺在活动垫上,享受一会儿静谧的时光。

灯带散发着柔和的暖光,宗衍牵起封窈的手,把玩着她柔嫩的手指。

"两年前的这个时候,我才刚出院。夜里躺在床上,能感觉到骨头在愈合,有些痒痒的,更多的是疼痛。"

封窈的心像是被狠狠地捏了一下,她转过头,轻轻地亲了亲他的下巴:"你受苦了。"

"那时候,车子突然失控,我很难不怀疑,是有人动了手脚。当时我被卡在车里,撑着我的最后一口气,就是我要活着,要让害死林叔的人付出代价。"

宗衍摩挲着封窈无名指上的戒指:"如果是现在,再遇到那样的危险,支撑我的就是你,还有我们的小粽子。只要想到你们,我什么都能撑过去。"

"胡说八道什么!"封窈的鼻子酸酸的,"你以后都会无灾无难,老天爷也不能欺负你,否则我跟他没完。"

宗衍轻笑着揶揄她:"我老婆真是越来越凶了……"

他知道网上有一些讨论,是她撤下去的。虽然他没有那么玻璃心,也不介意外人如何揣度,但是她为了他考虑的心意,他收到了。

人人心中都有一杆秤,宗庆山犯的罪,法律会制裁他。他会确保他受到顶格的刑罚——两条人命,够他把牢底坐穿,在里面好好地思考一下人生了。

转眼间，一年又进入了尾声。

去年跨年夜那场惊喜的烟火给人的印象太深刻，到了今年的最后一天，夜幕降临时，整个庆城都在猜测，今夜还会不会有像去年那么盛大的烟火秀？

况且，去年还留下了一个未解之谜——"11"，到底是谁？

夜晚的大都市流光溢彩，霓虹闪耀。人潮汹涌，汇聚在城市的各处，广场里，天阶光幕下，河心的轮渡上，大剧院的新春音乐会里……到处都是热热闹闹的，氛围火热。

小粽子前几天着了凉，夜里发了烧，把封窈和宗衍急得彻夜不眠。好在小家伙的身体还算壮实，清晨便退了烧，养了两日，又是一个健健康康的宝宝了。

发了这一场烧，原本新年夜去宗宅的计划被宗衍果断取消了，生怕夜晚天气寒冷，又让他的宝贝儿子着凉生病了。

封窈自然没意见，既然都待在家中，苏湘云和苏冉索性也过来了，一家人一起吃了一顿热热闹闹的晚饭。

饭毕，苏冉一边拿摇摇鼓逗着小粽子，一边说道："最近有个带小孩的综艺来找我，我说我的小孩儿超龄了，制作人说没关系，你可以带小外孙——简直离谱！"

综艺节目想要热度，如果能请到苏冉的小外孙、宗家的小少爷，那话题度和关注度自然就不用愁了。

问题是——

"我们宝贝连坐都还不太会呢，上什么节目？"苏湘云无语，"这些人脑子里在想什么？"

苏冉耸耸肩："所以我说离谱嘛。"

娱乐圈离谱的事情多了去了，也不差这一桩。

"再说，"她杵了杵小粽子的肉脸蛋，"我们小肉肉哪里是随随便便就能请得动的，是不是呀？"

"啊啊……"小粽子的脑袋动了动，看着像是在点头一样。

苏冉奇了："你听得懂啊？"

"啊啊……"

"那你知道外婆是做什么的吗？"

"啊啊……"

坐在一旁的封窈靠在宗衍的肩头上，忍不住笑："你看看你儿子，跟谁都聊得来，还会不懂装懂。"

宗衍侧头睨她一眼："谁说的？我儿子什么都懂，他只是还不会说罢了。"

……瞧这得意的。

"嗯嗯，"封窈点头敷衍，"没人比你儿子更懂。"

什么都懂的小粽子跟外婆热烈地讨论了一番，虽然没人知道两人到底讨论出了一个什么结果。

苏湘云在封窈生产前就搬来了庆城，住在封窈之前的公寓里。夜渐渐深了，苏冉和苏湘云离开，走时看着睡着的小粽子，还有些不舍。

新旧交替，岁月轮转。户外，人群熙熙攘攘地聚集着，等待着倒计时，跨入新的一年。

封窈捧着一杯热巧克力，坐在窗边，靠着宗衍坚实的胸膛，俯瞰河畔流光溢彩的灯光。

"时间过得好快……"她转头跟宗衍说话，就在这时，只听"嗖嗖"的破空声，紧接着是"砰砰啪啪"的炸响声，五颜六色的烟花炸开，瞬间点亮了夜幕。

河畔顿时发出一阵欢呼声，远远地传到了这边。

烟火燃爆声惊醒了旁边摇篮里的小粽子。小家伙紧皱着小眉头，扁起小嘴正要先哭为敬，眼睛却看见了窗外五光十色的烟花，注意力霎时被吸引了过去，连哭都忘记了。

宗衍索性把他抱了起来，一家三口在窗边欣赏烟火。

"十，九，八……"

河畔传来人群倒计时的声音，伴着最后一声："二，一！"新年的钟声"铛"地敲响了。

欢呼声在全城的各个角落响起。

"新年快乐。"

"新年快乐。"

两个人不约而同地开口，继而相视一笑。宗衍怀里的小粽子挥舞着小肉胳膊，眼睛看着烟花，小脸上表情惊叹。

伴随着新年的钟声，腾空的第一朵烟花，与去年一样，是开满天空的爱心，色彩比去年更绚烂夺目。

还有熟悉的数字——11。

紧接着,更多的烟火升空,在天空中绽开各种各样童趣盎然的图案——有笑脸,有小脚丫,有小蝴蝶,有棒棒糖,还有锦鲤……

"我们粽宝宝还是第一次看烟花呢……是不是很漂亮呀?"封窈指着夜幕上绽开的小脚丫,"看,是不是你的脚丫丫踩在天上啦?"

小粽子踢着小胖脚,笑得开心极了。

浪漫梦幻的烟火,因为这些童趣可爱的图案,而变得更加生动。

漫天烟火绚烂,庆城各处,欣赏烟火的人们忙着拍照发朋友圈,大家的心里更是好奇得不得了——到底谁是这个神秘的"11"?

"11到底是谁啊?接连着两年搞出这么大阵仗的告白,是想酸死我这个小可爱吗?"

"哈哈哈,我跟朋友打赌,赌赢了,明天的奶茶有着落了!"

"看来我的身份藏不住了,实不相瞒,我就是11……"

……

庆城人的朋友圈里,庆城超话下,不出一会儿,就被美美的跨年烟火照片和"谁是11"刷屏了。

上层圈子里虽然去年就知道了这烟火怎么回事,奈何普通大众还不知道。烟火的照片在网上刷屏,不在庆城的人也加入了好奇疑惑的队伍。

新年的第一天,#谁是11#竟然被刷上了热搜。

"只有我好奇那些小蝴蝶啊棒棒糖的图案吗?现在的烟花竟然可以这么可爱的吗?跟去年的画风好像不大一样?"

"我也喜欢那些!尤其是有一瞬间满天都是小锦鲤,可爱爆了!不过我更好奇#谁是11#?"

"依依,奕奕,怡怡,艺艺……可能性太多了呀。"

……

烟火在天上刷完屏,又在网上刷屏,上流圈子里,纸醉金迷的富贵闲人们只要不是瞎了,就不可能忽略。

"就这也能上热搜?"有人有点酸,"真是没见识,呵呵。"

"你有见识,有人给你搞这么大的烟火秀,还连着两年吗?"马上有跟她不对盘的千金怼她。

"……"要是有,还能这么酸吗?

当初圈子里可没人看好那个私生女,都不屑带她玩的。可现在呢,人家婚也结了,孩子也生了,宗衍都把她宠上天了——看看这漫天的烟火,

不是宠上天是什么？

此一时彼一时，所谓的上流圈子，从来都不缺乏见风使舵的人，踩低捧高，只能说是一部分人的天性。

私底下捧高没有用，总有人会把事情做得极致一点，譬如发个朋友圈，配上暗拍马屁的"咯噔文字"小作文，赞扬宗少的深情专一，表达一下感动什么的。

这么干的人当然不止一个，毕竟朋友圈也是社交阵地，有人开头，就有人跟风——别人都发了，你不发，回头让宗少看见了，岂不是觉得你很格格不入，很不上道？

连宗少本人都想不到，自己给老婆孩子放个烟火，居然还引起了一股朋友圈的内卷之风……

结果没多久，有人的朋友圈不知道被谁截了图，爆到了网上：

【#谁是11#话题终结，你们要的答案来了！】

"新的一年，又刷新前一年的感动，还记得窈窈订婚时，我就坐在她的邻桌，看着宗少仿佛是踏着七彩祥云走来，把她抱走，我全程心里都在土拨鼠尖叫。烟花易逝，真爱永存，作为一个见证者，希望他们永远幸福。"

……

这条朋友圈，表达的意思，似乎再清楚不过了。底下瞬时也是一片土拨鼠尖叫——

"11……窈窈？！天啊天啊啊啊啊！"

"啊，酸死我算了！"

"啊啊啊妲己娘娘去年不是做外婆了吗？所以会有小蝴蝶小脚丫棒棒糖，是因为去年他们生了个宝宝？是专门哄宝宝开心的？啊，宗少是什么宝藏男人！！！"

"请问是走流程还是直接嗑？妲己娘娘还缺女儿吗？宗少还有兄弟吗？"

……

封窈完全没想到，只是睡了一觉醒来，自己就成了全世界羡慕嫉妒的对象。

这件事她虽然没有刻意对外张扬过，不过又不是什么丢人的事情，既然让大众知道了，那大家爱讨论就讨论吧。

要说没有暗爽，那肯定是骗人的——谁还没点虚荣心呢！被她所爱的男人如此热烈地深爱着,张扬地表达着,本来就是一件无比幸福快乐的事情啊。

"啧,算他过关吧。"钱姝勉强承认,宗衍这男人还算不错。

对于真的闺蜜来说,对方的男友老公就是一生之敌,抢男人根本不存在的——明明是狗男人抢走了她最好的朋友好吗!

封窈笑着问她:"那干妈什么时候回来看我们小粽子啊?"

"快了快了!"钱姝一脸迫不及待,"我把手头上这个case(案子)结了,马上就回去!你的婚礼我还要当伴娘呢!"

日历翻开新的一年,元旦过后,马上就是春节了。

除夕当天,宗衍把宗老爷子也接了过来。按照习俗,下午自然要包饺子的。

又一年过去,苏冉包饺子的手艺没有丝毫的进步。同样,宗少爷的手艺也不比她好上多少,去年学的很明显全忘光了。

"这东西是给人吃的吗?"宗宏深看着桌上的歪瓜裂枣,一脸嫌弃。

"咿咿呀呀!"小粽子坐在摇摇椅上附和。

"我们小霖尧也觉得吗?"

"啊啊……"

苏湘云拿着擀面杖,手上擀皮不停:"光说不练假把式,你包一个看看呗!"

宗宏深不说话了。

包饺子这件事情,他跟宗衍一样,既没吃过猪肉,也没见过猪跑,这辈子见过的饺子,都已经煮熟在碗里了。

但他自认起码对猪肉有点鉴赏能力,就苏冉和宗衍包的这些……真是不堪入目。

宗宏深转头看了眼封窈面前的盘子,这几个,还勉强能看。

坐在摇摇椅上的小粽子身体前倾,使劲伸着"小爪子",想去够桌上的饺子。宗衍用手指沾了点面粉,点在他的小鼻尖上:"定!"

小家伙明显怔了一下,然后努力地想看清自己的鼻子上是什么东西。

他左右摇着小脑袋,一对黑白分明的大眼睛瞪得圆溜溜的,努力地朝鼻尖看,努力的结果就是……成了斗鸡眼。

滑稽可爱的模样,让大人们都笑了出来。

"你是什么坏爸爸!"封窈又好气又好笑,捶了宗衍一下,拿纸巾

把宝宝鼻尖上的面粉擦掉,"爸爸欺负我们宝宝是吧,今晚不给他吃饭!"

"这小子……"宗衍只是起了玩心,哪里想到一点面粉会达到这个效果,也是笑得不行。

小粽子不明所以,乌溜溜的大眼睛看看这个,看看那个,然后趁大人们都在笑,一"爪子"抓起一个饺子,就要往嘴里塞。

"哎,吃不得吃不得,生的!"苏冉赶紧抓住他的小手,把饺子抢了下来,"动作还挺快……"

小家伙已经开始长乳牙了,饮食也按照育婴师的指导,在逐渐添加辅食,不过离能吃饺子还有段距离。

封窈却不是太担心:"让他咬一口也没什么,不好吃他自然就会吐出来了。"

"你们年轻人带娃就是不靠谱!"苏湘云横了她一眼,"小娃娃又不是玩具,更不是给你做实验的!"

封窈缩了缩脖子,心想,儿子可不就是宗少爷最爱的玩具,天天把他翻来滚去地玩嘛。

她赶紧转移话题:"我们宝贝抢的这个还是他爸爸包的呢,看来他爹的手艺也不是那么不可救药嘛。"

宗衍:"……"

封窈安慰他:"没关系啦,丑点就丑点,重在参与。"

唯一没参与的宗宏深突然觉得自己有些格格不入。

"祖父就不用动手了。"封窈忙道。

宗宏深刚要释然,就听封窈继续道:"我怕外婆擀的皮不够,经不起您练习。"

宗宏深:"……"

真是个不招人喜欢的丫头!

外面雪花飘扬,一家老少围坐在桌前,欢声笑语,小婴儿呀呀插话,这个年过得温馨热闹。

离心脏最近的地方

番外二

2月11日。

自从宗衍的外婆去世后,伴月山庄就没有对外开放过。宾客们大都是第一次踏足这里,从进入大门起,各种惊艳声赞叹声便不绝于耳。

冰雪未消的时节,花园里银装素裹,皑皑白雪覆盖在屋顶上,长长的回廊交错,整座庄园仿佛是与世隔绝的童话世界,美得犹如仙境一般。

一片冰雪中,却有无数鲜花编织铺就起一条走道,一直延伸至室内,形成一道高大绚丽的花墙。

"暖气开得够不够?"婚礼策划师紧张地询问助理。

天气寒冷,婚纱单薄,宗少可是特别交代过要把室内温度控制好,千万不能冻着新娘了。

助理忙道:"封小姐说可以的。"

策划师点点头,又快步去检查其他的地方。

楼上的梳妆室里,封窈站在落地镜前,婚纱设计师在身后为她整理裙摆。

苏冉抱着手臂倚在梳妆台前,看着她,有些感慨:"真快啊,你刚生出来的时候,又瘦又小的,当时我就在想,完了,被封季同的基因拖累了。"

封窈:"……"

"还好,你比较聪明,长得像我。"苏冉轻笑了一声,"也像你舅舅。"

封窈转头看向她,苏冉摆了摆手:"仇也报了,恩怨已了。我不过

随口感慨一句,不要用那种眼神看我。"

这时钱姝推门进来,手里拿着一杯水,插上吸管递给封窈:"加了一点点蜂蜜,补充点糖分,免得你没有体力。"

蜂蜜水清甜,封窈咬着吸管,眼角的余光瞥见镜子的一角里,映照出一道西装笔挺的高大身影走进门来,长腿迈步朝她走来。

目光与他在镜子里交会,封窈的心跳蓦地漏了好几个节拍。

同为伴娘的宋叶薇只觉得眼睛被晃了一下。

剪裁合体的定制西装勾勒出男人完美优越的身形,更显得肩膀宽阔,腰身劲窄,一双长腿逆天。白色衬衫纤尘不染,领口系黑色领结,禁欲自持中又透着优雅贵气。

他的黑发悉数朝后梳,露出饱满的额头,英气的眉眼轮廓越发清晰,那种锋芒毕现的俊美,仿佛他走到哪儿,就能把光芒吸引着跟随到哪儿一样,耀眼得令人一瞬间几乎忘记了呼吸。

宋叶薇呆呆地想,她以为宗少爷出圈的那张葬礼照片已经够帅了,可是当真人一身正装出现在眼前,这冲击感,实在太强了……

受冲击的不光是宋叶薇,造型师、发型师、摄影师一众人等也都是狠狠地晃了一下神,化妆师差点把手里的蜜粉打翻了。

封窈眼眸含笑,看着男人走到她面前,抬手抚过他的领结:"老公今天好帅啊。"

宗衍的眼中完全没有其他人的存在,垂眸看着封窈,薄唇勾起:"是吗,有多帅?"

"嗯……"封窈偏头想了想,"就是等会儿出去让宾客们见了,会觉得我这个女人有点东西的程度吧。"

宗衍眉梢微扬:"他们难道不是应该羡慕我,能娶到如此美丽的太太?"

封窈"扑哧"笑了出来:"真可惜,咱们的小粽子宝宝还不会说话,不然也能加入我们的商业互吹了……"

阳光从明净的落地窗透进来,缕缕金芒如朦胧薄纱般,笼罩在相视而笑的新人身上。

摄影师按下快门,记录下这美好的一幕。

春节已过,冬春交替的时节乍暖还寒,外面的冰雪尚未消融。

原本按照宗衍的意思,是想将婚礼的地点安排在气候温暖的私人小岛上。奈何封窈前两日已经开学了,长途往返难免耽搁,考虑之下,还是定在了两人初遇的伴月山庄。

宽阔的舞会大厅布置得清新浪漫,雪白的桌布上摆放着娇艳的鲜花。穹顶上吊灯如珠帘一般垂坠而下,细碎的灯光闪耀,宛如一条星河流淌垂落。

一面高达六米的巨大花墙,耗费近十万朵白玫瑰、芍药、绣球花……交织而成,繁花似锦,令人惊艳的极尽奢华。

受邀出席的宾客大都是宗家的亲戚、世交故友,封窈这边除了封家人以外,苏冉邀请了几位圈中好友,再加上封窈关系不错的老师、同学。

仪式尚未开始,盛装出席的宾客们忙着交谈,不时合影自拍,一边忍不住感慨:

"真不愧是宗家,光造这一道花墙,就得清空了不知道多少温室花房吧……"

"那可不是嘛……听说就连很多小物件,比如这桌上的餐具,都是为了这场婚礼特别设计的呢。"

"看来真是有心了啊……"

"这算什么,宗衍的儿子不是取名叫'霖尧'吗?宗霖尧,宗慕窈,啧……"

"还不止呢!我听说啊,两人是在去年的今天领的证,今天是什么日子?2月11日,211,爱窈窈,所以才会选这个日期啊!"

"哦哟,这可真是……"

……

处处透着用心的安排,令宾客们感慨万千。此前还有人猜测孟家会不会来人——毕竟孟家这一辈掌权的孟子恒对宗家的态度极为冷淡,就连之前小家伙的百日宴,他不是也没有露面吗?

事实上,百日宴孟子恒虽然有事没有到场,不过在封窈生产前后,孟子恒不止一次来探望过,在小粽子出生后,他作为舅公,送上了一份礼物:位于意大利卡布里岛上的一座带私人海滩的城堡。

那座城堡曾经属于孟子怡,在孟子恒结婚的时候,她将它作为礼物送给了他,现在又转手交到了孟子怡的外孙手里。

今日的婚礼,孟子恒不仅携妻带子现身,还与宗老爷子坐在一桌。在明眼人的眼中,这姿态无疑是在宣示,随着宗家掌权人换代,宗衍接过权柄,孟氏与宗氏的关系终于破冰了。

灯火璀璨的大厅里高朋满座，现场的乐队演奏起抒情的华尔兹。当身披白纱的新娘出现在过道尽头，云鬓酥腰尽显妩媚婀娜，长长的头纱和裙摆曳地，仿佛晨间带露的白玫瑰，娇艳欲滴，美艳不可方物。

全场人不禁一阵阵惊叹。

"太美了……这婚纱是在哪家定做的，Vera Wang 还是 Alexander McQueen？"

"衣装也要人来衬呀，看人家这脸这身段，完美的沙漏形身材啊……"

四个小花童抛着花瓣，苏冉看着一身白纱，挽着苏湘云的胳膊缓步前行的封窈，低头逗弄坐在她膝头上的小粽子："宝贝看，妈妈漂不漂亮？"

小粽子睁着一双乌溜溜的圆眼睛，"啊啊"叫着，朝封窈的方向伸出肉胳膊。他这段时间在长乳牙，小嘴一张，口水就流下来了。

一桌人都被逗乐了："哎哟，漂亮得我们宝贝都流口水了呀……"

陈玉芳低声跟苏冉打趣："没早点叫窈窈入圈真是可惜了，就凭这副祖传的美貌，随便砸点资源，肯定能火起来。"

"就她那一点上进心都没有的咸鱼样？"苏冉拿手帕给小粽子擦嘴，不以为然道，"你以前不是问过她有没有兴趣演戏吗，她怎么说的来着？"

陈玉芳想了想，"扑哧"一下笑了："她说，如果是演尸体，或者植物人，还可以考虑一下——不就是只想躺着呗！"

明明已经一起生活了这么久，封窈本来觉得，婚礼不过是走个形式而已。

可是当她捧着花束，踏着铺洒花瓣的地毯，一步一步朝着站在神父左侧的男人走去，迎视着他深情专注的目光，一种令人头晕目眩的幸福感将她包围，好像是独自在茫茫大海上漂泊的人，终于看见了一座美丽的岛屿，心潮如海潮般起伏，连身体都在微微颤抖。

牵着封窈的人是苏湘云，让封老爷子和封老太太的心里有些不是滋味，可是碍于场合，却又不能表现出来，脸上的笑容不免有几分僵硬，而且还不能不笑。

宗衍的目光一眨不眨，紧锁着向他走来的女人，在距离还有数米远时，他忍不住长腿大跨步上前，牵起了她的手。

骄矜傲慢的宗大少爷，难得露出如此急切的模样，令不少人会心一笑。

伴娘们帮封窈整理好长长的头纱和裙摆，旋即退到一旁，与伴郎们分立两侧。

"今天我们聚集在这座美丽的山庄里，是为了宗衍先生和封窈小姐这对新人神圣的婚礼。"

神父看向宗衍："宗衍先生，你是否愿意接受封窈小姐成为你的妻子，无论贫穷还是富裕、疾病或健康、美貌或失色、顺利或失意，都愿意爱她、珍视她、保护她，并愿意在你们一生之中，对她永远忠心不变，直到死亡？"

宗衍目光注视着封窈，嗓音坚定："我愿意。"

"封窈小姐。"

安静的大厅中，神父的声音回荡，有种别样的肃穆庄严，仿佛此时此刻许下的任何承诺，都会被神明记录在册，赐予祝福一样。

"你是否愿意接受宗衍先生成为你的丈夫，无论贫穷还是富裕、疾病或健康、美貌或失色、顺利或失意，都愿意爱他、珍视他、保护他，并愿意在你们一生之中，对他永远忠心不变，直到死亡？"

封窈迎着宗衍满含深情的目光，回以同样的坚定："我愿意。"

爱意在对视的眼神中流淌，坚定的誓言感染了在场的每一个人，就连常年流连花丛的杜景明都被气氛触动——

彼此相爱，心意相通，是一件这么美好的事情吗？

钱姝悄悄地抹了一下眼角的泪花，微微侧过身，让抱着小粽子的苏冉走到近前。

今天负责保管戒指这项重任的不是别人，正是这位玉雪可爱的小宝贝。虽然还不明白自己身负重任的意义，不过到了爸爸妈妈的身边，小粽子兴奋地伸出小手，"咿咿呀呀"地要抱抱。

奶声奶气的可爱模样，让宾客们会心地笑出了声。

戒指盒子放在小粽子的小熊帽子里，宗衍无视了儿子急切的"小爪子"，拿出戒指，为封窈戴上。

"这座伴月山庄，是我的外公为外婆修建的。在外婆去世后，外公郁郁寡欢，不久也离开了我们。

"曾经我不能理解这种生死相许的爱情，即便后来我拥有了这座伴月山庄，它对我来说，也不过是我所拥有的众多不动产中的一处。

"直到我在这座山庄里，遇到了我的挚爱。或许是外公外婆和母亲对我的怜惜，让我在这个特别的地方，生平第一次，明白了心动的感觉，懂得了爱一个人的意义。"

小粽子没抢到亮晶晶的戒指,急得"啊啊"叫。宗衍把他抱过来,捏了捏他的肉肉的屁股,深邃黑眸看着封窈。

"今天其实是我们结婚一周年的纪念日,这一年的每一天,我都在幸福中度过;每天清晨醒来,我都比前一天更加爱你。

"余生还很漫长,谢谢你,愿意陪我一起度过。"

封窈的眼眶泛红,泪水在眼眶里打转。

她吸了吸鼻子,拿起戒指,套在宗衍修长的无名指上。

"这个里面刻着的,除了我想你时的心电图,还有我们的小粽子出生时,第一声啼哭的声纹。我们在离你心脏最近的地方陪着你,一家人永远不分开。"

宗衍轻轻一带,将封窈揽入怀中。怀抱着这个世界上对他最重要的两个人,他的心仿佛终于被填满,无比满足。

"嗯,我们永远不分开。"

底下不少人抹起了泪,就连跟拍的摄影师也偏过头去擦了擦眼角。

孟子恒抿着唇,插在衣兜中的手捏紧了装着与孟子怡的姐弟合影的吊坠。

宗衍是个有能力有野心的孩子,与孟氏走得太近,容易引起宗老爷子的忌惮。是以这些年来暗处不论,他在明面上与宗衍的交集不多。

那场车祸发生后,他接到消息,惊痛之下几乎要冲去宗家,弄死宗庆山一家,给姐姐和外甥外甥女陪葬。但是宗衍还活着,虽然迟迟没有脱离危险,但是还活着。

他密切注意着宗家的动向,发现那辆事故中报废的车辆被送去销毁,立刻安排人暗中将核心部件拆分保留了下来。

后来宗衍终于脱离了危险,从昏迷中醒来。他去探望宗衍时,将这件事告诉了宗衍。

那时候,这孩子疼得满头大汗,发白的嘴唇翕动着,一个字一个字地说:"我,自己,来。"

孟子恒松开吊坠,端起面前的红酒,喝了一口。

过往的事情都已了结,阿衍找到了属于他的幸福,姐姐,终于可以安心了吧……

婚礼后不久,新学期开学,封窈重返校园,继续朝博士学位进发。

结束一天的搬砖，到家一进门，就听见游戏房里传来小粽子"唉哟唉哟"的喊声。

九个月的宝宝已经到了牙牙学语的阶段，能发出一些意味不明、谁都听不懂的音节了。

夫妻俩每天都在努力地教宝宝喊爸爸妈妈，铆足了劲比赛一般，甚至还打了个小赌，看小宝贝开口第一声是先叫爸爸，还是先叫妈妈。

随着小粽子一天天长大，脾气个性也渐渐显露了出来。封窈有时候不得不感叹遗传之奇妙，这小子的脾性跟他爸爸简直一个样儿，坚定又倔强，想要什么就一定要拿到，别看现在人儿小小的，脾气可大着呢。

封窈想着，走到游戏房的门口，就看见男人枕着手臂躺在地毯上，两条长腿随意地屈着，好巧不巧，挡住了小粽子爬行的方向。

"啊！呀！"前路受阻，小粽子急得"哇哇"叫，拽着宗衍的裤腿，像是想把拦路的长腿推开，可惜力量不够，使出了吃奶的力气，小脸都憋红了，横在前方的两条长腿却纹丝不动，气急之下只能用他自己的语言呀呀哇哇。

"……坏人又在欺负我儿子！"封窈没好气地走过去，脚尖踢了踢男人，"起开！让我儿子过去。"

宗衍纹丝不动，懒洋洋地抬眸扫了她一眼："我是在教育儿子，人生的道路上充满障碍，有时候直接走不通，不妨另辟蹊径，绕过去才是柳暗花明。"

说着，他叹了口气："臭小子有点笨啊，都急出汗了，也没想到可以从旁边绕过去。"

封窈："……"

"我儿子人生道路上最大的障碍就是你这个坏爸爸！"封窈蹲下身，捶了他一把，又去拍他的腿，"快点给我挪开！是不是找打？"

小粽子从看见封窈起，就把之前的事情抛到了脑后，手脚并用地朝她爬过来。看见妈妈对爸爸拳打脚踢，他偏着头，大眼睛眨了眨，浓密的睫毛扑闪，忽然小嘴一咧，奶音清脆：

"打打！"

宗衍："……"

空气仿佛凝住了一瞬，宗衍缓缓地坐起身，脸上满是不可思议，僵硬地转过头瞪着封窈。

"他刚才……说话了?"

封窈也是一脸惊讶:"他说,打打?"

宗衍失语片刻,旋即斩钉截铁道:"不对,你听错了,他说的是'爸爸'!"

封窈:"……"

封窈睨他:"宗少爷,自欺欺人也该有个限度好吗?儿子明明是想打你。"

"怎么可能?我儿子是大孝子,刚才明明是在叫'爸爸'。"宗衍拎着胖腿一把将小粽子抱了起来,"来乖宝,再叫一句,爸爸。"

"啊啊。"

"……爸爸。"

"哎呀。"

"不是哎呀,是'爸爸'。"

"……打!"

"……"

封窈忍不住"噗"地笑了出来:"哈哈哈哈哈……听清楚了吧,你的大孝子要打你呢。谁叫你老欺负人家!"

宗衍神情变幻几许,继续努力:"乖宝,跟爸爸学,爸——爸——"

"啊嗷嗷——"

九个月大的宝宝根本不吃这一套,伸长了小手扑向妈妈,想要妈妈抱抱。

封窈笑得前仰后合,抱过奶香奶香的儿子,"吧唧"地在他的脸蛋上用力亲了又亲:"妈妈的小宝贝!我们不理坏爸爸,来,叫妈妈,妈——妈——"

"麻麻……"

"……"

这下轮到封窈僵住了。

她按捺住激动,几乎屏住了呼吸:"妈妈在这儿呢!宝贝再叫一句,妈——妈——"

"麻麻……"小粽子重复着,小脑袋朝妈妈的胸口拱,一边又急切地"咿咿呀呀"。

"宝宝真棒!妈妈在,妈妈在……"奶声奶气的声音宛如天籁,一瞬间仿佛全世界的花都开了。封窈抱着儿子香香软软的小身体,鼻腔有点酸酸的。

一抬眼,看见宗少爷脸上的表情更酸。

"怎么,不服气?"封窈眉梢微扬。

宗衍摇摇头,抬手捏了捏小粽子的屁股:"真是太亏了。"

"嗯?"

"这个臭小子,我已经不知道叫了他多少声爸爸了,他还一声都没有叫过我,这合理吗?"

"……"

封窈没忍住,"扑哧"笑出了声,凑过去亲了亲这位醋意横飞的爸爸:"你顶多叫他一段时间,他可是要叫你一辈子的,你还是赚了的,对不对?"

宗衍轻哼一声:"罢了,别对我喊打就不错了。"

"哈哈哈……"封窈笑得趴倒在他的肩头上,"看你还欺负他!"

虽然据说这个阶段的宝宝喊妈妈都还是无意识的,但是那份喜悦和激动,让封窈的心都要萌化了,大半夜都激动得睡不着。

那天之后,小粽子有事没事就"妈妈妈妈"地叫,而宗少爷仿佛要一雪前耻般,更加卖力地教儿子叫"爸爸"。

"你也不要太着急,顺其自然。"端午将至,孟子恒带着粽子和艾草香囊,来看望小粽子的时候,听说了这事,不由得教育宗衍。

下一瞬,他转头软声地对小粽子认真道:"来,宝宝,叫舅公,舅——公——"

封窈忍俊不禁,宗衍不忍直视。

结果没料想,只听孟子恒膝头上的小粽子突然蹦出一句:

"粑粑!"

孟子恒明显地怔了一下,宗衍睁大了眼眸:"……啊?"

"啊什么啊,宝宝叫你呢,"封窈推了推难得犯傻的男人,"快答应啊!"

宗衍猛地站了起来,又坐下,朝小粽子伸出手:"爸爸在这儿……来,到爸爸这儿来。"

小粽子挥舞着藕节般白胖的小胳膊,奶音清脆:"粑粑!粑粑!"

幸福来得太突然,甚至令人不敢相信。宗衍如在梦中,半响才忽然笑了:"我当爸爸了!"

……真是冒傻气。

封窈捂着额头,无奈又好笑地提醒他:"你早就当爸爸了好吗?"

"那不一样,他会叫爸爸了,不一样的。"宗衍紧紧抱着儿子,亲了又亲,又按捺不住激动地站起身,把儿子扛在肩头举高高,欣喜若狂。

小家伙乐得"咯咯"直笑,手舞足蹈。

"谢谢。"他不顾舅舅在旁边,俯身亲吻封窈的唇瓣,喃喃道,"谢谢老婆……"

初夏的阳光透过枝叶,在地板上洒下一片斑驳的光影。

灿金的光线笼罩着一家三口,光晕柔和,孟子恒看着这一幕,满脸欣慰。

光阴荏苒,时光如梭,转眼又到了蓝花楹盛开的六月。

教学楼下的大道两旁,蓝紫色的花朵一簇簇地从高高的枝头上低垂下来。远远望去,犹如一片蓝紫的霞雾,清幽宁静,如梦如幻。

午后时分的校园里,花枝摇曳,蝉鸣声声,慵懒的夏风将花香送进文学院的一隅。

下午的第一节课,阶梯教室里坐得满满当当的。封窈站在讲台上,看到底下有一小部分人表情困倦,眼皮努力地与睡意作斗争,丝毫不以为忤。

这个时间,本来就是一天之中最困乏的时段,打瞌睡是正常的生理现象,不能强求。

封窈嗓音舒缓,不紧不慢:"……那么以上呢,就是这次期末考试的重点,大家有什么疑问……嗯?"

她注意到学弟学妹们的脑袋齐刷刷地转向门外,个个两眼放光。前车之鉴,令她不由得心里一"咯噔"。

——完蛋,不会对面又有人要跳楼吧?

封窈转头望去,怔了一下,旋即忍不住笑了。

门口站着一个穿着背带短裤的小萌娃,小手背在身后,有模有样地歪着头。他有一双圆圆亮亮的大眼睛,扑闪扑闪的睫毛,肉嘟嘟的小脸,软萌可爱的模样,让人看了就想咬一口。

"这位小同学,你怎么一个人呀?"封窈笑着问他。

小萌娃奶声奶气:"爸爸在后面,在打电话。"

学弟学妹们被萌得捧着脸嗷嗷出声,这下更激动了——

他们当然知道这是谁家的萌娃，他的爸爸，不就是那位颜值逆天的宗校董嘛。

很快一个高大的男人转过走廊，长腿迈步不紧不慢地走了过来。

"小短腿跑得还挺快。"他伸手按住小萌娃的脑袋，眸光淡淡扫过教室，"过来，别妨碍妈妈上课。"

"不要！"

小粽子一歪头躲过爸爸的手，小腿"噔噔"地跑向讲台，抱住封窈的腿，噘着小嘴："爸爸坏！"

封窈不用问都知道，宗少爷肯定又背着她欺负儿子了。她没好气地睨了门外的男人一眼：待会儿再跟你算账。

男人抱着胳膊，一脸无辜：我可什么都没干，臭小子又告黑状。

刚才还昏昏欲睡的学生们瞬间一扫困意，七嘴八舌马上让气氛沸腾：

"太萌太可爱了噢，睫毛好长……唉，果然还是要嫁帅哥啊，娃爸的颜值太重要了，有没有？"

"学姐就是传说中的人生赢家了吧，家庭、学业都顺心，好羡慕。"

"好想抱抱，好想捏他的脸蛋……"

……

离下课只剩两分钟，封窈清了清嗓子："同学们还有什么问题吗？没有的话，今天的课就到这里，祝大家期末考试顺利，暑假愉快。"

同学们根本不去想什么期末考试，同学们只想抱抱萌萌的人类幼崽，揉揉他白嫩嫩肉嘟嘟的小脸蛋。

不过也只是想想而已，怎奈宗校董的气场太足，没有人敢造次——谁敢当着他的面揉搓他的崽啊，不想混了吗！

封窈抱起小粽子："跟哥哥姐姐们说拜拜。"

小粽子眨巴着大眼睛，冲讲台下摆了摆小手："哥哥姐姐拜拜！"

"噢，好可爱……"众生捂着胸口，眼巴巴地看着封窈抱着萌宝宝朝外走。

"我来吧，"宗衍伸手想把儿子接过来，"臭小子重。"

"我才不重！"小粽子胳膊紧紧地搂住封窈的脖子，小嘴叭叭可利索了，"爸爸才重！爸爸嫉妒，妈妈抱我不抱你！"

宗衍："……"

宗衍："你下来，自己走。"

小粽子别过头，下巴抬得高高的："哼，我不。"

这小模样，跟宗少爷生气的时候如出一辙，一看就是亲生的。封窈笑得不行："爸爸怎么得罪我们粽宝宝了啊？"

小粽子气鼓鼓道："爸爸说，我要是再吵，就把我送到鬼屋里去。"

封窈："……"

恐吓还不到三岁的孩子，宗少爷可真是越来越出息了。

封窈好奇："宝宝知道什么叫鬼屋吗？"

小粽子贴着封窈的脸颊："爸爸说，鬼屋就是关妖魔鬼怪的地方。"

封窈瞪了宗衍一眼："我们宝宝这么乖，当然不能送到鬼屋里去。回头把爸爸送去，好不好？"

"不好！"没想到小粽子急了。

封窈心想小家伙还挺维护爸爸的，还没来得及感动，却见他皱着小眉头："我想去鬼屋！我想跟妖魔鬼怪一起玩！"

封窈："……啊？"

"妈妈，我们去鬼屋好不好？"小粽子抱着封窈的脖子晃，"爸爸说话不算话，妈妈快送我去，我现在就想和妖魔鬼怪一起玩……"

封窈被他晃得头晕："啊这……"

宗衍闲闲地掠了她一眼，现在知道这臭小子有多难缠了吧？

好不容易说服了儿子，鬼屋不是动物园，妖魔鬼怪也不像舅公送他的苏格兰高地矮种马一样温顺，会吃掉小朋友的手指头和小脚丫，小粽子才总算不吵着要找妖魔鬼怪玩了。

晚间，读完睡前故事，看着儿子甜甜地睡着，封窈俯身亲了亲他的脸蛋，轻轻道了句晚安，转身关上灯，出了房间。

"小东西睡了？"宗衍刚结束视频会议，从楼上下来。

"睡了，睡前还在问爸爸呢。"封窈眼眸含笑，"我们小宝贝还是很爱爸爸的。"

宗衍搂住她，望进她漾着笑意的眼眸中："那我老婆呢？"

"我吗？"封窈想了想，"一般吧，谈不上很爱。"

宗衍黑眸微眯。

封窈一本正经："毕竟我跟我爸相处不多嘛。"

宗衍眸光沉沉看着她，倏然俯首在她嫣红的唇瓣上咬了一口："我说的是我！不要故意打岔！"

"噢！"封窈一脸恍悟，委屈地捂住唇，"那你说清楚嘛……"

宗衍轻哼了一声,不肯轻易让她糊弄过去:"好好回答。"

一轮明月高悬在枝头,月华如水银,倾洒一地。露台上的花丛沐浴着皎皎月光的润泽,花瓣舒展,沁人心脾的幽香丝丝入扣。

封窈抬起纤细的胳膊,环住他的脖颈:"今晚月色真美。"

比起封窈这个文学院高才生,宗少爷的文学造诣虽然算不上特别高,但是这句话的意思,他还是明白的。

宗衍勾起嘴角:"一起晒月亮吗?"

有的人平时装得道貌岸然,晒了月亮就会变成狼人,再加上一杯红酒,那就更要狼性大发——说的就是当初的封窈小助理。

事实证明,江山易改,色心难移。不管过了多久,不管经历过多少回,月光下的宗少爷实在太美味可口,她根本没法忍住不扑上去。

"……妈妈生病了吗?"

封窈困得连眼睛都睁不开,昨夜折腾到太晚,几乎到天快亮才睡。迷迷糊糊间听见小粽子的声音,她张嘴想回答,却忍不住先打了个呵欠。

"没有。"她听见宗衍说,"妈妈昨晚没睡好,宝贝不要吵,让她再睡一会儿。"

"好了,别打扰妈妈睡觉。"宗衍单手拎起儿子,"去找保姆阿姨带你到花园里看小马去。"

"可是可是,我们今天不是要坐飞机,去舅公家吗?"

"等妈妈睡醒了再去。"

"妈妈真懒。"

"不许这么说妈妈。"

"爸爸坏。"

"……"

父子俩的对话声渐渐远去,封窈翻了个身,意识朦朦胧胧间,感觉到身边的床垫往下一陷。

男人温暖的身躯贴向她的后背,手臂揽住她的纤腰,将她嵌入怀抱中。

窗外传来小鸟清脆的啾鸣,熟悉的怀抱,熟悉的触感和气息,令封窈惬意地唱叹一声。她闭着眼睛摸索着抓住男人的手,迷迷糊糊地问:"几点了?"

"还早。"宗衍轻轻将她腮边散落的发丝拂开,亲了亲她的耳朵,"我陪你再睡一会儿。"

封窈软软地哼唧:"嗯……不去陪儿子玩吗?"

"不去,老说我坏。"

"……"

封窈弯起嘴角,声音绵软,含糊着仿佛汪着水:"往好处想嘛,起码不喊'打打'了……"

宗衍:"那我还真是谢谢他了……"

有什么能比清晨睡懒觉更惬意呢?

当然是在爱人的怀中睡懒觉。

封窈的回笼觉睡得香甜,醒来时,发现自己枕在宗衍的胳膊上。宗衍一只手搂着她,另一只手拿着手机,修长的手指在屏幕上跃动,回复邮件。

"宝贝醒了?"察觉到她醒来,宗衍放下手机,凑过来亲了亲她,"睡好了吗?"

"嗯。"封窈点了点头,冲他露出一抹微笑,"一睁开眼睛就看见老公,真开心。"

一句话就让宗少爷心花怒放,嘴角上扬。

封窈抬起脑袋,让他把胳膊挪开:"胳膊麻不麻?"

"还好,你的头不重,"宗衍轻敲她的额头,扬着唇揶揄她,"看来脑子很空。"

封窈:"……"

"是吗?"封窈挑起眉梢,"我的脑子里都是我老公,只能怪他的分量太轻了。"

夫妻俩正在打着口舌官司,只听一阵"噔噔"的脚步声,一道小小的身影像炮弹一样冲进了主卧:"爸爸,妈妈,快看呀——"

小粽子抬着手,献宝似的给窝在床上的父母看自己手心里蠕动的东西:"我抓的虫虫!"

"啊——"封窈发出一声短促的惊叫声,残存的困意全吓飞了。

她手脚并用地从宗衍的身上翻了过去,躲在宗衍的背后,花容失色尖叫不止:"啊啊啊啊!你别过来!"

小粽子睫毛扑闪:"它不咬人的……"

封窈:"它不需要咬人就已经很可怕了,啊啊啊!"

宗衍的额角直跳,长腿一扫下了床,按着儿子的脑袋朝外走:"妈妈害怕虫虫,走,我们先出去……"

处理完了儿子和虫子,宗衍回来安慰老婆。

"摸过虫子的儿子还能要吗?"封窈努力地把那道蠕动的影子从脑海里驱逐出去,"这孩子到底像谁啊?不是想玩妖魔鬼怪,就是玩虫子,一天天的就不能玩点不这么刺激的吗?"

宗衍:"……洗干净了,应该还能要吧?"

唉,自己生的崽,总不能扔了。洗洗干净就当没发生过吧。

这一早上过得太刺激,封窈洗漱收拾了一番,夫妻俩带上儿子赶赴机场,去欧洲看望孟子恒。

跑道上,私人飞机冲刺着飞上云霄。与此同时,在网络上,一则回答火了起来。

六月底正是高考出分,填报志愿的时间。各大高校使出浑身解数招揽优秀学生,大考完的高三学子们则利用网络的便利,打探了解意向学校和专业的情况。

在"在庆大读文学系是一种什么样的体验"的问题下面,有人答曰:

"谢邀,匿了。本系的情况,其他的兄弟姐妹已经介绍得相当全面了。我只想补充一点我们文学系独有的福利:最美女神级学姐助教授课,还有机会看见她的大帅哥校董老公,带着宇宙第一萌娃来接老婆。放一张偷偷拍的照片,激萌预警!"

照片是校园里蓝花楹盛开的林荫道上,两旁花朵繁茂犹如蓝紫色的云霞,高大挺拔的男人和娇小窈窕的女人十指紧扣着,信步走在前面。

在他们身后,跟着一个两三岁模样的小萌娃,迈着藕节般的小短腿,努力跟上。

一家三口即便只有背影,也是一幅温馨美好的画面。

"前排科普:女神学姐就是妲己娘娘的女儿!我上过她的课,本人超美超温柔,而且超有趣!"

"哈哈哈,这照片,看得出父母是真爱,孩子是意外了。"

"小脚脚倒腾努力追赶爸妈的小朋友太萌了吧,这圆滚滚的小背影,哈哈哈哈哈!说起来这家子好低调啊,好久没看到消息了,原来宝宝都长这么大了。"

"原来宗少会带着儿子去接老婆下课!嗑到了,嗑到了。"

"查了一下庆大的分数线……我不考庆大是因为我不想吗?"

"妈妈,我想上庆大……"

孟子恒的庭院里,小粽子正捧着蛋筒,舔着冰激凌。

"给爸爸吃一口好不好?"宗衍试探儿子。

小粽子很大方地递过冰激凌:"给。"

"谢谢宝贝。"宗衍凑过去,啊呜一口——

一口咬掉了大半个球。

小粽子举着蛋筒,眼睛睁得圆圆的,惊呆了的模样。

下一瞬,他小嘴一瘪,"哇"的一声哭了:"爸爸坏……"

"你一天不欺负儿子就不舒服是吧!"封窈拧了宗衍一把,抱过儿子哄,"我们不理爸爸了,等会儿妈妈再给你拿一个,要巧克力味的好不好?爸爸坏,今晚不让他睡床,叫他睡'凯撒'的窝里!"

"凯撒"是孟子恒送给小粽子的柯基犬,小粽子"呜呜"地哭:"不要……不要爸爸睡凯撒的窝。"

果然是爸爸的大孝子,舍不得让爸爸睡狗窝……宗衍很欣慰。

"爸爸太、太重了,"小粽子一抽一噎,"会把凯撒的窝压坏的……"

宗衍:"……"

臭小子嫌弃谁呢?

封窈凉凉地瞟了他一眼。塑料父子情,这又能怪谁呢?

宗少爷重新亲手给儿子做了一个冰激凌球甜筒,到了晚上睡觉的时候,塑料父子就又和好如初了。

睡前故事时间,小粽子躺在小床上,眨巴着大眼睛问:"爸爸,你爱我有一百个那么多吗?"

"当然有。"宗衍捏了捏他的肉脸蛋,"你呢,爱爸爸有一百个吗?"

"我有一……一万个爱你,但是,"小粽子认真道,"但是,每次你惹我生气的时候,我就减掉一个。"

封窈忍不住"扑哧"一笑。

小东西这是还在对冰激凌的事耿耿于怀呢……

宗衍一脸心有戚戚:"那我以后得小心点,不能惹粽宝宝生气了,万一减没了,就糟糕了。"

小粽子扁了扁嘴,又摇摇头,奶声奶气却又很认真:"等我只剩下一百个爱你的时候,你再惹我生气,我也不会减了。"

封窈的心一下子化了。这谁顶得住啊!

宗少爷感动到了，在儿子的小脸蛋上亲了又亲。

夜渐渐深了，哄着小宝贝睡着后，回到房间里，封窈不由得感慨："做父母的总以为自己爱孩子，无条件地付出，其实孩子对爸爸妈妈的爱，才是无条件啊。"

"是啊。"宗衍抱紧她，在她馨香的发间蹭了蹭，"谢谢老婆，生了一个这么爱我的宝宝……"

玫瑰之吻

番外三

夏日将至,上流社交场即将迎来最热闹的季节。

河畔的 Z Club 门口,明星名流云集,镁光灯闪烁。

今夜这场由几大杂志联合举行的慈善拍卖会,向来被视为是拉开社交季帷幕的重要活动。

精心打扮的明星们在赞助商的背景板前接受媒体拍照,凹着造型,争奇斗艳。这些照片经过精修之后,很快就会出现在各大社交媒体、八卦论坛上,粉丝和水军们已经提前铺好了广场,等着把他们送上热搜。

名流们端着高脚杯,三三两两地聚在一起聊天,现场一派衣香鬓影,纸醉金迷,将"名利场"三个字体现无遗。

这时,一辆黑色的豪车缓缓减速,在门口停了下来。

侍应生上前拉开车门,立刻有眼尖的人注意到来人是谁。

"宗衍!"

"真的欸……没听说他要来啊?"

"今天来的美人不少,该不会是来猎艳的吧,哈哈……"

窃窃私语中,有人注意到车里还有一个人——一个女人。

近日坊间颇有些传言,根据不少蛛丝马迹,判断宗衍夫妇的婚姻亮红灯了——

譬如,连续两年跨年没有放烟花,夫妻俩还从去年就没有一起出席过社交活动了。

譬如,儿子上幼儿园都是封窈接送,宗衍三天两头在外出差,形同分居。

又譬如，前不久宗衍还被拍到跟某女明星同框……

如此种种，不少人信以为真，虽然女明星的事情很快澄清了，可是在有些人看来，指不定就是在外面偷吃了，表面上是澄清否认，实际上就是给钱打发了呗。

不得不说，这就是经验使然——他们自己就是这么干的。

这么一想，太太跟来也不奇怪了。一来是秀个恩爱，粉碎传言；二来嘛……可不得把老公看紧点嘛。

车门打开许久，人却迟迟没有下来。

封窈拎着那双跟裙子搭配的鞋子："你看这个鞋跟，它又长又尖……"

宗衍："……不穿不就行了？你就穿你的平底鞋。"

封窈为难："可是这个裙子，它的长度做的时候是把高跟鞋考虑进去了，不穿的话，会踩到裙摆欸。"她眨了眨眼睛，"实在不行，你自己进去吧，我在车里等你嘛……"

"不行。"宗衍才不给她犯懒的机会。

外面翘首等候的人隐约听到这对话声，面面相觑。

不是吧，到了门口开始拿乔？

有人撇了撇嘴，这么挑战人的耐心，以宗衍的脾气，"作"成这样，就算是老婆，也会给她个没脸吧……

"……这个设计师以后不要了，不知道你不会穿高跟鞋吗？"

宗衍下了车，朝车里伸出手臂："不是说好了陪我一起？"他黑眸微眯，"你该不会又想糊弄我吧？"

他索性直接把懒洋洋的女人抱了出来："约你的时候说随时有空，化个妆做个造型就没耐心了，哪有这样的……"

"你不懂，做造型好累的，我妈送来的造型师又聒噪，叽叽喳喳吵得我脑子嗡嗡响……"封窈站直了身子，小心地拎起裙摆，"好嘛，进去啦。"

当她转过身来时，人们只觉得眼前被晃了一下，继而不由得惊艳。

镁光灯闪烁，美人一袭深祖母绿色的斜肩长裙，极其挑人的颜色，却将她白皙的肤色衬得欺霜赛雪。垂坠而有光泽的衣料勾勒出她窈窕玲珑的线条，纤秾合度，丰腴妩媚，行走间裙摆摇曳，别有万种风情。

有人抽了一口气："我收回之前的话……我要是有这么个尤物老婆，我天天回家。"

"你知道什么，你会这么想，只是因为她不是你老婆，"有人笑得油腻，

"再漂亮的女人成了老婆,也有看腻的一天……"

"得了吧,你看宗衍那模样,是看腻了的样子吗?"

前面的人不说话了。

宗衍小心地替封窈拎起裙摆,低头叮嘱她:"小心台阶……这裙子做的时候,你就没有注意到长度吗?"

封窈吐了吐舌头:"太麻烦了,我就随便糊弄了一下……"

宗衍:"……"

真是懒到家了!

好在只要不是上台阶,稍微拎起一点裙摆,倒是不太影响行动。封窈挽着宗衍的胳膊,跟几个熟人打了个招呼。

主办方之一的杂志社总裁于永长迎上前来:"宗先生、宗太太。"

宗衍点了点头:"于总。"

于永长是昨天才接到宗衍秘书的 RSVP(回复),此前每年的邀请,宗衍都没有接过,今年能携太太一同出席,于永长自然是喜出望外:"我们今年首次与拍卖行合作,除了捐赠的拍品外,还有几件稀世珍品,最终出价的一部分将会捐给慈善机构。"

宗衍接过拍品的目录,递给封窈:"宝贝看看有什么喜欢的。"

封窈随意地翻了翻,从珠宝首饰到文人墨迹、画作雕塑,种类还挺齐全。

"哦……"拍品里居然还有跟一个新晋的流量小鲜肉共进午餐的机会,封窈的眼睛一亮。

宗衍把目录拿了过来,掀起眼皮凉凉地撩了她一眼。

想都别想。

封窈"扑哧"一笑:"干吗啊,我就看看。"

"看看也不行。"宗衍正要把目录丢开,第一页却吸引了他的注意。

放在第一页的拍品,当然是最重要的一件——那是一颗罕见的粉紫色钻石,名字叫作"玫瑰之吻"。

最纯净的 Fancy Vivid 级无瑕钻石,重达 16.11 克拉,玫瑰花瓣般的粉紫色均匀剔透,色彩鲜丽,称得上是一件稀世珍宝。

拍卖行把这件拍品放进来,作为压轴的镇拍之宝,其实是做好了流拍的准备。毕竟此前一颗类似品质的 14.8 克拉粉钻在日内瓦拍出了两千七百万美元的天价,这一颗的价格只会更高。

贵宾们陆陆续续入座,穿着白马甲的侍者穿梭,为客人们送上香槟红酒。

网络上,明星们的红毯照片释出,各路粉丝、路人已经开始了比美狂欢。

不过这一回,除了明星们,有一对颜值颇高的夫妇也十分抢眼——

"宗少好帅,果然帅哥配美女才是王道,我就知道这对不会散,妖魔鬼怪都退开!"

"小狐狸好美啊啊啊!跟妲己娘娘真像,但又是不一样的气质,娘娘年纪上来之后,是美艳的霸气,小狐狸是那种慵慵懒懒、风情万种的美人,太媚了!"

"那么多星二代都出道了,她为什么不出道!想看翻拍《商纣传奇》,女儿来演妲己,肯定也很合适……"

"不用想了,我听庆大的朋友说,封学姐已经确定留校任教啦!"

"哇,那很优秀啊……"

……

拍卖会有点无聊,封窈没骨头似的靠在宗衍的身上,翻看起了手机里小粽子的照片。

从还在襁褓里,被宗衍抱在怀里,还没有他的胳膊长,到学会了翻身、坐起,到蹒跚学步,直到那天宗衍回到家中,小家伙突然挣脱了保姆的手,自己跌跌撞撞地走上前迎接爸爸,把宗衍高兴得半天说不出话来……

封窈偏过头,看着宗衍的侧脸:"果然还是长得更像你。"

宗衍睨她:"像我不好吗?"

"当然好,我老公多帅啊。"封窈笑眯眯。

这时,只听台上拍卖师宣布,下一件是跟小鲜肉共进午餐的机会。

宗衍把她的号码牌子拿了过来:"不许。"

"……"

封窈无奈:"我才不想跟不认识的人吃饭呢,给钱我都不去……"

名媛富婆们踊跃出价,经纪公司也意思意思抬了几回价,很快这顿午餐就被拍了出去。

宗少爷的眼光很刁,普通的拍品都入不了他的眼。直到压轴戏上场,拍卖那颗名为"玫瑰之吻"的钻石时,他才提起来了一点兴趣。

"……所有粉色的钻石中,重量超过0.2克拉的仅占不到10%,这颗'玫瑰之吻'重量为16.11克拉,更为罕见的是,它的内部纯净无瑕……"

拍卖师滔滔不绝地介绍着这颗珍稀的粉钻,接着道:"起拍价——

一亿五千万。"

这种稀世罕见的钻石，收藏价值、升值潜力都不小。

很快，有人举牌："一亿六千万。"

"一亿六千万！这位……"拍卖师的话被另一个举牌人打断，"一亿六千五百万。"

这是绝对的有钱人的游戏，相互竞价的只有两三个人，后来一人退出，变成两个人。

"一亿八千五百万！"拍卖师声音亢奋，"现在的价格是一亿八千五百万！一亿八千五百万一次，一亿八千五百万两……"

"两亿。"宗衍拉着封窈的手，举了举她书中的牌子。

封窈："……"

封窈的手没出息地抖了抖。

天啊，好多钱啊……

"有点出息行吗，宗太太？"宗衍在她耳畔低声咬耳朵，"一颗石头而已，只是封氏的资产，也够你买一兜不同颜色的回去玩了。"

道理封窈都懂，可是……

"好多钱啊。"

宗衍敲了敲她的脑袋，几乎在同一时间，拍卖师敲下了小槌子："两亿！恭喜宗先生、宗太太！"

现场气氛热烈了起来，直到这时，有人才反应过来：

"啊，这颗钻石的重量……16.11？"

虽然有两年没有放了，可是跨年烟火中的"11"，还让人深有印象。继而更多人想了起来，两人当初婚礼的日期，是2月11日……

"啧啧啧，秀恩爱秀到这份儿上了，服了……"

"你也拿两个亿去秀，保证你老婆死心塌地。"

"就是啊老公，我也想……"

"不，你不想。"

……

拍下来的钻石，拍卖行会择日安排专人护送交接。

"回头让小姑姑推荐一个好的设计师，看看是做个项链，还是胸针……或者戒指？"

宗衍的话令封窈不禁莞尔，说："小姑姑自己就是设计师，你还叫她找。"

"她的设计……"宗衍一脸嫌弃,决定不深入这个话题,"我觉得做个戒指挺好,颜色很衬你。"

封窈侧目:"太重了,影响我搬砖。"

宗衍忽略她的意见,对这颗钻石的懂事很满意:"'一路窈窈',我的人生一路上都有窈窈……很好。"

大厅里灯火辉煌,俊美的男人眉眼舒展,深邃的黑眸中仿佛泛着细碎的星光。

封窈不想跟他唱反调了,大方地亲了亲他:"谢谢老公。"

宗衍薄唇微勾:"谢我做什么?我的一切都是你的,我用你的钱,买了我喜欢的东西,享受了买东西的快乐,应该是我谢谢老婆才对。"

"……这颗重达16.11克拉的天然紫粉色钻石——'玫瑰之吻',是迄今亮相公开拍场最大的Fancy Vivid Purple Pink色级紫粉钻,今夜最终以高达两亿的价格落槌,刷新了紫粉色钻石的公开拍卖纪录……"

"……色彩甜美,独一无二,拥有出色的净度和瑰丽的紫粉色调,由宗衍先生抓着太太的手举牌,以两个亿的成交价竞得……"

慈善拍卖晚宴到场的媒体众多,这颗刷新了拍卖纪录的"玫瑰之吻"一落槌,各媒体便争先恐后地报道。

宗衍夫妻俩在社交场合亮了一回相,搞了一个大新闻,给网上冲浪的吃瓜群众送了一点八卦素材,圈子里关于两人婚姻亮红灯的流言自然也不攻自破了。

第二天,拍卖行派了武装押运人员,珍而重之地将那颗"玫瑰之吻"连同证书等文书送了过来。

封窈从丝绒底托里拿起这颗价值不菲的石头,日光之下,宝石无数精细的刻面闪耀着细碎迷人的光影,光华璀璨流转,如同玫瑰花一般娇柔而妩媚的紫粉色,仿佛变得生动而鲜活。

"玫瑰之吻——*Kiss From a Rose*,是那首歌吗?"

她看向宗衍,轻轻哼唱起那首经典的情歌——"There used to be a greying tower,alone on the sea You became the light on the dark side of me..."(曾有一幢灰暗的高塔,孤零零地矗立在海上,你成了我黑暗面的光……)

宗衍点了点头,向她伸出手,封窈将手放在他的手心上,眸光闪动:"Baby I compare you to a kiss from a rose on the grey...And now that your rose is in bloom,a light hits the gloom on the grey."（宝贝，我愿将你比作幽暗里的玫瑰之吻……如今你的玫瑰正盛开着，像一道光打破了灰暗中的阴翳。）

"看到这个名字的时候，我就想到这首歌了。听朱婶说，我母亲以前很喜欢这首歌。"

宗衍将封窈拉入怀中，低头亲吻她玫瑰般的唇瓣："你就是我黑暗面的光，我的 kiss from a rose……"

"我老公真是越来越会了。"封窈轻笑着，钩住他的脖子，热情地回吻他。

初夏的花园里枝叶郁郁葱葱，繁花争相盛放，清风一阵阵拂过，送来玫瑰的幽香。

唇齿相依，温柔甜蜜的吻令人沉醉，温度渐渐升高。宗衍将封窈抱了起来，放在桌上，欺身抵住她，薄唇在她的耳后颈侧留下一串湿热的吻，一只手撩起她的裙摆。

"等等……"封窈在意乱情迷间，软绵绵地推了推男人的胸膛，"小粽子一会儿回来了……"

"祖父把他接过去了。"宗衍堵住她的唇，挺身将她残余的一丝理智尽数撞碎，"今天你是我的……"

封窈顺利通过了毕业答辩，转眼间，到了毕业典礼的这一天。

一大早，苏冉偕同苏湘云，跟封季同就前后脚来了。封窈的本科毕业典礼，作为父母的两个人都没有参加，这次的研究生毕业典礼，他俩都不打算再错过。

封窈穿上了红黑相间的博士学位袍，佩戴上粉色饰边的垂布，转头问宗衍："怎么样？"

宗衍替她理了理背后的三角兜，低头亲了亲她："嗯，很漂亮，封博士。"

"妈妈好了没啊？"一个小脑袋从门口探了进来。

为了今天的典礼，封窈特意给小粽子定做了一套同款的博士袍，软软萌萌的小朋友穿上迷你版的博士袍，可爱得不得了。

"呀，我们的小博士！快来让外婆抱抱。"苏冉的心都被萌化了，抱起小宝贝，狠狠地亲了一口，"宝贝真可爱！"

"宝贝，宝贝老婆，亲一个！"

这时站在横杆上的灰鹦鹉飞飞不甘寂寞,扯着嗓子,摇头晃脑地模仿起了不知道什么时候学会的话:

"好老婆,再亲一个,啵啵~!"

"啵啵,嗯,sweetheart!"

"爱你宝贝,啵啵啵~!"

一只鸟唱起了双簧没完没了,语气语调模仿得惟妙惟肖。封窈的耳根发烧,吼了一声:"你给我闭嘴!信不信我把你的毛全拔了!"

灰鹦鹉往后一仰身子:"哎哟喂,吓我一跳!"

宗宏深前不久给小曾孙送来的这只非洲灰鹦鹉,看外表其貌不扬,实则聪慧得简直不像一只鸟,成精了一样,什么话都学得会。

苏湘云的嘴角抽了抽,苏冉忍着笑,封季同只当什么都没听见。

宗衍走过去,拎起这只贱鸟塞进了笼子里,"咔嗒"一下关上了笼门。

"走吧,时间差不多了。"

"唉~!"飞飞在笼子里晃着头叹气,"又关小窝窝,我不喜欢小窝窝~!"

不喜欢也没辙,抗议无效。宗少爷理都没理会它,抱着儿子牵着老婆,带着一家人出了门。

研究生毕业典礼在庆大校园的东大操场举行。

一家子到场时,引起了一股骚动——

"快看,苏冉欸!哇靠真是超级大美人啊,保养得太好了吧……"

"宗校董也来了啊,往年的毕业典礼,他好像从来没有露过面?"

"嘁,往年是往年,今天他老婆毕业,肯定要来啊……"

"救命,他们的娃穿学位袍太可爱了吧!好想捏一把!"

……

典礼全程在网上以中英文双语视频直播,镜头扫过观礼台,不少人都注意到了这一家人。

——没办法,颜值突出得太显眼了!

"啊啊啊终于看到小小宗的模样了!果然没有辜负爸爸妈妈的好基因,白白嫩嫩的,眼睛好大,睫毛好长!穿小博士服太犯规了,萌化了,萌化了!"

"有没有看到刚才那个镜头,小朋友乖乖坐在椅子上荡脚,太可爱了吧!又想骗我生娃,呜呜呜!"

"我发现庆大带萌娃的研究生父母还真挺不少啊,这就是学霸的世界吗？生活、学业两不误，真挺好。"

"哇，听见刚才校长讲话时说，宗氏又为庆大捐了一座图书馆！绝了绝了，太'壕'了……"

"毕竟是能随随便便给老婆买颗两亿的石头的宗少嘛！"

……

典礼台上，封窈伸出双手，从已升任文学院院长的韩教授手中接过学位证书，由韩教授为她将学位帽上的红色流苏拨向左侧。

至此，她才算是正式地获得了博士学位。

封窈拿着学位证书转过身，只见高大俊美的男人抱着儿子立在台边，小宝贝的小手里捧着一大束鲜花，看着她走过来，扬着笑脸将花束递给她。

"祝贺妈妈毕业了！"小粽子嘟起小嘴，"吧唧"在妈妈的脸上亲了一口，"妈妈真棒。"

封窈的鼻子有点酸酸的，人生重要的时刻，有她最重要的人见证，再也没有比这更完美更幸运的了。

她接过鲜花，在儿子柔嫩的小脸蛋回亲了一口，又转头亲了亲男人的脸颊："谢谢我的大宝贝和小宝贝！爱你们！"

一家三口这幸福的一幕，让人看着便忍不住露出微笑。蹲守直播的看客更是嗑得死去活来。

毕业典礼结束后，不少粉丝找苏冉合影，苏冉大方地一一满足。

宗衍和封窈一左一右牵着小粽子，在草坪上漫步，不时驻足，等封窈跟同学合影留念。

封窈的同届同学怀里抱着才两个月大的小宝宝，小粽子好奇看着："这个宝宝好小哦。"

"你也是从这么大一点儿，慢慢长大的啊。"

宗衍借机教育儿子："宝贝知道吗？你出生的时候，妈妈才读完研究生第一年，她既要读书，还要照顾你，非常不容易。"

小粽子皱着小眉头，深深地叹了一口气，老气横秋地感慨："唉，有些事情我也帮不了她。"

"……"

宗衍没好气地敲了敲他的小脑袋："你好好听妈妈的话，就是帮了大忙了！"

"哦……"小粽子歪着头，晃了晃宗衍的手，"爸爸，妈妈什么时候生小弟弟啊？"

"嗯？"宗衍怔了一下，"你妈妈什么时候说要生小弟弟了？"

他的心头倏然一动，难道……

小粽子眨巴着眼睛："妈妈没有说啊，是曾爷爷问我的。"

宗衍："……"

原来是老头子旁敲侧击，催生啊。

回到家中，封窈听说了这事，把儿子抱到膝头上，捏了捏他的肉脸蛋："宝宝想要弟弟吗？"

小粽子摇摇头："爸爸说妈妈生宝宝很辛苦，那还是不要了吧。"接着小声，"可是我有点想要个小妹妹，要不，我们去外面捡一个吧。"

"……你当小妹妹是掉落的装备啊，随便可以捡的？"封窈哭笑不得。

"可是我们幼儿园就有小朋友，是爸爸妈妈从垃圾桶里捡来的啊。"小粽子很疑惑，"垃圾桶里捡不到了吗？"

封窈无语。

什么年代了，怎么还有父母骗孩子是从垃圾桶里捡来的啊！

宗衍也是好笑又无奈："垃圾桶里本来就没有小宝宝。你知道你是从哪里来的吗？"

"我是从妈妈的肚子里来的！"小粽子挺起了小胸脯，"我看过视频，我在妈妈肚子里的时候，还吃手手了！"

感谢现代科技，让父母的解释工作容易多了。宗衍道："小妹妹跟你一样，也要住在妈妈的肚子里，长到足够大了，才能出来。"

"哦……"小粽子思考了一下，发出灵魂的拷问，"宝宝住在妈妈的肚子里，那爸爸有什么用啊？"

大孝子

番外四

宗衍决定带大孝子去上一天班,让他见识见识爸爸在社会这座金字塔上是什么地位。

怎么说也是人生第一次上班,为了有点仪式感,封窈特意给小宝贝换了件短袖衬衫,扎上黑色的小领结,下面搭格纹的西装短裤,再蹬上一双小皮鞋——

真是一个帅气迷人的小绅士。

小绅士一出电梯,就让在门口迎接的李秘书遭受十万点可爱暴击:"小少爷早呀。"

小粽子仰着小脸,奶音清脆,礼貌地问候:"姐姐早。"

李秘书很有职业修养地努力克制住自己,不至于笑得太变态,心里却在捂脸尖叫——啊啊啊,小宝贝叫她"姐姐"呢!太甜太萌了吧!!

男人高大俊美,气场矜冷,手里牵着面容与他有七八分相像、一身小绅士装扮的小萌娃,这画面实在太有爱,直到父子俩进了办公室,秘书组瞬时沸腾了起来。

"我的天,小少爷长得也太像爸爸了吧,这样站在一起,活脱脱就是一个模子里刻出来的嘛!宗家的基因果然很强悍啊……"

"小领结真是可爱爆了,而且好乖好有礼貌哦!唉,又是疯狂羡慕老板娘的一天……"

"果然带娃的男人最性感啊!我要是有这么帅的老公、这么萌的儿子,我天天去时代广场隔空投送我的全家福……"

爆炸性发言,顿时令同事们哄笑成一团:"倒也不必嘚瑟成这样……"

……

临近中午,封窈参加完文学院的教职工会议,给宗衍发了个短信:"我儿子在干什么呢?"

不一会儿,宗衍回给她一段视频。封窈点开一看,不禁失笑。

大会议室的长桌上,几个高管分列而坐。最上首属于宗董事长的专属座椅上,却端坐着一个聪明可爱的小朋友。

皮质座椅宽大,他人还没有椅背高,两条腿够不着地,穿着小皮鞋的脚丫悬空着一晃一晃的,面前的桌子上,还摆着一瓶养乐多。

宗衍:"他看上这个位子了,给他体验一下。"

封窈:"哇,小小年纪就想谋权篡位了?宗少爷,危险!"

宗衍:"呵,就凭他?乳臭未干,信不信我把他的奶瓶抢走,他马上就会哇哇哭。"

封窈完全能想象出宗少爷那副高冷不屑的模样,笑得停不下来:"你一天不欺负儿子不舒服是吧?"

宗衍:"不舒服倒不至于。"

宗衍:"只是会觉得少干了点什么。"

封窈:"……"

跟着爸爸上了大半天的班,其中包括在休息室里呼呼大睡了两个多小时,接受了秘书姐姐们投喂的棒棒糖饼干零食若干,开小跑车撞碎了两个花瓶,因为企图喝第四瓶养乐多被宗衍拒绝,而发恼大哭了一场……之后,小粽子同学的人生初体验之上班,终于告一段落。

离开公司时,小家伙的嘴巴还噘得能挂个油壶。

车驶出停车库,小粽子望着车窗外西沉的夕阳,回头看了一眼垂眸专注在手机上的宗衍。

"爸爸。"

"嗯?"

"我们现在就回家吗?"

"嗯。"

宗衍按下发送:"我们在路上了,一会儿到家。"

小粽子扁了扁嘴:"可是,我想去游乐园。"

手机上跳出封窈的回复:"好的,等你们回来。"

宗衍没抬眼:"不去,我想回家。"

小粽子不满:"爸爸坏。"

这话宗衍已经听麻了:"我哪里坏,你倒说说看!"

小粽子噘着嘴巴,气鼓鼓道:"你脑子坏了。"

"……"

宗衍扔开手机,捏住儿子肉嘟嘟的小脸,把他捏成了小鸡嘴:"嗯?反了你了,不就是没让你喝饮料吗,喝多了嗓子会痛,你忘记上回疼得都哭了?"

小粽子哼哼唧唧:"我要告诉妈妈!"

"你告吧。"宗衍松开手,揉了揉他的小脸,轻哼一声,"看你妈妈是向着我,还是向着你。"

车在门前停下,宗衍下了车,打开后备厢。

跟着跳下了车的小粽子"哇"了一声,瞬间忘记跟爸爸赌气了:"好多花啊!是送给妈妈的吗?"

"当然。"宗衍从后备厢里拿出那一大束体积比小粽子还大的玫瑰,"今天是一个特别的日子,五年前的今天,我第一次遇见你妈妈,我们相爱了,后来才有了你。"

宗衍摸了摸儿子的小脑袋:"等你长大了,遇到你喜欢的女孩子,你就懂了。"

"等我长大了,爸爸是不是就老了?"

"是啊。"

小粽子扁了扁嘴,抱住宗衍的腿,仰着小脸:"那我不长大了,我不要爸爸老。人老了,会死掉的。"

"……"

宗衍一时间不知道是应该感动落泪,还是应该给大孝子一个栗暴。

"汪汪!"凯撒扭着屁股迎了上来。

客厅的窗边,鹦鹉飞飞眼尖地瞄见了归来的父子俩,大声嚷嚷:"宝贝回来了!宝贝回来了!"

小粽子揉完狗狗,又蹦蹦跳跳地去逗鸟了。宗衍问用人:"太太呢?"

"太太在泳池。"用人答道。

夕阳西下,暮色四合,的确是游泳的好时间,她倒是会享受。宗衍想着,把儿子叫了过来:"去告诉妈妈我们回来了。"

泳池在屋宅的另一侧,穿过走廊,到了露台的廊下,眼前的景象却令宗衍微微一怔。

廊下悬挂起无数垂落的吊灯，织成一片缀满星光的网，犹如满天星辉闪烁，细碎的灯光映照在泳池澄澈的水面上，像是一条流淌的星河。

星河之中，一道窈窕的身影如游鱼般灵活地畅游着。

泳池边摆着木质的茶几和玫瑰粉色的布艺沙发，余晖将尽，漫天霞光铺洒在沙发之上，茶几上摆放着鲜花，木桶里冰着一瓶香槟。

水声"哗啦"地响，封窈游到岸边，在水中站了起来，仰起脸望着岸上的男人。

晚霞淡金的余晖洒落下来，给男人镀上了一层朦胧的光晕，她的目光扫过他手中巨大的玫瑰花束，脸上漾起甜蜜的笑容。

"妈妈！"小粽子脱了鞋子跑过来，蹲下小身子，"我也想游泳！"

她像只出水的美人鱼，湿漉漉的头发垂落在肩头，宗衍的目光随着滴落的水滴，掠过她凝脂般白皙的肌肤，顺着诱人的曲线向下，直到没入池中。

"明天再游好不好？马上就要吃晚饭了。你肚子不饿吗？"封窈嗓音温柔，耐心地劝说儿子。

"先上来吧。"宗衍伸出手，封窈把手搭在他的手心里，借着力轻轻一跃。

刚从水里上岸，脱离了浮力，身体好像一下子变重了。宗衍不顾她身上是湿的，让她靠着自己身上，扯过浴巾搭在她的肩头上，抬眸看了一眼那些如星光闪烁般的吊灯。

"你布置的？"

封窈笑着点点头，接过玫瑰花束："想给你一个惊喜……我们算是，心有灵犀？"

宗衍轻笑着低头亲吻她："我很喜欢。"

"不只是这个。"封窈拉着他走到茶几旁，拿起木桶边一个系着丝带蝴蝶结的长形小盒子，"还有礼物。"

"签字笔？"宗衍接过来，打量盒子的形状大小，猜测道。

"给我看看！"没有小孩子能抵挡住"礼物"两个字，小粽子凑过来，小手伸得长长的，"我来拆！我想拆！"

可惜他的小胳膊伸得再长，蹦跶得再高，宗衍随便一抬手，便轻松躲过："这是送给我的。"

"爸爸小气包！"

"就小气，咬我啊。"

封窈哭笑不得:"你幼不幼稚啊,跟三岁小孩子吵架?"

宗衍最终妥协:"这样吧,你来拆蝴蝶结,我打开盒子,公平吧?"

小粽子点点头,期待地看着宗衍把盒子递到他面前,小手拽着丝带系成的蝴蝶结,扯了一下。

蝴蝶结散开,宗衍把丝带拨开,修长的手指打开了盒盖。

借着晚霞和灯光,看清楚里面的东西,他的黑眸微张,不可置信地看向封窈。

"这是什么呀?"小粽子伸手想去拿那根一半粉色一大半白色的塑料棍,却被一只大手抢先拿走。

宗衍盯着上面的两条杠,又望向封窈,求证一般:"……这是?"

封窈咬着唇,笑着点了点头:"你又要当爸爸了。"

宗衍张了张嘴,整个人被从天而降的巨大惊喜击中,一时间说不出话来。

封窈决定给这个高兴傻了的男人一点时间,让他慢慢消化。她牵起小粽子的小手,放在自己还是平坦的小腹上,笑眯眯道:"粽宝宝,你要当哥哥啦!妈妈的肚子里又有小宝宝了。"

小粽子愣了一下,眼睛睁得圆溜溜:"真的吗?"他的小手小心翼翼地摸了摸封窈的肚子,"已经在里面了吗?爸爸什么时候放进去的?是小弟弟,还是小妹妹呀?什么时候才能出来呢?"

好奇宝宝连珠炮似的发问,封窈选择性地回答:"现在还不知道是小弟弟还是小妹妹,因为现在还太小了,要等到妈妈的肚子变大,到明年二三月的时候,小宝宝准备好了,就会出来跟我们见面了。"

"噢!"小粽子高兴得跳了起来,"我要当哥哥了!我要当哥哥了!"

直到这时,惊喜到掉线的宗少爷终于重新上线了。

他一把抱起封窈,转了好几个圈,俊美的面庞上笑容闪闪发光:"我又要当爸爸了!什么时候……哦,"他很快想到了,"是在湖上那一次吧……"

他紧紧地抱住她,不停地啄吻着她:"我太开心了……谢谢老婆,我好爱你……"

一回生二回熟,比起第一次怀孕时的紧张不安、手忙脚乱,封窈这回就淡定多了。

小粽子却是头一回要当哥哥了,兴奋得晚饭都没吃好,一会儿摸摸封窃的肚子，好奇宝宝问东问西，一会儿跑去跟狗子和鹦鹉大声宣布，自己要当哥哥了。

家里一天天的鹦飞狗跳，小朋友撒欢乱跑，够热闹的。封窃摸了摸肚子："再来一个，家里就更热闹了。"

"热热闹闹的才好。"宗衍将手覆在她的手背上，"小时候在祖父身边，祖父每天都很忙，宗家跟我年纪相近的堂亲，各有各的父母家人，我们平日里也不会在一起玩。小粽子以后能有个弟弟妹妹，彼此陪伴，互相照应，是他的福气。"

说着，宗衍轻笑："臭小子睡着前还在念叨，盘点他有哪些好玩的玩具，以后都给小弟弟小妹妹玩呢。"

封窃也笑了："我们小粽子肯定是个好哥哥。"

月华如水般静静地流淌，洒下满地的银辉，一如五年之前。封窃钩住宗衍的脖子，唇瓣偎贴，在他的唇上尝到了香槟的甘甜。

"我今天是不是，还没有跟你说我爱你？"

吊灯细碎的星光映在她的眼眸中，咫尺之遥，宗衍在她眼中这片闪烁的星空里，清晰地看到了自己的倒影，眸光如水般温柔，令他忍不住沉溺、沦陷。

他回吻着她："我也爱你……"

怀孕的喜讯先通知了宗老爷子以及外婆、苏冉这些近亲属。

宗老爷子十分开心，头一回觉得封窃这丫头还算上道——这不，他前脚才按捺不住，诱导着小曾孙回来催促过一回，后脚这就怀上了！

老头子表达高兴的方式就是给钱，大手一挥，给封窃封了一个超级厚的大红包。

宗老爷子一直觉得，宗衍光有小粽子一个孩子，实在太过单薄，不够保险，当然要多子多孙，才是福气。要照他的想法，封窃这几年就该趁着年轻，抓紧时间多生几个孩子，至于读书工作什么的……一个小小的讲师，有什么重要的？好好地相夫教子才应该是她的工作。

不过他的想法没有人理会，苏湘云还特意耳提面命，跟封窃强调过，无论如何，都不能放弃工作，回家当米虫。

"别的不说，你看看邹美婷，"苏湘云举的就是眼前现成的例子，"如果她不是一天都没有工作过，婚前靠父兄，婚后靠丈夫，自己没有安身立命的能力，在社会上也没有任何价值，何至于在失去了这些依靠之后，

整个人就那么轻易地枯萎,全盘崩溃了?"

邹美婷还在服刑中,只是因为精神状况急剧恶化,前两年已经被转送去了精神疗养院——名为疗养,其实只不过是换个地方坐牢,被看守得更严密罢了。

封窈点头表示受教:"放心吧,外婆。"又趁机帮宗衍说话,"其实宗衍很支持我工作的,从来没有说过要我回家看孩子这种话。他爷爷嘛,就是老古董一个,这个岁数估计也改不了了,老头子的话就左耳朵进右耳朵出就行了,犯不着跟他计较。"

苏湘云睨她:"你就见缝插针给他说好话吧。"

"哪有?"封窈搂着外婆撒娇,"宗衍他除了饺子包得太烂,有的时候欠缺生活常识,老爱欺负小粽子……之外,还是很好的嘛。"

"行了行了。"苏湘云被她晃得头晕,"都当妈的人了,肚子里还有一个,还这么没有正形!"

"我不管,我在外婆面前永远是小宝贝……"

外婆面前永远的小宝贝,肚子里装的这个小宝贝,可没有哥哥那么乖。

当初怀小粽子的时候,封窈只是早上会恶心干呕,算是比较轻微的孕吐反应,持续了一个月多一点,就自然地消失了。这一回的小家伙,却是把她的胃搅得天翻地覆,让她动不动就吐得昏天暗地。

"这样怎么行?医生是干什么吃的,一点办法都没有?"

夏日炎炎,封窈本来就胃口不佳,又一次把吃下去的东西全吐出来了,宗衍揪心不已,先前的什么惊喜期盼全飞了。

现在他只想把她肚子里这个折磨人的小家伙揪出来,狠狠地揍一顿!

封窈接过宗衍递来的覆盆子果茶,喝了两口。虽然这回这茶也不怎么管用了,但是好歹酸酸甜甜,味道还是挺不错的。

"刚才检查的时候你不是也在的嘛,结果又没有什么问题,你不要老为难人家医生。"想想那个年轻的医生,都快被宗少爷电闪雷鸣的脸色吓哭了,封窈于心不忍,拉住宗衍的手晃了晃,"好啦,放松一点,你这么紧张,搞得我也神经紧张。医生不是说了,要放松心情,保持愉快吗?"

宗衍抬手抚着她的脸颊,指腹轻轻摩挲,漆黑如墨的眼眸中写满心疼:"真希望我能分担。"

"我也希望啊。"封窈轻笑着,蹭了蹭他的手心,"可谁让你没有这个功能呢?"

· 248 ·

"……"

小粽子下了马术课回到家,跑过来,小手摸摸封窈的肚子,动作很轻:"妹妹今天乖不乖?"

"还行吧。"封窈看着儿子乖巧的小模样,心里喜欢得不行,搂过他软软的小身子,抱在怀里狠狠地亲了一通,又问他,"你怎么知道是妹妹啊?"

小粽子答:"我今天想要妹妹。"

今天?

封窈问:"那明天呢?"

"明天还不一定,"小粽子人虽然小,态度却很严谨,"明天的事情,要到明天才知道。"

"……"

哟,还一天一个主意,挺善变的呢。

封窈摸了摸小腹,还好里面的小宝贝不以哥哥的心愿为转移,不然这一天一变的,还挺让人吃不消……

……

今天的晚餐又是一位新的大厨做的,自从封窈开始出现孕吐反应,宗衍就放了话出去,高薪聘请有服务孕妇经验的厨师。

用宗少爷本人的话来说:"我就不信找不到一个厨师,能做出你能吃的饭菜。"

封窈随便夹了一片醋溜藕带,放入口中。

藕带脆脆的,炒得清爽可口,酸酸的味道很爽口,又微微带着一点辣,奇异地让人忽然有了一点胃口。

"嗯,这个还不错欸。"封窈连着吃了几口,又扒了一口饭。

宗衍俊脸上紧绷的神色微松:"好吃就多吃几口……你再尝尝别的。"

封窈没敢吃得太饱,稍微填了下肚子,就停筷子了。

一整顿饭下来,宗衍自己没吃上几口,封窈尝过的哪个菜觉得还行,他一一记下来,回头可以叫厨师再做。

饭毕,用人过来收拾桌子,一边在心中感慨,唉,宗先生对太太,真是没得挑的。那双眼睛啊,就没离开过太太,看见她吃下一口饭,比他自己吃了蜜还高兴……

晚餐过后,封窈似乎没有要吐的迹象。宗衍高兴之下,当即吩咐给

厨师加奖金。

宗衍晚上还有个应酬,回到家里时,已经是深夜了。

封窈睡得迷迷糊糊,感觉到身边的床垫微微一沉,紧接着一具温热的身躯从身后贴了过来,将她圈入怀中。一只大手覆上她的小腹,熟悉的低醇嗓音在她耳畔道了句:

"晚安,宝贝。"

封窈困得没有睁眼,咕哝了一声,很快又沉入了黑甜乡。

再次醒来时,是被饿醒的。

窗外黑漆漆的,封窈看了眼床头柜上的时钟,才凌晨四点。

饿这种感觉,一般忍一忍就过去了,睡着了就不饿。可是这会儿不知道怎的,她就像饿了几百年一样,饥饿难忍,而且还有特定的想吃的东西,想吃得不得了。

她晃了晃抱着她还在熟睡中的男人:"老公?"

宗衍微微睁开眼眸,俊脸上睡眼惺忪:"……嗯?"

"我饿了。"

"哦。"宗衍坐起身,脸上犹带着睡意,就要下床,"我去……"

"我想吃学校门口的那家烤冷面。"封窈赶紧道。

没错,她现在、立刻、马上——就想吃烤冷面!

烤冷面这种东西,宗衍还是跟她在一起之后,才被她拉去尝试过的,就是庆大北门口的那一家。

宗衍看了眼时间,下了床,站在床边开始穿衣服。骨节分明的修长手指扣着扣子,他抬眸看了封窈一眼:"你再睡一会儿,我马上回来。"

"哎,要不还是算——"

封窈想说算了,然而男人已经转过身,长腿大步出了卧室。

大半个小时后,天色漆黑如墨,正是黎明前最黑暗的时刻。

封窈坐在自家的餐厅里,看着学校门口卖烤冷面的摊主大叔,带着他的移动小摊车,在她的面前现场烤冷面。

"大半夜的把人家挖起来,是不是不太好?"封窈有点不好意思。

哪知大叔马上摆摆手:"没事没事,我摆摊本来就起得早,跑这一趟不费事,一点都不费事。"

这话当然水分不小——正好好睡觉呢,被人打电话敲门叫醒,说叫他上门做烤冷面,搁谁谁不骂脏话啊。

本来嘛，这么不合理的要求，他也不想来的。可是……

大叔偷偷瞥了餐桌旁气势迫人的俊美男人一眼。

可是，宗少给的钱实在太多了……

能让封窈心心念念惦记的烤冷面，味道当然不会差。面皮香香脆脆，里面夹了鸡蛋、火腿、肉松、培根、芝士……再配上香辣的酱料，咬上一口，满足感遍布全身。

宗衍看封窈吃得香，也跟着吃了两个。

大概是烤冷面的香味惊醒了在笼子里睡觉的飞飞，它扑腾了一下翅膀，张嘴叫嚷："吃肉肉！我要吃肉肉！"

冷不丁地传来的声音，把正在刷铁板的大叔吓了一跳。

"没事，那是我家的鹦鹉。"封窈忙道。

大叔惊奇地望着声音的方向："这鸟说人话，跟人的声音一样啊。"

飞飞听见了陌生人的声音，又嚷嚷开了："你是谁啊？吓我一跳！"又扑腾了一下，"我不想待小窝窝！想出去玩！"

大叔："……"我吓一跳好吗！

"出去什么出去？"宗衍扬声斥了一声，"给我乖乖待着！"

飞飞不吭声了。

大叔在心里啧啧称奇，这有钱人家养的鸟，都不一样……

"真不好意思，麻烦你跑一趟……"大半夜突如其来的需求得到了满足，封窈道着谢，送走了大叔。

"吃饱了吗？"宗衍搂过她，低头问。

封窈点点头："饱了。"

"那就好。"她好不容易有了食欲，主动想吃点什么，他怎么可能不满足她？宗衍打横抱起封窈，迈起长腿朝卧房走，"还早，再去睡一会儿……"

夏日匆匆溜走，进入八月，小粽子就满四岁了。

宗衍夫妇把他在幼儿园里的同班小朋友们都邀请了过来，办了一个热热闹闹又盛大的生日 party（聚会）。

封窈肚子里的这个小宝贝，说调皮也调皮，孕吐严重的时候，害得她什么都吃不下。可是要说懂事，好像又还挺懂事——快到秋季开学，封窈要正式以讲师的身份上课的时候，孕吐停止了。

封窈这学期教的是一门基础课——外国文学史。

她在暑期充分备过课，之前又做过助教，有过独自代课的经验，虽然是第一次当讲师，从学生们的反应来看，她教得应该还算不赖。

秋意渐浓，凉风卷起落叶，人们的衣衫渐渐厚了起来。

随着封窈的腰身慢慢地开始变粗，学生间不免有了议论声：

"女神最近是不是胖了？就算天冷穿得厚吧，怎么看着有点臃肿？"

"我也觉得！这是放飞自我，放弃身材管理了？"

"我说你们是不是傻啊？她明显是怀孕了啊……"

"欸？！这么一说……"

一语惊醒梦中人！大家都知道封女神的儿子都四岁了，就在隔壁上幼儿园，偶尔还会被他爸爸带着过来接人……

怎么就一下子没反应过来，她妥妥是又怀孕了呢！

封窈对学生们向来很随和，一点架子都没有。有性格外向的学生直接问了她，封窈大方地承认："对啊，上完这个学期的课，我就要去生娃啦。"

"啊……"有人遗憾，"那下学期就没有你的课咯？"

封窈点点头："我要休产假嘛。"

"唉……"

封窈失笑："你们这是什么反应？"

"感想好复杂，"一个女生装模作样地叹了口气，"虽然我是女的，但我好羡慕老师的老公哦！"

同学们顿时笑成一片。

主持完期末考试，提前祝她的第一批学生新春快乐，封窈去行政处办好了产假手续，正式回家待产去了。

预产期将近，吸取第一次的教训，宗衍这回推掉了所有的出差，哪儿也不去，一心一意陪着老婆待产。

"妹妹什么时候出来啊？"

这回的小宝贝耐性十足，封窈都已经住进一体化产房里待产了，小家伙却还是岿然不动，看样子有要成为钉子户的架势。连小粽子都等急了："不是都会动了吗？还在妈妈的肚子里打拳呢，为什么不出来呀？"

封窈摸了摸肚子里的"钉子户"："别担心，到时间要是还不出来，我们就找医生帮忙，催宝宝出来。"

不知道是不是感受到了哥哥的期盼，半夜里，封窈被一阵宫缩惊醒了。

· 252 ·

宗衍迅速起了床，按铃叫来了医生。

顺产生孩子这回事，也是一回生二回熟，第二次明显比第一次要快。待到小粽子早上起了床，被保姆带到医院里时，他巴巴盼望了好久的妹妹已经被清洗干净，裹在小襁褓里，正在妈妈旁边呼呼大睡。

"这就是妹妹吗？"小粽子扒在床边，观察小小的婴儿，"好小哦。"

宗衍在产房里陪了一夜没睡，眼底泛着红血丝，下巴上浮起了一层淡淡的胡楂，却丝毫不显狼狈。

"你刚出生的时候，也只有这么大。"宗衍动作轻柔，为熟睡中的封窈擦了擦汗，又捏了捏女儿攥紧的小拳头，"怎么样，妹妹漂亮吧？"

小粽子皱了皱鼻子，欲言又止。

宗衍黑眸微眯，臭小子难道敢嫌弃妹妹？

小孩子到底藏不住话，小粽子还是忍不住问了出来："她怎么，皱皱的啊？"

"你刚出生的时候也是这样。"宗衍一点也不觉得女儿皱，他看第一眼就觉得，小宝贝的脸形和嘴巴跟封窈一模一样，可爱得不得了，以后一定是最漂亮的小公主，"等过两天，她就跟你一样白白嫩嫩了。"

"哦……"

小粽子伸出小手，摸了摸妹妹肉嘟嘟的小脸蛋，认真地道："妹妹，你好啊，我是哥哥。我不是嫌你丑哦！就算你不白白嫩嫩，我也喜欢你。"

封窈迷迷糊糊间醒来，就听见儿子这一番"嫌丑，但又没有完全嫌丑"的自白，有点想笑，只是提不起力气。

这点微小的动静，宗衍却立刻察觉到了。他捉住她的手，放在唇边亲了亲："是我们吵到你了吗？感觉怎么样？饿不饿？渴不渴？"

封窈摇摇头，看向身边的女儿："嗯，还行，漂亮的部分像我。"

虽然差点当了钉子户，小甜粽出生的过程倒还算顺利。母女俩的身体状况良好，三日后，封窈终于可以带着新增人口出院回家了。

元宵节刚过，街上还挂着不少花灯，道旁的树木抽出了一丝丝嫩芽，春天已经悄然到来。

宗衍把封窈从车里抱了下来，苏湘云提着婴儿提篮，里面是闭着眼睛睡得香甜的小甜粽。苏冉拎着装着奶瓶尿不湿的婴儿包，一只手牵着小粽子，跟保姆紧随在后。

"汪汪汪！"

几天不见女主人，凯撒汪汪叫着冲了出来，在脚边一个打滚躺平，四爪朝天露出圆圆的肚皮，想求主人撸肚肚。

只是才刚躺倒，它瞧见苏湘云手里的婴儿提篮，又马上骨碌一下站了起来，跑过去前腿趴在提篮上，嗅着裹在襁褓里的人类幼崽："汪汪！"

"这是我的小妹妹！"小粽子骄傲地向凯撒介绍，"她叫甜甜，是不是好可爱？"

"汪！"

"宝贝回来啦！宝贝回来啦！"飞飞在窗边的横杆上蹦跶，伸着脖子张望，"是小妹妹吗？小妹妹在哪儿啊？"

小粽子天天掰着指头跟飞飞念叨小妹妹，飞飞很快就学会了，这些天也张口闭口地吵吵着问小妹妹。

"在这儿！在这儿！"小粽子兴奋地喊叫着，"飞飞你看，小妹妹在这儿呢！"

"是小妹妹啊！"飞飞扑腾翅膀，"小妹妹乖乖！"

凯撒也"汪汪"地叫着，围着婴儿提篮直打转，围观新来的小主人。

"哦哟，吵醒了。"场面实在太热闹，苏湘云刚把提篮放下，就见里面的小甜粽手脚动了动，浓黑的睫毛颤动着，小嘴一扁一扁的，接着便"哇"地啼哭了起来。

宗衍刚把宝贝老婆安置好，听见宝贝女儿的哭声，把过度兴奋的小粽子抓过来，揉了揉他的脑袋："小点声，妹妹还小，不要吓到她了。"

小粽子赶紧用小手捂住了嘴巴，又按住凯撒："凯撒不要叫了！安静，安静哦！"

凯撒听话地趴了下来，黑眼睛还一直追随着被从提篮中抱起来的人类幼崽。

白嫩嫩软乎乎的小婴儿裹在襁褓里，还真像一只香香甜甜的糯米粽。只是这会儿糯米粽皱着小脸"哇哇"大哭，成了一只小哭粽。

保姆赶忙上前想帮把手，却见宗衍把女儿从苏湘云手中接了过去，托在臂弯中熟练地拍哄："宝贝不哭哦……让爸爸看看，是尿尿了，还是肚肚饿了？"

之前有过哄小粽子的经验，宗衍抱娃的手法姿势都无比娴熟，捏捏屁股，检查尿不湿，熟门熟路。

为了迎接第二个小宝贝的出生，宗衍又提前精心挑选补充了保姆团队。饶是这两天已经看过宗少爷抱女儿哄女儿的样子，新加入的保姆还是忍不住心生感慨，像这个层次的人家，小孩儿大多是全盘丢给保姆带，

· 254 ·

家的今年五岁,回头叫他多去找妹妹玩,说不定……"

"得了吧,这么漂亮的小闺女,宗少可不得护得跟眼珠子似的?"有人调笑,"以他的脾气,敢接近小公主,说不定腿先打折……"

待到宴终人散,宾客们陆陆续续地离开。

宗衍摸了摸小粽子的头,赞许道:"乖宝干得不错!以后也要像这样保护妹妹,不能让人随便碰她,更不能让人随便抱她,知道了吗?"

小粽子挺着胸脯,用力地点头:"嗯!"

封窈正坐在一旁拆礼物给女儿看,听得哭笑不得。

算了,你们父子俩开心就好……

一家人
番外五

时光匆匆,转眼又是一年春。

吹面不寒杨柳风,正是春光明媚,万物勃发的时节。鸟儿在花园里婉转啼鸣,封窈站在窗边伸了个懒腰,感叹道:"春天来了啊。"

飞飞扑腾着附和:"来了来了!"

两个月前刚过完周岁生日的小甜粽听见了,小短腿"噔噔"跑到门口,左右张望:"在哪儿呢?"

保姆忍俊不禁,刚换好球衣出来的小粽子哈哈大笑,跑过去揪着小甜粽的羊角辫:"傻甜甜!春天是季节呀,又不是人!你看外面,小树发芽了,小草长出来了,花儿都开了,到处都是春天。"

"到处都是?"小甜粽眨巴着眼睛。

"对呀。"封窈摸了摸女儿的小脑袋,"等爸爸回来了,我们去踏青,去找春天好不好?"

"我要去!我要去!"小甜粽蹦跳雀跃,数着日子等爸爸回来。

旭日东升,晨曦照亮了大地。早起的鸟儿站在枝头上叽叽喳喳,飞飞一边吃着投喂的西红柿,一边跟往来忙碌的用人们热情地问好:"早上好呀!你们都好吗?"

走廊上,伴随着一阵"噔噔噔"的脚步声由远及近,扰人清梦的小讨债鬼们来了。

"爸爸妈妈起床了!"大的在"砰砰"地猛拍门,"起来了!太阳晒到屁股了!"

"好漂亮……"封窈起了兴致，在包里翻找了一阵，找到了一罐泡泡水，"耶！这个好！"

她拧开盖子，四处张望了一下，挪了挪位置，接着用吹杆沾了沾泡泡水，鼓起脸颊用力一吹。

吹杆的圈圈中飞出一连串的泡泡，这时正好有一阵风吹来，刚吹出的泡泡全都飘向了宗衍。

宗衍及时抬手，才避免了被泡泡糊一脸。

"……哎呀？"封窈迎着男人的瞪视，一脸无辜，"这可不赖我啊！我哪知道风会往哪边吹？"

睁着眼睛说瞎话！她刚才吹之前，特意换了个位置，分明就是在找上风口……

宗衍磨了磨牙，揽着她的腰把她揪过来："天天说我欺负儿子，你是不是一天不欺负我，就心里不舒服？"

"不舒服倒不至于，"封窈笑嘻嘻，"只是会觉得今天少干了点什么。"

"……"

这明明是他之前说过的话，宗衍张口咬在她嫣红饱满的唇瓣上："坏心眼！"

"妈妈妈妈！爸爸！你看！"

这时小甜粽迈着小短腿"噔噔"跑了过来，小手拽着哥哥的袖子："你看哥哥，捉到了小蝌蚪！"

小粽子的手里提着一个小桶，清澈的水中，一只黑色的小蝌蚪在游来游去。

"不是我捉的，"小粽子还是相当诚实的，"是蒋叔叔帮我捉的！我看着甜甜，不让她靠近水边。"

宗衍拧起的眉头这才松下来，摸了摸儿子的脑袋："你做得对，你和妹妹都要记住，不能在水边玩耍。"

封窈抱过小甜粽："甜甜听过《小蝌蚪找妈妈》的故事吗？"

小甜粽眨巴着眼睛："小蝌蚪的妈妈是谁啊？"

"好问题。"封窈招手把小粽子唤了过来，使唤儿子，"粽宝能讲给妹妹听吗？"

小粽子挥舞着小手，绘声绘色地给妹妹讲起了《小蝌蚪找妈妈》的故事。

吃过野餐，放过风筝，捞过蝌蚪，跟别的小朋友一起做游戏，撒欢嬉戏……直到日头偏西，两个精力旺盛的小宝贝还余兴未尽，闹着不想回家。

"好了，"宗衍劝说不想走的女儿，"时间不早了，我们把小蝌蚪送回湖里去吧，好不好？"

"不好不好！"小甜粽不情愿，"我想带回家。"

封窈："……"

家里已经有鸟有短腿狗有矮脚小马有高地牛了，这些都还挺可爱的，养着也挺好；但是封窈绝对不能接受家里有一只会长出两条腿，再长出四条腿，最后完全变成一只可怕的青蛙！

绝对不可以！

宗衍瞥了一眼站在女儿背后又是双手划叉又是做杀鸡抹脖子动作的老婆，想到女儿刚听过《小蝌蚪找妈妈》的故事，继续软声劝说：

"你看，小蝌蚪出来这么久了，天都快黑了，它肯定想妈妈了啊。"

小甜粽歪头想了想，奶音清甜："那我们把它的妈妈也抓来吧！"

宗衍："……"

封窈："……"

一家人，整整齐齐？

把小蝌蚪强行绑架回家没几天，小甜粽又在车库的角落里发现了一辆粉色的车子。

"妈妈！妈妈！这是什么啊？"小丫头新奇不已，拽着封窈的手，把她拉了过来。

"这是摩托车！"小粽子抢答。

"不对，这是电动车。"封窈纠正，"摩托车是烧汽油的，电动车是需要充电的。"

封窈掀起搭在上面的挡布，摸了摸粉红"小绵羊"，还有点怀念："想当年，我还骑着这个车，带你们爸爸去过医院呢。"

"真的假的？"小粽子看着这辆迷你小电动，神情怀疑，"爸爸那么大，坐得下吗？"

"为什么坐不下？你爸爸又不是大胖子。"封窈试了试，惊喜地发现，这车居然还有电，"走，给你们找个头盔，妈妈带你们兜风去！"

宗衍今天早早地结束了公司的事务，回家陪老婆孩子。

刚一进门，就听见从院子里飘来一阵欢声笑语。

"妈妈再开快一点……转弯转弯！"

"甜宝抓紧我……哈哈哈！你别抓我腰啊！痒！松手！"

"别吵别吵，一会儿车没电了……"

宗衍抬手解开衬衫领口的扣子，迈着长腿走到廊下。眼前只见一辆粉红色小电动车穿花拂柳，在偌大的花园里快乐地兜圈穿行。

骑电动车的自然是他的老婆，后面带着两个宝贝孩子。

一大两小都戴着头盔，安全意识倒是挺到位的。

"爸爸！"

"小绵羊"绕过园丁精心修剪的灌木丛，转了个弯，母子三人看见了宗衍，小粽子和妹妹拼命招手："爸爸来坐车！"

……不了。

自己当年穿着鞋套，可怜巴巴地窝在这辆粉红小车上，被封窈载着奔向医院的狼狈模样，还历历在目。虽然一直把这辆车好好地保存着，定期充电维护，不过宗衍倒不是很想重温旧梦。

粉红色的"小绵羊"很快停在他面前，封窈仰着脸，笑眯眯地看着宗衍："打车吗帅哥？看在你长得好看的分儿上，不收钱。"

宗衍挑眉："黑车？报警了。"

"不是黑车，"封窈指着"小绵羊"，一本正经，"是粉红色的哦。"

"……"

两个小宝贝跳下车，一左一右地拽着宗衍的手："轮到爸爸了！爸爸来，你只能坐一圈，然后再轮到我们。"

宗衍拗不过兄妹俩，只好长腿一抬，上了"车"。

车子实在太矮，他的腿太长，只能委委屈屈地蜷着，支在两侧，颇有些无处安放。保姆、用人们捂着嘴巴偷笑。

"爸爸戴头盔！"小甜粽把自己的 hello kitty 头盔塞给宗衍。

"谢谢宝宝，"宗衍婉拒，"爸爸是大人，这个太小，我戴不了。"

"来，这里有大人用的。"封窈憋着笑，把另一个头盔递给他，又道，"对了，我刚才没说完——虽然不收钱，但是车资要用身体来抵哦。"

宗衍随意地把头盔朝头上一扣,大手攥住她杨柳般的纤腰:"回头你别求饶。"

封窈一脚油门踩下去,"小绵羊"嗖地朝前冲:"哼,姐先带你飙车,然后今晚我要让你先求饶!"

第二天,一辆崭新的儿童小摩托就送到了家里。

"这是给我的吗?"小甜粽围着小摩托,又跳又笑,"谢谢爸爸!谢谢妈妈!"

小粽子在更小的时候就拥有无数辆车,几个轮的都有,只是随着慢慢长高长大,已经不玩这些了。不过他正好可以教妹妹骑。

"这个是油门,踩一下,就会向前。这个是刹车……"

封窈靠在宗衍的肩头上,看着女儿骑小摩托车的可爱模样,笑着道:"我女儿这么可爱,骑车出场应该有BGM才对。"

"什么BGM?"宗衍问,"《拉德斯基进行曲》?"

"不够可爱。"封窈的目光转向挂在廊下的鹦鹉,"飞飞,提供BGM的重任就交给你了!来,跟我学——骑上我心爱的小摩托,它永远不会堵车……"

飞飞跟着学,一开始难免磕巴:"骑上我,我心爱的,的……"

"对,骑上我心爱的小摩托……"

几天后,宗衍夫妇的亲朋好友都收到了一段视频。

视频里,白嫩嫩软萌可爱的小姑娘穿着背带裙,小小的白袜子配黑皮鞋,背上还背着个小书包,头戴印着卡通图案的小头盔,骑着小摩托嘟嘟前行。

一只灰鹦鹉在一旁配出场BGM:"骑上我心爱的小摩托,它永远不会堵车,嘟嘟嘟嘟嘟嘟嘟嘟……"

可爱度爆表,所有人都被萌翻了。

钱姝被萌得一脸血:"呜呜呜,你这个坏女人!是不是又想骗我生女儿!"

苏冉发了一串心心:"赶紧把小宝贝藏好,让人看见了,又要来拼命游说我带女儿和外孙女三代同堂上综艺了。"

就连宗老爷子都戴上老花镜,翻来覆去地把这段视频看了好多遍。

不用苏冉说,宗衍也一直把小女儿保护得密不透风——虽然没有带十个保镖那么多,不过女儿身边的安保,从来没有松懈过。

光阴荏苒,封窈在高校的讲台上辛勤耕耘,顺利从讲师混成了副教授。等到任职满五年,学术教学各方面合格,就可以参与教授职称的评定了。

"恭喜封教授。"宗衍第一时间向老婆发去祝贺。

"谢谢老公。"封窈感慨,"终于,离在学校里赖一辈子的目标,又近了一步呢。"

宗衍:"……"

他的太太可真是太有出息了。

小粽子兄妹俩一天天长大,小甜粽慢慢长开,从软萌可爱的小萝莉,长成了一个越发精致漂亮的小姑娘。

兄妹俩念的是同一所国际学校,小粽子作为哥哥,对妹妹的保护欲爆棚。打从妹妹升入小学的第一天,他就跑到妹妹的教室,先把妹妹的同学们挨个都打量了一遍,震慑的意思溢于言表。

封窈听老师说了这件事,无奈又好笑,转头跟宗衍吐槽:"果然是你亲生的儿子,这作风,简直跟你一模一样。"

宗衍不以为然,甚至还有点骄傲:"知己知彼,要保护好妹妹,当然要摸清楚她身边的人的底细,我儿子做得很好。"

"……"

算了,跟他说不通。

这天,兄妹俩放学回家,又听见粽哥哥在叽叽歪歪,管教粽妹妹。

"你们班的那个胡一贤,老是往你身边凑,他要是上课再找你说话,你就跟我说……"

"哥哥,"小甜粽停下脚步,打断了小粽子的絮叨,"你要先爱自己,才能去爱别人。"

小粽子:"?"

小甜粽继续:"你要先照顾好自己,才能去照顾别人。"

小粽子依然:"?"

小甜粽叹了一口气,她的哥哥不仅啰嗦,还有点笨,看来得说得更加明白一点,他才能听懂吧。

"你要先管教好你自己,才能去管教别人。"

小粽子:"……"

晚间，回到家的封窈和宗衍听保姆转述了这番对话，封窈在感慨女儿还挺有逻辑甚至还蛮有哲理的同时，立刻意识到，坏了，哥哥搞不好伤心了。

宗衍也有些不放心，夫妻二人索性直接去了书房。

推开房门，没有剑拔弩张，也没有冷战中谁也不理谁，只见兄妹俩头挨着头坐在一起，小粽子正在给妹妹讲作业。

"爸爸！妈妈！"两个小朋友看见父母进来，抬头打招呼。

"哎！"封窈拉着宗衍坐下来，暗暗观察着兄妹俩的状况，似乎没有什么异样，"你俩在干吗呢？"

小甜粽说："我的作文不会写，哥哥在帮我写。"

"不是帮她写，是教她写！"小粽子连忙澄清。代写作业肯定是不可以的，绝对要挨骂。

"哦……"封窈索性直接问，"你们两个，没有吵架吧？"

"啊？"小粽子不解地眨了眨眼睛，"没有啊。"

封窈："……"

好吧，看来是她格局小了，人家哥哥根本就没有当一回事。

宗衍顺手把书桌上的作业本拿了过来，垂眸扫了一眼："《我的宝贝》？"

"嗯。"小甜粽点头，"老师要我们描述自己的一件宝贝。"

宗衍瞟了封窈一眼，将作业本上唯一一行字念了出来："我的宝贝是妈妈。"

封窈捂住胸口："是吗？妈妈是甜宝的宝贝吗？我好感动啊！"

粽爸爸酸了："那我呢？"

小甜粽眨巴着大眼睛，小扇子一样的睫毛扑闪："爸爸是妈妈的宝贝呀。"

一句话就成功地让粽爸爸多云转晴。

"嗯，说的也是。"宗衍牵起封窈的手，捏了捏她柔软的指腹，"还是女儿懂妈妈。"

封窈眸光睨着他，然后"扑哧"笑了，回握住他的手晃了晃："是啦，老公就是我的宝贝。"

"那我呢？"被忽视的哥哥更酸。

小甜粽："你是你老婆的宝贝啊。"

"嗯？"封窈的耳朵竖了起来，好像听到了不得了的东西，"什么？

· 268 ·

老婆?你哥哪儿来的老婆?"

宗衍剑眉微挑——不是吧,他儿子这才多大,就会交女朋友了?

"宁洋洋、徐子宁、韩晓珍、周羽微……"小甜粽掰着小手指,一个一个地数过来。

封窈听得目瞪口呆:"这、这些,都是你哥的……呃,女朋友啊?"

不是,她的小粽子这才多大,就已经是个小渣男了吗?

"不是不是!"小粽子恼了,"才不是!都不是!"

"我也没说是啊,"小甜粽放下了手,"这些都是喜欢哥哥的女孩子。学校里有好多好多女孩子喜欢哥哥呢!"

"……"

封窈的心略微放下了一点。

还好,小男生长得好看,受小女孩们的欢迎是正常的。

她捏了捏儿子的脸蛋:"那粽宝有喜欢的女孩子吗?"

"没有!"小粽子恼羞成怒,拽了拽妹妹的小辫子,"不要乱说话!"

封窈趁机教育儿子:"喜欢是一种美好的感情,绝对不可以玩弄别人的感情。对于不喜欢的女孩子,也要讲礼貌,要尊重女孩子,不能仗着别人的喜欢,就羞辱踩踏人家,知道了吗?"

小粽子点头:"我知道的。"

"好了,那你们好好写作业吧。"封窈拉着宗衍起身。

宗衍正要把小甜粽的作业本放回去,这时,一张字条从本子里掉了出来。

宗衍弯腰捡起了小字条,只一眼扫过,俊脸立刻黑沉了下来。

"谢成安?"

封窈凑过去看,只见字条上歪歪扭扭地写着:

我狠(很)喜欢你,可以坐(做)我的女朋友吗?——谢成安。

宗衍咬着牙,话语从齿缝里挤出来:"谢玮那老小子是不想混了!"

"什么东西?"小甜粽抢过字条,看过之后,立刻揉成一团,"什么呀!偷偷夹在我的本子里,话都不敢跟我说,胆小鬼一个!还写这么多错字,怎么好意思的呀!"

封窈也觉得这孩子的文化水平不行:"这字太磕碜了,真的,也就名字这一行没写错字了。"

宗衍打量着女儿,确定她对这没文化的臭小子确实没有兴趣,还是

交代了一句:"离他远点!笨蛋会传染。"

可怜的谢成安第二天就被小粽子收拾了一顿。转日,他的老子谢玮又被宗衍收拾了一顿。

小甜粽的心情未受任何影响,每天高高兴兴地上学。

周六是个阴天,预报将有暴雨,两个孩子都在家里蹲。兄妹俩闹腾着不肯睡午觉,直到接近下午的时候,才玩到疲倦了,倒在大床上沉沉睡着了。

"好啦,粽爸爸也不必这么担心。"封窈给睡得横七竖八的兄妹俩盖好毯子,靠过去调侃宗衍,"你看看,你女儿的兴趣班选的都是跆拳道、射箭、攀岩……那些小鸡仔似的小男生,她肯定看不上的。"

接近傍晚时分,窗外的天都暗了下来。天边压着厚厚的乌云,是雷暴将至的前兆。

像这样压抑的天气最容易让人感到孤独,但是因为身边有了心爱的人,还有两个呼呼大睡的小宝贝,便一点都不孤独了。

"我不担心。"宗衍搂过封窈,修长的手指轻抚着她的发丝,"她总要长大的……她也是,她哥哥也是。"

玻璃窗外,天变得越来越暗,雨说来就来。豆大的雨点噼里啪啦地砸了下来,伴随着阵阵电闪雷鸣。

一道惊雷炸响,小甜粽在睡梦中翻了个身,喃喃地咕哝:"攀岩保护……要用dynamic rope……不然会,受伤哦……"

封窈不禁莞尔,伸手将被她踢开的毯子拉了拉。

这小丫头,做梦还在攀岩呢……

一道道闪电划破天幕,偌大的房间里,她和宗衍两个人静静地相依偎着,嘈杂的雷雨声中,只能听见彼此的呼吸和心跳声。

这一刻,天地间仿佛只剩下了他们两个人,唯有彼此相依为命。

"雏鸟长大就会离巢,他们会有他们的人生,会建立自己的家庭。"宗衍蹭了蹭封窈的额角,"这个星球上有七十亿人,老婆,我只有你这么一个亲人,可以陪伴我一生。"

外面花园里的灯亮了起来,温暖的光线透进来,洒下一片朦胧。

雨水打在窗户上,如瀑布般沿着玻璃朝下流淌。封窈收紧了环在宗衍腰间的手臂,呼吸着他身上清洌的气息,令她无比安心。

有他、有两个孩子陪在身边,这一刻,外面再大的风浪,再猛烈的暴风雨,哪怕是世界末日来临,仿佛都和她无关了。

她钩住宗衍的手,与他十指紧扣。

"Forever,and always(一辈子)."

爱你,在每一个时空

独家番外

从高空坠落的剧烈失重感,让封窈全身一抖,猛然惊醒。

耳畔似乎还响彻着那声充满绝望的嘶吼,眼前残留着视野里最后的影像,是那毅然决然的纵身一跃。

封窈望着天花板上斑驳的月光,久久回不过神来。

那……是梦吗?

梦里的一切太过真实,真实得不像是梦境。

就好像她的灵魂穿越到了几千万年前,又或者是误入了另一个平行宇宙,窥见了那个宇宙里,生活在远古的她和宗衍的人生。

……龙生。

身边的男人呼吸均匀,一条手臂横在她的腰间,下巴抵着她的额角,形成一个完全占有性的姿势。

一如他的性格,沉睡中也不改专横的本性。

封窈抬手轻轻贴上他的胸膛,感受着掌心传来的温度,还有胸腔里强有力的心跳。

从那么高的悬崖坠落,会摔得粉身碎骨吧……

心口涌起一股莫名的酸胀,她的手一路向下滑,停在他的大腿上,再一次用指尖轻轻描摹那条几乎横贯大腿的狰狞伤疤。

难道是因为儿子近来痴迷恐龙,家里到处都是各种恐龙模型,才会做这样的梦?

"老婆?"

宗衍迷迷糊糊醒来,摸索着捉住那只骚扰他的手,沙哑的嗓音透着浓浓的睡意:"怎么了?"

月光透过落地窗洒落进来,朦朦胧胧的,封窈轻轻道:"我好像做了一个梦。"

宗衍睁开眼睛。

"做噩梦了吗?"

噩梦……不能完全算噩梦吧,虽然结局太过惨烈了一些。

封窈摇了摇头。

"我梦见,"她顿了顿,"梦见霸王龙,殉情了。"

"……"

这话宗衍都不知道该怎么接。

还好他的老婆没有为难他,只是朝他怀里钻了钻,像只八爪鱼一样缠紧了他。

这时,他听见怀中人用软甜的声音问:

"谁允许你睡到我的床上的?"

宗衍:"……"

气氛一秒凝滞。

女人翻脸比翻书还快,上一秒还手脚并用缠着他,让他以为昨天的危机已经过去了。

哪知转眼就变天了。

事情大概还得从上礼拜算起。

商场之上免不了应酬,那晚的饭局上,陆家的老头带了个能给他当孙女的女伴,是在新翻拍版的《商纣传奇》里演苏妲己,天天登在热搜上的新晋小花。

这本是稀松平常的事情,宗衍向来不关心别人带什么男伴女伴,之所以视线在掠过小花这张脸时稍微停留了半秒,不过是因为封窈拿热搜上的新版和老版的妲己对比给他看过,还问他哪个好看。

这种送命题,很难没有印象。

结束应酬,到家已是深夜。孩子们都睡了,封窈还在灯下批改学生们的论文,等着他回家。

如此温馨旖旎的夜晚,当他抱起她走进浴室,准备洗个鸳鸯浴时……封窈忽然在他的外衣口袋里,摸出来一张字条。

字条散发着幽香,上面写着一串手机号,旁边还印了一个暧昧的口红唇印。

像这样的投怀送抱并不新鲜,夫妻恩爱十载,封窈对自家老公还是很信任的。一张偷偷塞进他外套口袋里的小字条,还不至于让她失去理智。

宗衍好好解释过,被她调侃了两句抢手货之类的,这事就翻篇了。

接着便是昨天。

昨天封窈上完课,顺道带了些点心,去了宗氏。

好巧不巧,正碰上有年轻女员工往顶楼送自己烤的爱心小饼干。

这种东西压根儿过不了秘书组那关,没有机会出现在宗衍面前。而晚上宗衍进了家门,得知小粽子兄妹俩在学校又调皮捣蛋,态度严厉地把他俩训斥了一顿——当然主要是训儿子,没舍得训女儿。

兄妹俩满身的心眼儿不知道随了谁,都不是省油的灯。看到妈妈朝这边过来,两个小东西眼珠一转,就嘤嘤地假哭了起来,一时间哭得要多凄惨就有多凄惨,要多委屈就有多委屈。

这下彻底惹到了护犊子的孩子妈。

新账旧账一起翻,结果就是在外面威风八面的宗董事长被赶出了卧室,只能趁老婆睡着之后,才偷偷地摸上床。

"老婆……"

"老什么婆。"封窈想到两个宝贝被他凶得不敢说话,哭得可怜兮兮的模样,气就来了,"反正宗董事长又不缺女人爱慕,我生的孩子你也不喜欢,我看我还是识趣一点,早点带着孩子腾位置,免得耽误你找合心意的女人生你喜欢的孩子去……"

"我哪有不喜欢!"

"他俩根本就是装哭,这么会演,估计是跟他们外婆学的……"

这话不说还好,一说封窈更生气了:"噢,连我妈你也看不顺眼了?"

宗衍:"……"

封窈幽幽叹了口气:"其实我能理解,都老夫老妻了,你厌倦了也很正常。人嘛,谁不爱新鲜的?正好我妈最近又新签了几个小鲜肉,个个颜值在线身材逆天,回头叫过来玩玩,说不定有我的菜……嗯!"

话没说完,唇瓣被狠狠地咬了一口。接着只听"刺啦"一声,单薄的真丝睡裙直接被撕开。

宗衍磨着牙:"我看你才是看我不顺眼了,存心想气死我!"

春潮带雨晚来急,夜半忽然掀起的这场疾风骤雨,直至天明方歇。

次日清早,风和日丽。两个小朋友一觉睡醒,早就把昨天的坑爹行径忘到了脑后,起床就跑过来要找爸爸妈妈。

在主卧门口,被开门出来的爸爸挡住了。

"妈妈呢?"

"不是说今天去看外婆拍电影吗?"

两只粽宝叽叽喳喳,宗衍掩上身后的房门,一只手按住一个小脑袋,将他俩转了一百八十度。

"别吵,妈妈累了要睡觉。"他低头,露出慈父的微笑,"今天爸爸带你们去。"

近年苏冉渐渐从幕前淡出,偶尔做做监制,捧捧新人。

眼下正在拍摄的是一部春节档合家欢,宗董突然大驾光临,给忙碌的片场带来了一阵不小的骚乱。

"简直帅得发光……儿子跟他完全是一个模子刻出来的,有没有?啧啧,长大不得了啊……"

"小公主萌死了!娘娘小时候难道也这么可爱?"

"不行,我得多偷拍几张……"

工作人员私下窃窃议论,苏冉搂着可爱的外孙和外孙女亲了又亲,宗衍对她道谢:"麻烦岳母了。"

她的好女婿一大早打电话来问她,能不能更改今天的拍摄内容。要临时加一段剧本上不存在的戏,不是一般地麻烦,亏他想得出来。

要不是看在宗氏有投资……

家里的用人们被吩咐了不许打扰太太,待到封窈终于悠悠醒转,揉着酸软的腰挪下了床,已经是下午了。

完蛋,昨天跟孩子们约好了——

问了保姆才知道,宗衍带他俩去了。

平心而论,不管用什么标准来看,宗少爷都绝对算得上是好爸爸。或许因为在他的成长经历中,父亲的角色完全是空白甚至是负面的缘故吧,他自己做了父亲之后,身为人父的责任感似乎格外重,对一双儿女宠爱有加的同时,也不忘管教。

说起来,那两只"粽"最近确实是太皮了点……

封窈一个人坐在长餐桌前，想想宗衍这辈子都没有享受过哪怕一秒钟的父爱，甚至差点死在那个所谓的父亲的憎恨与恶意之中，心里就忍不住难过。

她昨天，可能有那么一点过分了……

虽然他一进家门就要威风凶孩子，两个宝贝哭得她心都碎了，但她也不该借题发挥，翻一些醋坛打翻的旧账……

等到父女三个踩着晚霞回到家里，封窈已经进行了充分的自我检讨，格外温柔的笑脸迎向她的三个宝贝。

"妈妈……"小粽子红着眼睛跑过来抱住她的腰，"哇"的一声哭了，"呜呜……妈妈不要跟爸爸离婚……"

小甜粽也抱住她的大腿，哇哇大哭道："妈妈，我不要讨饭……呜……"

封窈脸上温柔的笑容碎裂了。

这唱的是哪一出？

"宝贝不哭啊，怎么了，跟妈妈说说！"她一边柔声安抚儿女，一边盯着宗衍——又搞什么鬼？！

小粽子抽抽搭搭，说："昨天，我拿水枪，滋了甜甜班上的王宇襄的裤子，然后，然后让甜甜跟同学们说，王宇襄尿裤子了……"

封窈："……"

"爸爸批评我们做得不对，我……我们就假装，大声地哭，哇……"

两个孩子边哭边你一句我一句的，封窈听了半天才听明白——

小小年纪心眼儿倒是不少，还懂得借力打力……

至于为什么突然主动自首——

"妈妈不要生爸爸的气，不要离婚，我不要当流浪的野孩子，不要去讨饭，呜哇哇……"

两个小泪人儿哭得惊天动地，封窈好不容易才哄住他们，也终于搞清楚了这一出的由来。

原来还是因为今天拍的戏。

情节的内容，就是小朋友恶作剧，撒谎捉弄爸妈，导致爸爸妈妈吵架离婚了。结果没人要的小孩只能流落街头，惨兮兮地讨饭。

……说好的大IP春节档合家欢喜剧呢？

这么凄惨的情节，大过年的能卖座吗？

封窈目光瞟向宗衍，高大的男人接过用人拿来的湿手帕递给儿子，又蹲在女儿面前，给哭成花猫脸的小丫头擦着鼻涕眼泪，低醇嗓音温声细语："宝宝不怕，爸爸妈妈不会分开的……有爸爸在，谁敢让我们宝宝讨饭？"

说着，他抬眸望过来。

封窈赶忙坚决表态："就是！妈妈才不会生爸爸的气。"

这话说得有点心虚，封窈凑过去响亮地在宗衍脸颊上亲了一口："爸爸妈妈好着呢。"

夫妻俩合力安抚，两个不安的小宝贝总算是雨过天晴了。

夜间，哄睡了两兄妹，回到卧室里，封窈正犹豫着要不要哄哄受冤的孩子爹，却见男人径直上了床，扯过被子躺下，留给她一个硬邦邦的后背。

哦吼，完蛋。

封窈蹭过去，从背后抱住他："老公？"

回答她的是一声："哼。"

"老公，别不理我嘛。"

这回连哼都没有了。

封窈轻晃他，软软撒娇："衍哥哥？宝宝？不要生气了好不好？"

半响，男人低沉的嗓音冷冷响起："不是说要带着孩子离开我，还要找小鲜肉吗？连长相身材都摸得一清二楚了，哪个是你的菜？"

"……"

封窈毫不含糊："什么小鲜肉，不认识也没关注过。只有我老公才是我的菜。"

"呵。"

撒娇卖痴半天，宗少爷完全不为所动。

软的不吃，那就来硬的。封窈爬起来骑坐到宗衍身上，趴在他耳边狠狠放话："你再不理我，我可要'兽性大发'了。"

宗衍眉梢微挑，黑眸中闪过一抹异色。

正暗暗期待着想看看她怎么"兽性大发"，下一秒，就听见她得意地威胁："我会像个考拉一样，每天挂在你身上睡二十个小时，吃喝拉撒都不下来！"

"……"

谁理你！

经过那天那番爱的教育,这几天两只粽宝变得异常乖巧,还乖乖去向王同学道歉讲和了。

只有封窈知道,宗少爷这回真的很生气。

封窈使出了浑身解数,甜言蜜语,嘘寒问暖,亲亲抱抱花式伺候,一天到晚各种糖衣炮弹连环发射,连情趣内衣都换了好几个花式。

男人不动声色,照单全收——糖衣吃干抹净,炮弹连个响都没有。

"这少爷脾气有完没完了!"钱姝听说后忍不住吐槽,"这么难搞的男人,亏你受得了!"

封窈轻笑,摇摇手指:"这是情趣,你不懂。"

钱姝:"……"

隔了几日,有媒体放出了苏冉监制新片的路透图。

这部电影有大IP打底,卡司阵容豪华,从立项伊始就备受关注。路透图一出,很快有眼尖的网友发现了亮点。

虽然镜头对焦在被工作人员环绕补妆中的男女主演身上,可看着照片,视线却会不由自主地被一旁的父子三人吸引。

高大俊美的男人单手抱着女儿,姿态随意轻松,垂眸似乎正在听儿子说话,侧脸轮廓深邃迷人,神情专注认真。

"这不是宗董嘛!两个萌娃长大不少啊,这一家子真是神仙颜值!"

"这是打算让两个孩子进圈了?果然还是娱乐圈来钱快,星三代空降,资源咖预定。"

"不是吧不是吧,小朋友去探下外婆的班就是要进圈?有空搁这儿发散想象力,不如去百度一下宗家,能看上这点钱,笑掉大牙。"

"话说怎么不见孩子妈?宗董这么忙还得带两个娃,当妈的干吗去了?"

"实话实说,我一直觉得宗董老婆配不上他,也就一张脸好看点,别的真看不出哪儿优秀了。"

"楼上的酸鸡酸味我在北极都闻到了,庆大文学院最年轻的教授还不优秀,还说人家也就一张脸好看,你是酸得连脸都不要了。"

……

网上的议论封窈向来不关注,倒是宗氏的官方账号当晚发了条晚安的推送。

配图是碧海蓝天,落日的余晖洒在白浪沙滩上,远远地能看见妈妈带着一双儿女蹲在地上挖沙子盖城堡,旁边一身休闲的男人举着手机,在给母子三个拍照。

夕阳绚烂,隔着很远看不清表情,然而画面透露出来的一家四口的温馨快乐,却让人忍不住嘴角上扬。

眼下刚放暑假,小粽子早前就吵着想去常城的恐龙乐园,一家人便带着保姆保镖登上飞机出发了。

暑期的乐园人挤人,小粽子拉着妹妹的手,兴奋地指着一头剑龙化石跟她比画讲解。小丫头吮着腕龙形状的雪糕,眨巴着眼睛听得认真,不时发出"哇"的感慨,十分捧场。

封窈拿着一支霸王龙雪糕,余光瞥见宗衍满脸忍耐地躲开,差点撞到他腿上的熊孩子,忍不住"扑哧"偷笑。

依照宗少爷惯常的排场,去游乐园应该都是包场独占下来吧。

可是乐园没有了人,多冷清啊。

"老公不要这么严肃嘛,小朋友都要吓哭了。"封窈把雪糕喂到他嘴边,"啊——"

宗衍一口咬下了霸王龙的脑袋。

游览完恐龙乐园,一家人上了车,前往附近一处不对外开放的发掘点。作为长期受宗氏基金会慷慨赞助的科考项目之一,这里据说近来有重大发现,尚未向外界公开发布。

"……通常认为,霸王龙仅分布在北美洲大陆。然而不久前,我们在这里发掘出的化石,颠覆了以往的认知,将震撼整个古生物学界。"

发掘团队负责人推了推眼镜,指向不远处的发掘现场。

"根据地质学家分析,这一处的岩层属于距今约6700万年前的白垩纪中期。当时的大陆被雨林覆盖,而我们现在所站的地方,旁边很可能是一座悬崖。"

"悬崖?"小粽子看着脚下平坦的地面,眼睛眨巴。

负责人微微一笑:"做出推测的一个依据是对岩层进行的大量分析,另外更重要的依据,就是我们发现的三具霸王龙化石,根据状态分布情况,推测它们可能是从高空坠落的。"

"一,二……"小甜粽胖乎乎的手指着面前的挖掘坑穴,"只有两个呀。"

封窈望着眼前那两个被围起来的巨大坑穴,自从进入这个区域,她心中的震撼就犹如排山倒海,难以平静。

沧海桑田,眼前的一切明明都是陌生的,可四处竖着的各种还原示意图,却在陌生中透着一种奇异的熟悉感。

那些植被,那些恐龙,那些奇形怪状的史前动物……

她那天做的那个逼真得不可思议的梦,难道,真的不只是梦境?

梦里的白垩纪,作为恐龙的她和宗衍,所发生的那一切,难道,是真实存在的史前世界?

"宝贝真细心!"负责人的声音好像从很远处传来,"你们看,大的那个坑里,里面其实有一雌一雄两头霸王龙,它们的骨骼化石都混在了一起,分不清彼此。科学家们费了好大的功夫,到现在还没能完全把它们分开呢……"

"另一个坑里的雄性霸王龙,骨头上有不少很深的咬伤齿痕,我们猜测,它是在打斗中落败坠崖。至于在一起的这一对龙,我们目前还不清楚……"

……

两个孩子玩得筋疲力尽,在回酒店的路上就睡着了。

入夜,宗衍却发起了低烧。

封窈急忙找管家拿来退烧贴,又叫了私家医生过来看。

好在只是轻微中暑。不知道是不是早产的原因,长大后的宗衍虽然体质不弱,可偶尔还是容易闹点头疼脑热的小毛病。

"没事,吃了药睡一觉就好了。过来让我抱抱。"宗衍抱紧乖乖依偎过来的封窈,闭上眼睛,独属于她的馨香气息环绕下,昏昏沉沉的意识很快陷入一片混沌。

不知过了多久,混沌渐渐散去。

他发现自己变成了一头霸王龙,占据着广阔的领地,独来独往,随心所欲。

直到有一天,有一头雌性,突然凭空出现在了他的领地上。

她看起来笨笨的,弱得不堪一击,冲着他"嗷呜嗷呜"地叫得亲热,主动对他摆出了雌性求爱的姿势——还因为太笨,摔成了一个滑稽的姿态。

他改了主意。

他决定留下她……

封窈一夜睡得很不安稳，时不时起来试试宗衍的体温，给他擦拭身体。

快天亮的时候，烧总算完全退了。封窈起床倒了杯水，正要轻声唤他时，宗衍骤然睁开了眼睛。

深幽漆黑的眼眸望着她，目光有一瞬的迷茫。

须臾，他沙哑地开口："霸王龙，殉情？"

封窈愣了一下："……啊？"

"我刚才，好像做了一个梦。"男人又浓又长的睫毛颤了颤，目光凝在她的脸上。

"梦里，我是一头霸王龙——我是它，但是，我作为人类的意识像被封印住了，每天只知道猎食，巡视领地。直到那天，我循着气息，发现了一头不知道从哪里冒出来的雌性。"

封窈嘴唇轻颤："你……"

"那是你，对吗？"宗衍握住她的手，修长手指滑入她的指缝，与她十指交缠，深邃的黑眸紧锁住她的眼，"你认出我了，对吗？"

封窈怔怔着，鼻子忽然一酸。

"我怎么可能认不出你？你那么凶，还老是吼我。"她吸了吸鼻子，"可是，也只有你，会莫名其妙对我好，会保护我，会让我心动……"

"哪有莫名其妙？"宗衍抬手用拇指帮她擦了擦眼泪，将她拥入怀中，"那是因为我爱你啊。无论在什么时空，我们都注定会相遇，不管有没有记忆，我都会爱上你。"

"……那也不能跟着跳下来啊！"

封窈不知道有什么理论能解释这个现象，或许，是两个平行时空短暂地交错，他们得以与另一个时空里的自己交会，还留下了存在的痕迹——那些化石？

她耿耿于怀："生命多么宝贵，就算我死了，也想要你好好活着啊。再说我们还有两个粽宝呢，如果哪天我出了什么意外，你……"

话没说完，唇被强势地堵住。从一开始的强势，很快转为温柔。

晨曦的第一缕阳光透过落地窗，洒落在两个人的身上。封窈依偎着宗衍，熟悉的气息将她包裹住，他的怀抱一如当初，让她安心，令她沉迷，

让她心动不已。

她以同样的温柔回应着他,甜蜜炽热的吻,辗转向彼此诉说着,那亘古不变的缠绵爱意。

——在每一个时空,我都与你热烈相爱。